사　　　십　　　사

백가흠 소설집

四十四

제1판 제1쇄 2015년 9월 4일
제1판 제3쇄 2015년 10월 28일

지은이 백가흠
펴낸이 주일우
펴낸곳 ㈜**문학과지성사**
등록번호 제1993-000098호
주소 121-894 서울 마포구 잔다리로7길 18(서교동 377-20)
전화 02) 338-7224
팩스 02) 323-4180(편집) / 02) 338-7221(영업)
전자우편 moonji@moonji.com
홈페이지 www.moonji.com

© 백가흠, 2015. Printed in Seoul, Korea
ISBN 978-89-320-2764-7

이 책은 2015년 서울문화재단 창작지원금을 수혜했습니다.

이 도서의 국립중앙도서관 출판예정도서목록(CIP)은 서지정보유통지원시스템 홈페이지
(http://seoji.nl.go.kr)와 국가자료공동목록시스템(http://www.nl.go.kr/kolisnet)에서
이용하실 수 있습니다. (CIP제어번호: CIP2015023612)

四 十 四
사 십 사

백 가 흠
소 설 집

문학과지성사

2015

차례

한 박자 쉬고

내가 그를 다시 만난 것은 일주일에 한두 번 들르는 카페 8.5에서였다. 21년 만이었다. 고등학교를 졸업한 후로 얼굴은 고사하고 한 번도 이름조차 떠올려본 적이 없었으니, 나로선 처음 보는 사람이나 다름없었다. 평화로운 토요일이 그로 인해 무너져 내리고 있었다.

그런데 과거의 시간을 송두리째 잃어버렸다고 하더라도, 망각 속에 묻혀 사라진 기억이라고 할지라도, 시간이 아무리 많이 흘렀어도, 몸은 온전히 기억하고 있었다. 목소리 같은 것이 특히 그랬다.

"어이, 양재준이."

목소리는 낮은 저음이었지만, 날카로웠다. 구석진 창가에 앉아서 메뉴판을 들여다보고 있던 나는, 내 이름을 부르는 쪽을 향해 고개를 들었다. 그는 낮게 내려앉은 햇살을 등지고 맞은편에 앉아 있었다. 나는 멀뚱한 표정으로 한참 그를 쳐다보았다. 처음 보는 사람이었다. 다만, 그 음성이 어딘지 익숙했는데, 순간 이상하게도 섬뜩함이 어깨에 내려앉는 것 같았다. 분명 나는 그 목소리를 알고 있었다. 당황했다. 그에 대해 아무것도 떠오르지 않았음에도 몸은 그의 음성에 반응하고 있었다.

"어허, 양재준이 나를 모른 척허네."

여주인이 주문을 받으러 왔다가 어리둥절해하는 나와 그를 번갈아 쳐다보았다.

"아메리카노 한 잔 주세요."

나는 맞은편 그에게서 눈을 떼지 않은 채 작은 소리로 주문을 했다. 부름이 나를 향하는 것이 아닌 양 외면했다. 한동안 어디에서고 그런 식으로 내게 말을 거는 사람이 없었고, 그의 음성에 불량스러운 톤이 섞여 있어 별로 상대하고 싶지 않았다. 나는 애써 그냥 무시하기로 마음먹었다. 카페 여주인의 시선에도 당황한 빛이 가득했다. 나만 그렇게 느끼는 것이 아니었다. 무엇보다도 몸이 본능적으로 그를 거부했으므로, 나는 무덤덤하게 노트북 전원을 켰다. 그에게서 시선을 돌려 무심하려 애를 썼다.

"맞는데, 양재준. …… 양재준이 아닌가."

좀 전과는 다르게 조금 누그러진 음성이 들려왔다. 분명 나를 부르고 있는 것이 맞았다. 그럼에도 나는 노트북 화면에서 시선을 떼지 않았다. 그가 천천히 자리에서 일어났다. 나는 슬쩍 곁눈으로 그를 바라보았다. 포근한 햇볕이 블라인드가 내려진 창 밑으로 퍼졌다. 그의 구두에서 반질반질 윤이 났다. 천천히 다가오는 발걸음, 반들거리는 바지 밑단, 광을 낸 구두에 쨍쨍한 햇빛이 따라붙었다. 나는 내게 걸어오는 그를 피하지 않고 바라보았다. 그는 단정하게 상고머리를 하고 있었는데, 차림새 모든 것이 생소했으나 유독 그것만은 익숙했다.

그의 등 뒤로 퍼진 햇살은 여름의 그것처럼 강렬했다. 11월 중순에 접어들었지만, 날씨는 초여름 혹은 초가을 날씨처럼 따뜻했다. 등에 땀이 나 찐득거렸다. 나는 손으로 부채질을 하며 다가오는 그를 유심히 바라보았다.

카페 여주인이 조심스럽게 커피를 탁자 위에 내려놓았다.

"마늘빵을 좀 드릴까요? 방금 구웠는데."

"……네. 좋죠."

나는 웃으며 여주인을 바라보았다.

"양재준이 아니요?"

어느새 다가온 그가 끼어들며 물었다. 나는 그를 기억해내려고 애썼다.

"맞긴 한데, ……누구신지?"

"맞지? 진짜 모르는 건가, 모른 척하는 건가? 섭하네. 나는 딱 보니 알겠구만."

엉거주춤 일어서며 그가 내민 손을 잡았다. 가까이서 보니 낯익은 것도 같았다. 말에 남은 억양과 말투가 너무 익숙하게 느껴졌다. 고향 말씨였다.

각진 턱 때문인지 인상이 날카로웠다. 뿔테 안경을 쓰고 있었는데, 렌즈 너머 눈매에 힘이 실려 있었다. 툭 째진 눈을 가리려고 안경을 쓴 것 같았다. 체격도 다부졌는데, 꾸준하게 운동을 한 모양이었다. 말끔하게 차려입은 옷이 서늘한 느낌을 주었다. 정돈된 패션이 오히려 거북스러웠다. 베이지색 바지에는 주름이 날 서 있었고, 와이셔츠는 실크 재질이었다. 하늘하늘한 검정 실크 와이셔츠 속에 감춰진 어깨가 단단해 보였다. 꼭 모양새는 건달 같았다. 오랜 기억 속에 갇혀 있던 한 풍경과 맞닥뜨린 느낌이었다. 청바지에 후드 티셔츠를 입고 있는 나와 자연스럽게 비교되었다. 나이는 엇비슷한 듯했지만, 그는 어른 같았고 나는 애 같았다.

"진짜 기억이 안 나는 모양이네. 연수 고등학교?"

나는 천천히 고개를 끄덕였다. 순간, 마주하고 싶지 않았고, 외면하고 싶었다.

"아……"

멋쩍게 웃었다.

"나, 기억 안 나? 나 균수라고, 정균수. 모를 리가 없는데, 니가 날 모르면 안 되지."

이름을 듣자 기억이 났다. 한 번도 생각한 적 없었지만, 한 번도 잊어본 적 없는 이름이었다. 정균수란 이름은 이미 선명하게 뇌리에 박혀 있었다. 오히려 불분명한 것은 지금 앞에 서 있는 그의 얼굴이나 체격 같은 구체적인 생김새와 이미지였다. 마주했지만 그가 그인지 실감이 나지 않았다. 아니, 그가 내 이름을 불렀던 처음부터 나는 이미 알고 있었지만, 그것을 부정하고 싶어서 모른 척, 외면한 것인지도 몰랐다. 그럴 수도 있었다. 왜냐하면 나는 그때도 그가 싫었고, 21년이 지난 지금까지 한 번도 만난 적이 없으며, 떠올려본 적도 없기 때문이었다. 다시 만난다고 하더라도 여전히 그를 싫어할 것은 분명했다. 세월이 지나도 변하지 않는 것이 있다.

"어, 그래 정말 균수니? 너무 오랜만이다."

마음과는 달리 나는 과장되게 반가운 척했다. 하지만 내 음성은 떨리고 있었다. 마주 잡은 그의 손아귀에 힘이 실렸다. 얼른 손을 빼고 싶었는데, 대신 힘을 뺐다. 그는 내 손을 잡고 빙긋이 웃음 지었다. 섬뜩한 기운이 전해졌다. 그것은 21년 전과 다르지 않았다. 나는 다시 그의 똘마니가 된 느낌이었다. 기분이 더러워졌지만 나는 웃고 있었다.

"주인, 여기 재떨이 좀 주쇼."

그는 이미 담배에 불을 붙인 뒤였다.

"여기 금연이야. 담배는 나가서 피워야 돼."

"주인?"

카페 여주인이 난감한 듯 어쩔 줄 몰라 했다. 만난 지 5분도 지나지 않았지만 나는 이미 불안해졌다. 아무 일도 일어나지 않았지만, 그것이 더 두려웠다.

"나가자, 나도 한 대 피우게."

"그럼, 그럴까나."

난감해하는 카페 여주인을 위해 나는 정균수를 데리고 밖으로 나왔다. 의외로 순순 그가 내 말을 따르니 기분이 이상했다.

"요즘은 어디 가나 담배를 못 피우게 한다니까. 예전이 좋았지. 술은 끊었는데, 이건 잘 안 되대. 인이 박일 대로 박였나 벼."

그가 웃으며 나를 쳐다보았다. 나는 대꾸하지 않고 담배에 불을 붙였다. 우리는 나란히 서서 한동안 말없이 담배만 피웠다. 나란히 서니 생각보다 그의 키가 그리 크지 않았다. 앉은 채로 올려다보아서 그랬던 것인지, 기억 속에 존재하는 이미지가 그랬던 것인지, 어쨌든 그는 내 기억 속의 체격보다 많이 왜소해진 느낌이었다. 으레 있어야 할 안부 같은 것이 외려 분위기를 이상하게 만들 것 같아 나는 말을 참았다. 그도, 나도 아무 말 하지 않았다. 망각에 파묻혀 있던 오랜 기억들이 몸 이곳저곳을 스멀스멀 기어 다니기 시작했다.

"조용히 안 해? 정균수, 정균수 어딨어?"

가만히 말했지만, 우리는 입을 다물었다. 일순 운동장에 정적이 흘렀다. 그의 존재감은 입학 당일부터 돋보였다. 입학식을 앞두고 줄지어 서 있는 신입생들 앞에서 한 무리의 선배들이 그의 이름을 부르고 있었다. 운동장에 모여 있던 신입생들이 일제히 조회대 위에 서 있는 선배가 바라보는 쪽을 돌아다보았다. 맨 뒤에 서 있던 그가 손을 들었다. 얼굴이 거무데데했는데 그래서 그런지 눈동자가 더욱 까매 보였다. 조회대에 선 선배가 그를 앞으로 불러냈다. 막 고등학교에 입학한, 아직 중학생 티도 벗지 못한 우리는 겁이 났다. 그런 상황 자체가 두려웠다. 학교 안에 선배라는 존재가 선생보다 위에 있는 것 같았다. 실제로 운동장 한쪽 구석엔 선생님 몇 분이 담배를 피우고 있었는데, 조회대 위에 선 선배들을 향해 아무런 제지도 하지 않았다. 그로써 학교 안에 서열이 어떻게 존재하는지 우리는 자연스럽게 알게 되었다. 정균수가 천천히 앞으로 걸어 나왔다. 조회대 위에 그가 선배들과 나란히 섰다.

"애가 지금부터 니들 짱 먹는다. 불만 있는 놈은 지금 말해. 나중에 찔찔대지 말고."

선배가 크게 고함을 쳤다. 정균수는 고개를 푹 숙이고 서 있었다.

"보면 인사들 잘 하고, 알았지?"

"……"

"대답들 안 허냐?"

"네."

"여기 서 있는 균수 말, 잘들 듣고, 알았냐?"

"네."

우리는 짧게 끊어 대답했다. 처음에 느낀 무서움은 사라지고 어느새 조회대 앞에 서서 말하고 있는 그 선배가 엄청 존경스럽게 느껴졌다.

"그런데, 너 키가 하나도 안 자랐다."

"어이, 양재준이 많이 컸네. 내 눈을 똑바로 보고. 허허허, 키는 원래도 당신이 더 크지 않았나?"

나는 속으로 움찔했지만 입가에 미소를 머금었다. 그가 빙긋 웃었다. 한쪽 입꼬리가 살짝 올라갔다. 꼭 비웃는 것처럼 보였다. 나는 바보처럼 따라 웃었다. 카페 여주인이 우리를 힐끔거렸다. 나는 카페 창 너머 불안한 시선으로 쳐다보고 있는 그녀에게도 활짝 웃어주었다.

"그런데 여긴 어쩐 일이신가."

"근처, 살아."

"가까이 있었구만, 몇 단지?"

"응, 중산 11단지."

나도 모르게 거짓말을 했다. 말하고는 바로 후회했다. 중산동과 내가 사는 곳은 세 블록 넘게 차이가 났기 때문이었다.

"난 풍동 8단지에 산다네. 요 앞에."

그가 턱짓으로 앞 단지를 가리켰다.

"그랬구나."

딱히 할 말이 없었다. 담배를 다 피웠지만, 그와 나는 한동안 그렇게 멍하니 서 있었다.

"어쨌든 반갑네, 양재준이."

그가 내 등을 토닥였다. 나는 다시 고등학생으로 돌아간 것 같았다. 그가 자리를 옮기자는 것을 나는 정중하게 거절했다.

"할 일이 좀 있어. 마감이 있거든."

바쁜 척했지만 거짓말이었다. 벌써 몇 달째 일이 없었다. 카드 빚은 늘어갔고, 마흔이 넘어 무슨 일을 해야 할지 막막하기만 했다.

자리로 돌아와 앉자 그가 맞은편에 따라 앉았다.

"그니까, 글 쓴다고? 무슨 글? 그니까 원고지에 침 발라가며 하는 글짓기 같은 거?"

나는 머리를 긁적이며 여주인 쪽을 바라보았다. 그녀는 컴퓨터 앞에 앉아 있었지만, 온 신경을 이쪽에 두고 있는 것이 티가 났다. 잠깐 내 말이 끊길 때면 여지없이 우리가 앉은 쪽을 바라보았다. 창피했다. 아무 일도 일어나지 않았고, 그도 별나게 실수를 하고 있지 않았지만, 이상하게 조바심이 일었다. 속마음을 들킨 것 같아 창피했다. 짜증이 났지만 표정은 실실 웃고 있었다.

"그니까 양재준이가 작가가 됐단 말이지?"

"아니, 작가는 무슨. 원래는 영화 시나리오를 썼는데, 요즘엔 소설도 가끔 쓰고, 뭐 그래."

"그런데, 싸가지 없게 너 서울말 무지 잘 쓴다. ……뭐, 그래."

그가 히죽거리며 내 말투를 흉내 냈다. 나도 따라 웃었다. 그가 자리를 털고 일어섰다.

"가보게?"

"한잔해야지. 연수고등학교 42회 양재준이를 그냥 보낼 수 있나."

"나, 일해야 한다니까. 미안하네……"

"어허. 스으……"

그가 앞니를 물고 숨을 들이켜며 혀 끄는 소리를 냈다. 그의 오랜 버릇이었다. 그는 어렸을 적에도 말을 끝까지 다 하는 법이 거의 없었다. 뱀이 내는 소리처럼 숨을 들이켜며 스으, 하면 모두 그가 원하는 대로 이루어졌다. 앞니 사이로 드나드는 숨소리가 언제나 그의 마지막 말이었다. 다음은 기회도 없었고, 말도 없었다. 스으, 다음에 한번 시작된 주먹질은 웬만해선 멈추지 않았다. 나는 멈칫했다. 몸은 온전히 그것을 기억하고 있어 거부해야 마땅한 것을 거부하고 있었다.

"진짜 안 되는데, 다음에 보자."

마음과 몸이 따로여서 내 음성은 조금 떨렸다. 처음으로 나는 그에게 진심을 말했다. 그가 아무 말 없이 나를 가만히 내려다보았다.

"가자니까. ……왜, 겁나서 그러냐? ……예전 그 양아치 취급하면 내가 좀 섭하지. 반가워서 밥 좀 먹자는데."

안경 너머 건너보는 그의 눈매에 살기가 여전했다. 나는 눈빛을 피하며 주섬주섬 짐을 챙겼다. 어차피 안 될 줄 알았으면서 괜한 소리를 했다는 생각이 들었다.

"내가 낼게."

"어허, 내가 다 산다. 옛날에 내가 니들 삥 좀 뜯었잖냐. 오늘 다 되돌려줄라니까. 가만히 있어. 근데, 우리 카페 주인께서 참 미인이시네."

그가 찻값을 계산하며 여주인에게 농을 걸었다. 그녀가 웃음으로 받아주었다. 여주인이 마지못해 자주 오세요, 하고 문을 나서는 우리에게 작은 소리로 말했다.

밖으로 나오긴 했는데, 이렇다 할 음식점들이 주변에 없었다. 날씨는 해가 저물며 제법 쌀쌀해졌다. 난감했다.

"정문 쪽으로 가야 뭐가 있는데. 니네 동네로 갈까나?"

"아냐. 우리 동네도 뭐 없어."

우리는 천천히 식당을 찾아 걷기 시작했다.

나이 마흔이 넘어서도 절대로 극복할 수 없는 무엇과 마주하는 것이 조금 서글프게 느껴졌다. 속으로 그를 거절하지 못한 내가 싫어서 화가 머리끝까지 찼다.

"애는 몇이냐?"

나는 대답하지 않고 고개를 저었다. 그가 걸음을 멈추고 뻔히 쳐다보았다. 한심하다는 표정 같기도 했고, 놀란 것 같기도 했다.

"아니 좋은 대학 나오고, 멋있는 일 하는데, 왜 결혼을 안

했대?"

"그렇게 됐어. 넌?"

"머시마가 중1이여. 여자애는 5학년이고. ……참 나."

그를 만나고 보니 잊은 건 아무것도 없었다. 그와 나란히 걷는 동안 마치 어제나 그제 있었던 일처럼 그와 관계된 일화들이 모두 확연하게 떠올랐다. 걷는 동안 나는 말이 없어졌다. 그는 걸으면서 자기가 하고 있는 일에 대해서 장황하게 설명했다. 여러 가지 가게를 운영하는 모양이었다. 카페 8.5도 매물로 나와 한번 보러 간 것이라고 했다. 그의 얘기를 듣고 있었지만 머릿속은 오래전 한때를 서성이느라 그의 말에 집중할 수가 없었다.

그를 우연히 만난 이후로 솟구치는 화를 계속 억누르고 있었는데, 분노를 꾹 참은 것이 꽤 오래된 일이라는 것을, 나는 또 깨달았다. 한 살 한 살 나이를 먹으며 즉각적으로 분노를 표출하고 화를 내는 것에 익숙해져 있었다. 영화를 만들며 누구에게 싫은 소리를 듣고 견디는 일에 익숙하지 않게 되었다. 가진 것은 없었지만, 얻은 것은 있었다. 물론 그가 화를 낼 만한 말을 하거나, 실수를 한 것은 아니었다. 모든 연유는 기억 속에 있었다. 과거의 시간이 나를 점점 분노케 하고 있었다. 그런데 어떻게 된 일인지 그에게 화를 낼 수가 없었다. 아주 오래전처럼 나는 속마음과 다르게 행동하고 있었다. 단지를 끼고 우리는 한참을 걸었다. 단지 정문 근처에 몇 군데 음식점이 있었다.

나는 그에게 처음 맞은 날을 또렷하게 기억해냈다. 지천이 꽃으로 난리가 났던 봄빛 화창한 어느 날이었다. 교정은 아카시아, 라일락 향기로 넘쳐났고, 무덤덤한 남학교 남학생 마음마저 봄빛에 물들던 한때였다.

일일이 돈을 빼앗는 것이 귀찮아진 그는, 때리는 것도 귀찮아진 그는 아예 매일매일 교탁 위에 일정한 금액을 놓아두게 했다. 물론 학생 모두가 그렇게 하는 것은 아니었다. 순전히 자기의 감으로, 느낌으로 아이들을 선별했는데, 돈을 내는 일에 선별되지 않는 학생들은 그에게 우호적일 수밖에 없었다. 그는 모든 학생을 괴롭히지 않았다. 일부를 집중적으로, 집요하게 괴롭혔다. 돈을 내지 않는 나머지 반 아이들은 매일 교탁에 돈을 올려놓아야 하는 나와 같은 아이들이 그의 말을 거스르지 않게 또 괴롭혔다. 때로는 그것이 더 견디기 힘들었다.

반에서 돈을 내는 학생은 나를 포함해서 여덟 명이었다. 나머지 마흔 명은 상납자 여덟 명이 그의 신경을 거스르지 않게 하기 위해 우리를 옥죄었다. 자기 몸이 편하면 그만이었으니까. 우리야 어떻게 되든 상관없는 일이었으니까. 돈을 얼마나 갖다 바치는지, 얼마나 힘든지 아무도 관심이 없었다. 자신에게 발생하지 않은 일에 대한 우려 때문에 우리를 힘들게 하는 나머지 반 학생들이 원망스러웠다.

균수는 생각보다 영리한 친구였다. 더 이상 우리를 겁 주고,

때릴 필요가 없어졌다. 나머지 마흔 명의 학생들이 알아서 돈을 걷어주는 꼴이었으니까. 그는 마흔 명의 학생들에게 부드럽게 말하곤 했다.

"이제 니들 차례가 돌아왔나 보다. 애들이 비협조적인디."

많은 돈은 아니었다. 모두 합쳐 하루에 만 원 정도면 되었으니, 천 원이나 때때로 2천 원 정도를 상납하면 되었다. 문제는 지속성이었다. 고등학생이 하루도 빠지지 않고 천 원을 내놓는 일은 쉽지 않았다. 그에게 돈을 주기 위해 매일같이 부모님에게 돈을 타내야만 했다. 점심이나 저녁을 굶어야 했고, 필요 없는 참고서를 산다고 거짓말을 해야 했다.

"이제 더는 못 하겠어."

짐짓 부드러워진 그에게 나는 용기 내어 말했다. 다리가 후들후들 떨리고 가슴이 터질 듯이 요동쳤다. 그가 가만히 나를 쳐다보았다.

"우린 할 만큼 했다고. 이건 너무 불공평한 일이야. 이젠, 다른 애들 차례라고."

그날 나는 하루 종일 맞았다. 그는 한 대도 때리지 않으면서 나를 쓰러뜨렸다. 반 아이들에게 돌아가며 쉬는 시간마다 골고루 나를 때리게 했다. 아니, 그는 직접 아이들에게 나를 때리라거나, 괴롭히라고 시키지 않았다. 모두 반 아이들이 자발적으로 그런 것이었다. 따가운 햇살이 산산이 부서져 내렸다. 그는 집요했다. 잘못했다고 빌어도 소용없었다. 절대로 말리지 않았다. 쉬는 시간이 되면 반 아이들은 나를 교실 뒤로 끌고 가 빙 둘러쌌다. 거부하면 그에게 찍힐까 봐 모두 나를 패는 데 열성적이었다. 그는 멀찍이 떨어져 구경했다. 나는 살려 달라고 빌었고, 잘못했다고 빌었다. 그가 울부짖는 내게 다가와 부드럽게 말했다.

"뭘? 뭘, 잘못했다는 거냐?"

우리는 8단지 정문 앞에 있는 고깃집에 갔다. 그와 나란히 걷는 동안 한 번도 떠올린 적 없었지만 한 번도 잊은 적 없는 일이 떠올라 나는 기분이 엉망이 되었다. 그의 눈을 똑바로 쳐다보기도 힘들었다. 거절하지 못하고 그를 따라온 자신이 용서되지 않아 화가 차올랐다. 우리는 삼겹살을 굽기 시작했다. 소주에 잔을 채워 건배를 했다.

"사는 게 참 만만치 않더라고."

그의 말에 나는 가만히 고개를 끄덕였다. 쉽지 않지, 대답했던가, 잘 기억이 나지 않았다. 방금 전에 한 말도 실제로 했는지 안 했는지 분명하지 않았다. 나는 계속 딴생각을 하고 있었다.

"너야 좋은 학교 나와서 재미난 일 하고 살았겠지만, 내가 가진 게 있길 하냐. 배운 게 있나. 배운 건 주먹질밖에 없어서, 한동안 엉뚱한 짓 많이 하고 살았지. 그렇다고 깡패를 한 것도 아니여. 나는 마음이 약해서 그건 못 하겠더라고."

그가 고기를 뒤집으며 말했다. 나는 그를 뻔히 쳐다보았다.

그가 고기를 집어 내 접시에 올려주었다. 나는 상추에 고기를 싸 먹었다. 그가 술을 권해서 여러 잔 마셨다. 살짝 취기가 돌기 시작했다.

"넌 그래서, 유명한 거냐? 난 그런 쪽 잘 모르니까."

"하나도 안 유명해."

"그러니까 말이다. 작가란 말이냐? 영화감독이란 말이냐?"

그가 눈을 치켜뜨며 물었다. 그냥 하는 말이겠지만, 꼭 화난 사람처럼 보였다.

"영화는 하나 했고, 책은 아직 없어. 한번 해볼까 하고 시작한 지 얼마 안 됐어."

"영화? 제목이 뭐?"

"「세상에서 가장 아름다운 노래」라고, 있어. 일반 사람들은 잘 이해 못해서……"

"난 잘 모르겠고. 그건 그렇고 말이다. 왜 이렇게 말투를 바꾸는 게 어려운지 모르겠다. 아무리 노력해도 안 되대. 넌 자연스럽구만, 서울놈처럼. 나는 그냥 말만 해도 사람들이 괜히 겁먹는다니까."

나는 그를 아래위로 훑어보았다. 자세히 보니 그의 차림새는 우리가 어렸을 때 유행하던 패션이었다. 뭐라고 말하려다가 그만두었다.

"나, 고생 많이 했다. 이만큼 사는 건 다 와이프 덕이지. 너도 빨리 결혼해서 애도 낳고 해야지. 그거, 예술 같은 거 하면서 인생 허비 고만 허고……"

속으론 버럭 했지만 화를 내는 대신 찬 소주를 한 잔 들이켰
다. 그는 쉴 새 없이 이야기를 했고, 나는 연거푸 술을 마셨다.
그는 주로 내게 충고를 했고, 나는 들었다. 그가 연신 내 접시
에 고기를 올려놓았다. 나는 그와 관련된 또 하나의 사건이 떠
올라 기분이 더러워졌는데, 겉으로는 물론 티를 내지 않았다.
대신 그가 올려놓은 고기를 상추에 싸 먹었다.

"술은 거의 끊었는데, 담배는 안 되대."

담배에 불을 붙이며 그가 말했다. 나는 배가 불렀고, 점점
취기가 돌았다. 그는 내게 자주 술을 권하고 건배를 청했지만
정작 술을 많이 마시지는 않았다. 그가 고기를 몇 인분 더 시
키는 것을 내가 말렸지만 말을 듣지 않았다. 인생에서 단 한
번도 내 말을 들은 적이 없는 사람이었다. 잠시 잊었다.

"애들 엄마하고, 애들 불렀다. 가까운 데 사는데 인사도 시
킬 겸, 저녁도 안 먹었다고 해서."

"가족들?"

"자주 볼 건데, 어떠냐. 기회 될 때 봐야지."

"……"

"안 그래도 니 얘기 많이 했어, 우리 마누라한테."

"……무슨 얘기?"

나는 갑자기 발끈했다. 그가 고기를 뒤집으며 천천히 고개
를 들어 나를 바라보았다. 그는 하나도 변하지 않았다. 아니

너무나 다른 사람이 되었다. 술에 취해서 그런지 헷갈렸고, 뭐가 뭔지 잘 알 수 없었다.

그는 돈만 갈취하는 것에서 나아가 나를 종처럼 부리기 시작했다. 나는 그의 비서였고, 사랑스런 애완견이었고, 똘마니였다. 그런데 나의 주인은 그가 유일했지만 아이들은 모두 나를 자기 똘마니 취급했다. 바로잡을 방법이 없었다. 아이들은 내게 툭하면 주먹을 휘둘렀고, 때마다 나는 저항했지만 결국 맞았다. 나는 그를 위해 점심시간마다 도시락 뚜껑을 들고 다른 반을 돌아다니며 맛있는 반찬을 구걸해야 했고, 숙제를 대신 했으며, 심지어 시험을 대신 볼 때도 있었다. 무슨 운명인지, 시험 보는 자리마저 맨 뒷자리 바로 옆줄이었다. 그가 그렇게 되도록 자리 배치를 했다. 우리는 시험지를 걷는 순간 바꿔치기했다. 그가 본 시험지의 점수가 내 것이 되었다.

나는 두려움을 느꼈고 뭔가를 판단할 능력마저 사라진 것 같았다. 때론 실제로 그와 같이 있는 것을 즐기는 것처럼 느낄 때도 있었기 때문이다. 진짜로 개가 된 것 같았지만 그냥 몸이나 편하면 괜찮다 여겼다.

그는 어디를 가든지 나를 데리고 다녔다. 당구장에 가거나, 만화방에 가거나, 술을 마시거나, 미팅을 하거나 어디든지 나를 데리고 다녔다. 당구장에 따라가 그가 당구 치는 것을 구경했고, 만화방에서 컵라면에 물을 받아주기도 했다. 술자리 한구석을 차지하고 그가 마신 술값을 계산하기도 하고, 미팅에 따라 나가 폭탄을 자처해서 그의 존엄함을 높이기 위해 애를 쓰기도 했다. 나는 그를 위해서만 존재했다. 그 무렵 그는 나를 상납자에서 빼주었는데, 나는 그게 진심으로 너무 고마워서 눈물이 날 지경이었다. 나는 그의 사랑을 느꼈다. 친구가 된 것 같았다. 이전처럼 때리지도 않았고, 아이들로부터 보호해주기까지 했다. 나는 여전히 그의 똘마니였지만, 아이들의 똘마니에서만큼은 탈피할 수 있었다. 아이들은 나를 피했지만, 전과는 다른 이유에서였다. 그 일이 있기 전까지는 정말 그가 나를 친구로 받아들인 줄로만 알았다.

"양재준이, 너 나를 위해 뭐든 할 수 있지?"

"그럼, 그렇고말고. 우린 친구잖냐."

"내가 돈이 좀 많이 필요한데 말이야."

"돈? 얼마나 필요한데? 집에서 한 번에 타내기는 좀……"

"그래서 내가 좋은 생각이 있는데 말이다. 니가 진짜 나를 아낀다면 말이다. 한 번만 도와주라."

명령이 아니라 처음으로 그가 내게 부탁을 했다. 들어주지 못할 이유가 없었다. 그를 위해 뭐든 할 준비가 돼 있었다. 지난한 1년의 시간이 지나가고 있었다. 겨울이었고, 방학을 앞두고 있었다.

그의 단란한 가족과 마주 앉았다.

"말씀 많이 들었어요. 꼭 한 번 보고 싶다고 입에 달고 살았는데, 이렇게 가까운 곳에 계실 줄 어떻게 알았겠어요. 전화 받고 깜짝 놀랐어요."

"네, 그렇지요. 뭐."

나는 그와 그의 아내를 번갈아 바라보았다. 아내는 상당한 미인이었다. 그것 때문에 또 신경질이 조금씩 나기 시작했지만, 마음을 고쳐먹었다. 짐짓, 짐작으로 나는 무슨 사연이 있을 거라 생각했다. 아내의 미모나 나이로 보아, 술집 같은 유흥업소에서 만났을 거라 속으로 단정해버린 것이다. 그의 행실로 짐작건데, 평범한 여자는 아닐 거라는 생각이 들었기 때문이다. 그가 어린 미모의 여자를 만날 수 있는 곳이 어디겠는가. 어쨌든 그녀는 중1과 초등학교 5학년이라는 두 명의 아이를 둔 아줌마라고 믿기지 않을 만큼 너무나 어리고 예뻤다. 기껏해야, 이십대 후반으로밖에는 보이지 않았다. 아이들도 예의 발랐는데, 인사를 하고는 한쪽 테이블에 앉아 조용히 저녁을 먹었다.

"가족들도 부르지 그러셨어요."

"아직, 혼자라네."

"아니, 왜 결혼을 안 하셨어요?"

"무슨 예술을 하느라 그랬대."

"그래도 빨리 결혼해서 안정을 찾으셔야지요. 남편 어렸을 적 친구는 처음 봐요."

"뭐, 사는 게 바쁘다 보니 모두 그렇죠. ……균수는 어떻게 만나셨어요?"

취기가 돌아 혀가 꼬였다. 살짝 비꼬고 싶은 마음이 들었다.

"학교 선배예요. 같이 무용하다가 보니."

"……무용이요?"

나는 취한 와중에도 눈이 번쩍 뜨여, 놀란 눈으로 그를 쳐다 보았다.

"몰랐나? 나, 발레 두 달 연습해서 무용과 갔잖냐. 몸 쓰는 거 말고는 할 줄 아는 게 있어야지. 허허, 체육과나 가보려고 했는데 ……지방대라 무용과가 지원자가 없다고 해서, 허허. 남자 무용수가 필요하다는 거야. 그냥, 여자만 좀 들어주면 되는 일이니까, 허허."

그가 쑥스러운 듯 웃었다. 그것이 영 어색해서 나는 토할 뻔 했다. 정균수가 무용수라니. 그건 말이 되지 않는 이야기였다. 그의 부인은 그가 어떤 사람인지 알기는 아는 것인지, 궁금해 졌다.

내 얼굴이 좀 일그러진 모양이었는지, 어색한 기운이 감돌 았다. 나는 연거푸 소주를 몇 잔 더 마셨는데, 완전히 취하기 직전이었다. 가까스로 정신을 차리고 앉아 있었다. 시간이 지 날수록 낭패감에 빠져들었는데, 처음에 시작됐던 그에 대한 반감은 점점 무뎌지고, 결국 나 스스로에 대한 자책으로, 도대 체 나는 뭐가 문제인지, 골똘해졌다.

"저기, 재준 씨, 혹시 종교는 있으세요?"

"종교요? 무슨……"

"저희 같이 교회 다녀요. 이 사람도 얼마나 열심인 줄 몰라요. 이번에 안수집사 됐어요."

"어허, 자네, 쓸데없이."

"너도 다닌다고? 교회를?"

"근처니까 부담 없을 건데. 목사님이 얼마나 자상한지 몰라요. 이번 주에 같이 가요. 내일이 마침 주일이니까."

"정균수, 교회를 다닌다고?"

나는 헤실헤실 웃기 시작했다. 반전의 연속이었다. 내가 알던 그가 그인지 헷갈렸다. 내가 왜곡된 기억을 가지고 있는 것인지, 과장해서 그를 기억하고 있는지, 미친 것인지, 정말이지 혼란스러웠다. 나는 계속 미친 사람처럼 웃었다. 떨어져 앉아 있던 그의 아이들이 멀뚱히 나를 쳐다보았다. 나는 웃겨서 죽을 것만 같았다.

"웃을 일은 아니네. 너도 구원받아야지, 마음이 좀 다스려지더라고. 언제까지 그렇게 살려고 그러냐."

나는 웃음을 멈추지 않았다. 멈춰지지 않았다. 그가 나보고 왜 그렇게 사냐고 말하고 있었다. 그렇게 살지 말라고 말하는 것처럼 들렸다. 그는 진지했다. 그런 것처럼 보였다.

그해 겨울, 그는 나를 데리고 한적한 거리로 나섰다. 공단 근처였는데, 겨울밤, 가로등 없는 거리는 완전 암흑이었다. 추운 날씨 때문에 풍경은 더욱 황량하고 을씨년스러웠다. 아주 가끔 자동차가 도로 위를 빠르게 지나갔다. 그가 내게 부탁한 것은 간단했지만 용기가 필요한 일이었다. 내가 도와줘야 될 일은 쉬운 일이었지만, 아무나 할 수 있는 일은 아니었다. 나는 그를 위해 달리는 차로 뛰어들기만 하면 되었다. 알리바이를 완성하기 위해 그가 허름한 자전거도 훔쳐왔다. 자전거를 타고 가다가 달리는 차에 슬쩍 치어 넘어지면 됐지만, 그게 마음처럼 쉬운 일이 아니었다. 너무 무서웠고 난감했다. 내가 망설이자 그는 예전의 그로 돌아갔다. 어둠 속에서 나를 노려보는 그의 눈빛에 우정은 사라졌음을 느낄 수 있었다. 나는 그의 사랑을 되돌려야만 했다.

결국 망설이는 나를 위해 그가 인도에서 밀어주었다. 마침 전속력으로 달리던 차와 맞부딪치게 되었다. 급정거하는 소리가 쌀쌀한 공기를 날카롭게 갈랐다. 운전자와의 흥정은 그가 했다. 보험을 부를 것도 없이, 경찰을 부를 것도 없이, 그 자리에서 그는 운전자와 합의를 보았다. 그가 따라가서 돈을 받아왔다. 나는 팔과 다리, 갈비뼈가 부러져 겨울 내내 병원 신세를 졌다. 죽지 않고 그래도 그만한 게 다행이었다. 부모님께는 뺑소니를 당했다고 거짓말을 했다. 그는 그 무렵, 두 살 많은 다방 여종업원을 사귀기 시작했는데, 꽤 두둑한 합의금으로 그녀와 여행을 갔다. 병문안은 한 번도 오지 않았다. 그 겨울, 그렇게 나는 완전히 혼자였다.

"이 사람, 어렸을 때 어땠어요?"

"……어렸을 때 만난 거 아니던가요?"

나는 그의 눈치를 보았다.

"군대 갔다 와서 복학생이었으니까, 완전히 어린애는 아니었지요. 저하고 일곱 살 차이 나거든요. 아시겠지만, 이 사람 처음 봤을 때에는 수줍음이 너무 많아서, 말도 못하고 얼굴만 빨개져가지고……"

"허허, 별소리 다 허네."

나는 쉬지 않고 술을 마셨다. 그의 아내를 뚫어지게 쳐다보았다가, 그를 번갈아 바라보았다. 자꾸 그의 얼굴이 뭉개지며 형체가 사라졌다. 눈을 치켜뜨고 그를 똑바로 보았지만, 금세 그의 얼굴은 뿌예졌다.

"수줍은 균수라. ……성실하고 착했죠, 균수."

나는 정색하고 말했다. 내뱉은 실없는 소리에 헛웃음이 나왔다. 쓸쓸해졌다.

운명이라는 것이 그렇게 자신이 마음먹은 대로만 되는 것이라면 하나님은 불공편한 신이 맞았다. 나는 2학년이 되어서도 그와 같은 반이 되었다. 개학하고서도 한동안 나는 목발을 짚고 다녔다. 그는 나를 내버려두었다. 그게 나는 또 불안해서 견딜 수 없어 그의 주변을 맴돌았다.

여름방학이 가까워지자 우리는 예전의 주종 관계를 회복했다. 마치 버림받은 애인에게서 용서를 받은 느낌이었다. 나는 그를 위해 다시 열심이었다. 방학이 가까워오자 나는 기꺼이 그를 위해 자해공갈의 일원이 되어 몸을 희생할 각오가 되어 있었지만, 그는 다시 그런 일을 제안하지는 않았다. 그 무렵 그는 희정이라는 여학생에게 마음을 빼앗겼는데, 뭔가 잘 되지 않는 분위기였다. 그도 그럴 것이 그녀는 아주 평범한 고등학생이었기 때문이었다. 우리는 평범하지 않은 고등학생이었고. 그는 이제껏 만났던 여자와는 달랐기 때문에 어떻게 해야 그녀의 마음을 얻을 수 있는지 방법을 알지 못했다.

그가 갑자기 안 하던 짓을 했다. 가끔 멍하니 창문 밖을 쳐다보며 상심에 빠지곤 했다. 나는 아무 말도 하지 않았다. 희정이와 나는 어렸을 적부터 같은 교회를 다닌 남매 같은 사이였다. 그가 좋아하는 여자가 희정이라는 것을 알고서도 나는 내색하지 않았다. 당연한 일이었다.

삶의 총체적 문제는 언제나 우연에서 비롯된다. 세상에 필연적인 것은 없다. 우연이 결국 필연적인 운명을 만들어가는 것이다. 그냥 평범한 하루였다. 그와 나는 중학생들에게 돈을 뜯어내기 위해 골목길을 헤매고 있었다. 한적한 골목에서 그녀와 마주쳤다. 그녀의 집 근처였다.

"왜 요즘 교회 안 나와? 무슨 일 있어?"

"……응 ……별일은."

나는 말을 얼버무리며 그의 눈치를 보았다. 그는 멀찍이 떨어져 우리를 바라보았다. 나는 서둘러 그녀를 돌려보내려고 애를 썼다.

"니 친구니? 조금 불량해 보여. ······무서워."

그를 힐끔거리며 그녀가 말했다.

"아니야, 절대 그런 애 아니야. 착해, 겉모습만 그렇지."

그가 충분히 내가 하는 말을 알아들을 만큼 떨어져 있었기 때문에, 아니 혹 그가 알아들을지도 모를 일이어서 그녀에게 솔직하게 말해줄 수 없었다. 그녀를 돌려보내자마자 그가 다가 왔다.

"가서 얼른 데려와."

"누구? 쟤? 왜?"

나는 떨리는 음성으로 그에게 물었다.

"몰라서 물어? 왜 나한테 얘기 안 했냐? 내가 어떻게 할까 봐?"

"무슨 얘기하는지 모르겠어."

나는 겁이 너무 나서 다리가 후들거리기까지 했다. 거짓말을 하면 이상하게 몸이 떨렸다.

"일단 데려와, 데려오고 얘기하자고."

그는 엄청 화가 난 듯 보였는데, 눈빛이 무서워서 오금이 저렸다. 나는 그녀를 잡으러 뛰기 시작했다. 겨우 그녀의 집 대문 앞에서 그녀를 불러 세웠다. 그녀가 나를 놀란 눈으로 쳐다보았다.

"잠깐, 잠깐이면 되는데, 할 얘기가 있어서 그런데······"

나는 숨을 헐떡이며 말했다. 그녀의 눈을 똑바로 바라볼 수가 없었다.

"지금? 씻고 학원 가야 하는데."

"잠깐, 잠깐이면 돼."

불안했지만 어쩔 수 없는 일이었다.

"그럼, 옷만 갈아입고 나올게, 조금 기다려줄래?"

그녀는 한참 있다가 나왔다. 그사이 나는 열중쉬어 자세로 그에게 맞았다. 그는 내 왼쪽 가슴을 세차게 주먹으로 때렸다. 숨이 멎는 것 같았다.

"앞으로 그러지 마라."

"미, 미안해."

"잘하면 되지."

"잘할게."

그의 용서는 감격스러웠다. 그날 밤, 나는 어떻게든 그와 희정을 맺어주려고 안간힘을 썼고, 그 결과는 참혹했다.

"니가 사는 게 힘들었다고? 무엇이, 뭐가 그렇게 힘들었는데?"

나는 술이 취해 횡설수설했다. 그의 아내는 당황한 표정이었지만, 그는 그럴 줄 알았다는 듯, 표정의 변화가 없었다.

"애들 좀 집에 보내고 오지. 늦었는데."

그가 아무렇지도 않게 살고 있는 것이 화가 나고 분노가 일었다. 나는 아무렇지 않게 잘 살아왔고, 그를 보자 오래전의 일이 떠올랐고, 그러한 일들이 있었다는 것에 화가 난 것뿐이었다. 그러나 그렇다고 해도 그가 아무런 문제없이 잘 살고 있다는 것은 안 될 일이었다. 사실은 그를 한 번도 떠올려본 적이 없다는 것은 거짓말이었다. 외면하고, 망각하려 애쓰던 과거의 시간이 우연히 만난 그 때문에 너무나 선명해졌다. 나는 왜 내 인생이 그렇게 삐뚤어졌는지 그제야 알 것 같았다. 그는 잘 살고, 나는 그렇지 못한 것이 억울했다. 꼭 그런 것만 같았다. 나는 엉엉 울기 시작했다. 아이들이 울고 있는 내게 꾸벅 인사를 했다. 나는 울음을 그치고 식당을 나서는 그들을 불러 세웠다. 그의 아내가 놀란 눈으로 쳐다보았다. 아이들도 마찬가지였다.

"이름이 뭐라고들 했지?"

"효인이요."

남자아이가 기어들어가는 목소리로 대답했다.

"공부를 열심히 해야 한다."

나는 울음을 그치고 짐짓 어른스럽게 말하며 지갑에 있는 돈을 모두 꺼내어 아이들에게 주었다. 그가 피식 웃었다. 한쪽 입꼬리가 살짝 말려 올라갔다.

그날 밤, 우리 셋은 술을 마시기로 했다. 아니, 그가 원했다. 돌아서는 희정을 내가 억지로 잡았다. 술집에 가는 것이 여의치 않아, 우리는 근처 대학교의 교정으로 자리를 옮겼다. 초여름이었지만 밤에는 제법 쌀쌀한 기운이 감돌았다. 희정과 나는 술을 마시지 않았다. 희정이 나를 힐끔거렸다. 평소 알던 나와는 많이 달랐기 때문이었다. 나는 그녀의 시선을 모른 척했다. 소나무 숲 우거진 벤치에 앉아 그는 술을 마시고 그녀와 나는 멍하니 불 켜진 건물을 내려다보았다. 우리 셋은 말이 없었다. 한참 만에 그가 말문을 뗐다.

"가서 소주 한 병 더 사 와라. 담배도 좀 사 오고."

"무슨 학생이 그래요."

후다닥 일어서는 나를 보며 희정이 톡 쏘아붙였다.

"거기는 좀 가만히 앉아 있지요."

내가 애절하게 희정을 바라보았다. 치욕스러웠지만, 그것보다 그가 더 두려웠다. 희정이 도로 벤치에 앉았다. 나는 뛰어서 술과 담배를 사러 갔다.

서둘러 갔다 와 보니 두 사람의 모습이 보이지 않았다. 갑자기 눈앞이 깜깜해졌고, 불길한 적막이 등줄기를 따라 흘러내렸다. 서늘하고 날카로운 섬뜩함이 머릿속을 갈랐다. 심장이 요동쳐서 터져버릴 것만 같았다. 나는 조용히 벤치에 앉았다. 어디선가 인기척이 있었지만 소리 나는 쪽을 돌아보지 않았다. 간혹, 외마디 비명을 우악스러운 손으로 막은 듯한, 처참한 발악이 전해져왔지만, 나는 아무것도 들리지 않는 것처럼, 모른 척 벤치에 가만히 앉아 있었다. 정말, 아무 소리도 들리지 않는 것 같았다.

벌레가 귓속에 들어앉은 것처럼 울어댔다. 나는 아무 소리도 들을 수 없었고, 무엇도 볼 수 없었다. 얼마가 지났을까, 누군가 내 쪽으로 오는 소리가 들려왔다. 점점 가까워지는 그 소리가 너무 섬뜩해서 도망가고 싶어졌다. 오줌이 마려웠다.

"가서 좀 닦아줘라."

그가 내게 말했다. 술냄새가 확 풍겼다. 나는 언뜻 무슨 말인지 알아듣지 못해서 그를 멍하니 쳐다보았다.

"시발아, 가서 좀 닦아주라고."

몸이 벌벌 떨렸다. 그가 떠미는 쪽으로 엉금엉금 기다시피다가갔다. 광경은 처참했다. 희정은 정신이 혼미한 상태로 널브러져 있었다. 처음에는 그녀가 죽은 줄로만 알았다. 몸이 떨려서 주체할 수가 없었다. 여자의 사타구니를 본 것이 처음이었다. 온통 피범벅이었고, 맞았는지 입가도 터져 있었다. 나는 천천히 뒤돌아 그를 보았다.

"왜, 너도 하고 싶으냐? 맘대로 해."

그의 얼굴이 보이지 않았다. 새까만 어둠 속에 묻혀 그의 모습이 보이지 않았다. 그의 목소리가 세상의 것이 아닌 것처럼 들렸다. 새까만 윤곽이 점점 멀어지기 시작했다. 작아지며 사라졌다. 나는 교복 윗도리를 벗어 피범벅인 그녀의 사타구니를 닦기 시작했다. 희정이 천천히 몸을 일으키며 나를 밀어내고 몸을 가렸다. 그녀도 벌벌 몸을 떨고 있었다. 나는 움찔 한

발 뒤로 물러섰다.

"……미, 미안하다."

"……더러운 새끼. ……넌, 지옥에 갈 거야."

그녀가 겨우 입술을 움직여 말을 뱉었다. 희미하게 날아온 그녀의 목소리가 내 몸에 새겨진 첫번째 문신 같았다.

그와 나는 온전히 침묵했다. 가끔 나는 술잔을 들었고, 때마다 그는 가만히 술잔을 채워주었다. 한참 만에 그가 입을 뗐다.

"지난날, 미안하다. 언젠간 보겠지 했는데, 갑작스럽다만, 마음이 그래도 좀 홀가분하네."

내가 고개를 들어 그를 쳐다보았다. 뭐가 홀가분하다는 것인가, 속으로는 되묻고 있었지만, 나는 그저 뿔테 안경 너머 그의 눈만 바라보았다.

"……뭐가."

나는 고개를 숙였다. 그의 아내가 돌아오자 우리는 식당을 나섰다. 괜찮다는데도 나를 집까지 데려다주겠다고 막무가내였다.

"중산 11단지라고 했지?"

"됐어. 그냥, 혼자 간다니까."

"스으, 그러지 마라."

그가 앞니를 물고 숨을 들이켜며 혀 끄는 소리를 냈다. 뱀이 내는 소리처럼 숨을 들이켜며 스으…… 나는 어렸을 적으로 다시 돌아가 있었다. 나는 그의 아내가 운전하는 차에 몸을 실었다.

"자주 보자, 예전에 친했잖아. 난 너무 좋다, 다시 만난 것이."

"…… 그래, 그래야지."

그들은 나를 11단지 앞에 내려주었다. 입구까지 간다는 것을 겨우 뿌리쳤다. 멀어져가는 그의 차를 바라보자, 자꾸 눈물이 흘렀다. 집까지 30분은 걸어야 했다. 외진 곳이라 택시도 없었다. 큰길가를 향해 터덜터덜 걷기 시작했다. 몇 걸음 뗐을 때 문자가 하나 들어왔다.

'내일 교회 같이 가자, 전화하마.'

더 송
The Song

방귀와 부고(訃告)

한승훈 선생이 죽었다는 연락을 받은 것은 그가 우산을 챙기러 집에 다시 들어갔을 때였다.

1층에 내려와 보니 봄비치곤 꽤 큰비가 내리고 있어, 우산을 가지러 25층 집으로 다시 올라가야 했다. 아파트 현관에 서서 우산을 가지러 올라갈지, 차가 세워져 있는 곳까지 뛰어갈지 잠시 망설이며, 일단 담배를 하나 물고 하늘을 올려다보았다. 아침인데도 사위는 어두컴컴했다. 그는 천천히 담배를 피우고서, 뒤돌아 들어가 22층에 멈춰 있는 엘리베이터를 확인하고 버튼을 눌렀다. 짜증 가득한 표정으로 천천히 줄어드는 숫자를 올려다보았다. 25층까지 올라가는 데에는 43초가 걸렸다. 22층에서 내려오는 데 몇 초가 걸리는지 속으로 시간을 계산했다. 그에게 43초라는 시간은 언제나 너무 길게 느껴졌다. 그것은 엘리베이터를 타고 있을 때도 마찬가지였는데, 때로 참을 수 없을 정도로 요의를 느낄 때도 있었다. 참지 못하고 엘리베이터 안에 일을 본 적도 있었다. 참기 힘들었다기보다, 지루한 시간에 대한 해코지 같은 것이었다. 천천히 줄어드는 숫자를 그가 신경질적으로 바라보았다. 그는 아무것도 하지 않고 가만히 서 있는 그 시간을 참을 수가 없었다.

그는 엘리베이터 안에 혼자 있을 때면 욕을 해대기도 했는데, CCTV를 노려보며 그럴 때도 있었고, 허공에 고함치며 욕을 할 때도 있었다. 이상하게도 엘리베이터에 올라타면 화가 불쑥 솟았다. 문이 닫히고 덩그러니 남겨지면, 맥없이 습관처럼 그랬다.

또 엘리베이터만 타면 더러워지고 싶어, 혼자 엘리베이터를 타고 25층에서 아래로 내려오는 참에 코딱지를 파서 거울에다 덕지덕지 붙여놓은 적도 있었다. 가래를 내뱉기도 했는데 바닥뿐만 아니라 벽이나 거울에 비친 자신을 향해서 퉤퉤, 침을 뱉었다. 또 한번은 부욱, 시원하게 방귀를 뀌었는데, 그러다 난처한 일이 발생하고 말았다. 지금도 그 일이 생각날 때면 자연스럽게 쌍욕이 튀어나왔다. 방귀를 뀌자마자 아주 고약한 냄새가 퍼졌고 꽉 막힌 엘리베이터 안에서 냄새가 어디로 도망갈 리 없었다. 냄새가 얼마나 지독했던지 자기가 뀌고서도 손으로 자기 코를 틀어쥐었다. 그런데 갑자기 엘리베이터가 17층에서 멈추었다. 한 여자가 엘리베이터에 올라 그에게 살짝 눈인사를 했다. 곧 그녀의 얼굴이 일그러졌다. 한밤중이어서 안심하던 차였는데, 난감한 일이었다. 그녀는 닫힘 버튼을 눌러야 할지, 그냥 내려야 할지 망설이는 듯했는데, 그사이 문이 자동으로 닫혔다. 방귀를 뀐 것은 그때 한 번이 아니었지만 그런 일은 처음이었다. 그 자신이 생각해도 방귀 냄새는 고약했다. '내일이면 아파트 동 전체에 소문이 나겠군. 그런데 저 여자는 이 밤중에 무슨 쓰레기를 버리는 거야. 뭐하는 집이야, 몇 호야? 도대체.' 여자가 움켜쥐고 있는 쓰레기봉투를 원망의 눈으로 쳐다보며 속으로 중얼거렸다. 그러면서 속으로 또 욕을 했다. 둘은 17층에서 1층으로 내려가는 시간, 그러니까 30초 정도를 같이 있었는데 그는 어떻게든 1층에 엘리베이터가 서기 전까지 난처한 상황을 반전시킬 묘책이 필요했다. 그 찰나의 시간이 어떻게 그렇게 지루할 수 있는지 놀라웠다. 문이 열리자마자 여자가 도망치듯 뛰쳐나갔다. 천천히 여자를 뒤따르며 그는 여자의 뒤에다 대고 욕을 했다.

"사람 난처하고 민망하게 말이야, 배려 없는 년, 방귀 좀 뀌었기로서니. 모른 척 좀 해주면 안 되나" 그의 입은 계속 중얼거렸다.

내려오던 엘리베이터가 9층에 한참을 멈춰 서 있자, 그는 엘리베이터 문을 쾅, 쾅 발로 찼다. 발길질하는 소리가 바로 옆 비상계단을 타고 울렸다. 멈춰 섰던 엘리베이터가 다시 내려오기 시작했다. 문이 열리자 그는 잽싸게 엘리베이터에 올라 25층 버튼을 눌렀다. 으레 그런 것처럼 닫힘 버튼을 누르려다, 멈추었다. 그때서야 엘리베이터를 타고 내려온 사람이 눈에 들어왔기 때문이었다. 할머니 한 분이 지팡이를 짚고 힘들게 문을 나서고 있었다. 할머니의 몸은 한쪽으로 유독 심하게 기울어져 있었다. 그는 열림 버튼을 누른 채 할머니의 뒷모습을 쳐다보았다. 오른쪽을 전혀 쓰지 못하는 듯 보이는 할머니는 걷는 걸음마다 힘겨워 보였다. 버튼을 누른 채 기다리고 서 있는 그가 신경 쓰이는지 멈춰 서서 그가 서 있는 쪽으로 몸을 돌리려 애를 썼다. 그는 못 본 척, 모른 척 고개를 돌렸다. 엘리베이터 문이 닫히자, 그가 참았던 말을 뱉었다.

"몸도 불편한 양반이 그냥, 집구석에나 있지, 참."

그는 신발장에서 우산을 잽싸게 꺼냈다. 혹 누군가 그사이 엘리베이터를 부른다면 2분 정도를 더 기다려야만 하기 때문에 서둘러야 했다. 그는 엘리베이터를 기다리는 그 시간이 견딜 수 없을 정도로 싫었다. 그는 게으른 편이었지만, 성격은 급해서 뭔가를 기다리지 못했다. 엘리베이터 문이 닫히기 전에 그는 다시 엘리베이터를 타야 했다. 문을 나서려는데 핸드폰 벨소리가 울렸다. 그때서야 그는 자신이 핸드폰을 집에 두고 나온 것을 알았다. 문이 닫히는 엘리베이터를 바라보았다. 엘리베이터는 내려가지 않고 그대로 25층에 멈춰 서 있었다. 서두르면 전화기를 가지고 와서 엘리베이터를 탈 수 있을 것 같았다. 그는 구두도 벗지 않고 핸드폰을 향해 뛰었다.

벨은 쉬지 않고 울려댔지만, 그 소리가 어디에서 들려오는지는 금방 알아챌 수가 없었다. 그는 거실에 서서 허둥지둥했다. 그러는 사이 전화 벨소리가 끊겼다. 그는 엘리베이터가 아직도 25층에 있는지 확인하러 밖으로 나가보았다. 엘리베이터는 15층에서 14층을 향해 내려가고 있었다. '에이, 진짜.' 아무렇지 않은 일임에도 그는 신경질이 났다. 아내가 있었다면 그녀에게 괜한 짜증을 냈을 것이다. 아내는 그렇게 불쑥불쑥 은연중에 떠올라서 그의 마음을 뒤집어놓았다.

그는 엘리베이터를 포기하고 핸드폰을 찾기 시작했다. 그런데 핸드폰은 정말 그를 골려줄 셈인지 꽁꽁 숨어 나오지 않았다. 평소에 자주 놓아두던 곳에는 없었다. 다시 전화벨이 울리기 시작했다. 안방에 딸린 욕실 쪽이었다. 그는 구두를 신은채 욕실로 향했다. 안방 바닥엔 물이 흥건했다. 샤워한 뒤에 욕실에서 몸을 제대로 닦지 않고 나오는 그의 습관 때문이었다. 방바닥에 그가 움직일 때마다 새까만 발도장이 찍혔다. 그가 아무렇게나 던져놓았던 젖은 수건을 발로 끌어와 대충 바닥을 닦았다. 핸드폰은 욕실장 안에 있었다. 도대체 왜 핸드폰이 그곳에 들어가 있는지 그는 이해할 수가 없었다. 발신자 번호는 아무리 들여다보아도 모르는 번호였다. 지역번호를 보니 경기도 어디쯤인 모양이었다. 짐작 가는 곳은 없었다. 광고 전화라면 불같이 화를 내줄 작정이었다. 그는 전화를 받기도 전에 화 낼 준비를 하고 있었다.

"누가 죽었다구요?"

그가 문을 잠그며 되물었다. 먼 기억 속 언저리가 꿈틀거렸다.

"그런데 왜 제가 대표를……"

한승훈 선생은 그의 대학 은사였다. 장례를 치르려는데 그더러 장례위원회 대표를 좀 맡아달라는 전화였다.

"그런데, 전화를 거는 거기는 어딥니까? 동문회 사무실…… 그런 게 있었나?"

그가 자연스럽게 반말을 했다.

"나, 그런 거 할 시간 없습니다. 그분에게서 뭐 받은 것도 없고. 내가 그런 것을 맡아야 할 이유도 없는 것 같은데. ……도대체 누가 그런 소리를 하는 거요? 내가 그분의 애제자라니. ……누가 그런 소리를 해?"

그가 천천히 바뀌는 숫자를 올려다보았다. 엘리베이터는 17층에 잠깐 멈추었다, 다시 움직였다. 바쁘게 화살표가 움직였다.

"그런데, 그분은 어떻게 돌아가신 거요?"

엘리베이터 문이 열렸다. 올라온 엘리베이터 안에는 웬 여자가 타고 있었다. 그는 꼭대기 층에 살고 있었기에, 엘리베이터를 타고 온 사람은 으레 그의 집에 용건이 있는 경우가 대부분이었다.

"뭐요?"

그가 전화기를 귀에서 살짝 떼며 여자에게 물었다. 호전적인 그의 물음에 그녀는 잔뜩 겁을 먹은 표정을 지었다.

"네? 내려가는 건 줄 알고……"

여자가 머쓱한 표정을 지었다. 불안한 기색이 역력했다. 그는 엘리베이터에 들어서며 하던 통화를 계속 이었다.

"……자살? 아니 갑자기 왜, ……여보세요?"

엘리베이터 문이 닫히며 통화가 끊겼다. 그가 구석에 서 있는 여자를 힐끔 쳐다보았다. 어딘지 낯이 익다는 생각이 들려는 찰나, 입 밖으로 한마디가 불쑥 튀어나왔다.

"방귀……"

"……네?"

여자가 홱 돌아보았다. 무슨 영문이냐는 표정이더니 그때서야 여자도 뭔가 떠오른 표정이었다. 그녀의 얼굴이 일그러졌다. 마치 그날 풍겼던 냄새가 다시 피어오르기라도 했다는 듯, 살짝 코까지 움켜쥐었다. 때마침 엘리베이터가 17층에 섰다. 여자가 쌩, 바람처럼 잽싸게 번호키를 누르고 1703호로 들어갔다. 쾅, 현관문이 닫히는 소리가 그의 가슴을 울렸다.

그는 우산을 쓴 채 구시렁거리며 아파트 앞에 있는 설렁탕집에 가서, 특설렁탕 한 그릇을 바쁘게 비우고, 집으로 돌아왔다. 빗방울은 그새 가늘어져 돌아올 땐 긴 우산을 접고 지팡이처럼 짚었다. 아내가 차려주는 밥이 간절해졌다. 25층으로 올라가는 동안 그는 다시 화가 났다.

아 내 와 개

"내 이년을 찾아서 가만두지 않겠어."

그가 아침에 일어나며, 이제는 30년이나 지나버린, 어떤 일을 기억해낸 것은 정말이지, 기이한 것이었다. 꿈을 꾼 것이 아니었다. 잠 속에서 오래전의 일이 다시 시작된 것이 아니었다. 눈을 뜸과 동시에 대학 1학년 때의 한 일화가 떠오른 것인데, 스스로도 신기하다는 생각이 들었다. 왜 갑자기 그 일이 생각난 것인지 자기 자신이 이해되지 않았다. 그 흰 개에 대한 일이 생각나기 전까지는 그런 일이 있었는지조차 의식하지 못했다. 그는 치밀어 오르는 분노를 주체할 길이 없어, 아침부터 집 안을 서성이며 분을 풀 곳을 찾아야 했다.

"이게 웬 개야?"

아직 푸릇한 스무 살이었다. 그는 운 좋게 두 학년이 높고, 나이도 두 살이 많은 누나를 사귀고 있었는데, 운이 좋다는 것은 그녀가 자취를 하고 있었다는 것 하나와, 자취생치고는 밥도 야무지게 잘 차려낸다는 것이었다. 그리고 무엇보다 스무 살 그에게 그녀의 몸은 더할 나위 없는 행운이었다. 그녀의 이름은 해랑이었다. 그는 공으로 해랑의 집에 거의 얹혀살다시피 하고 있었다. 그녀의 몸과, 밥과 집을 빼먹으며 무위도식

학교를 다니고 있었다. 사학과 누나 해랑은 착하기만 했다. 그래서 매력이 덜하다고 느끼기도 했지만, 특별히 불만이 있을 리 없었다. 하지만 자신을 포함하여 못된 것들은 언제나 착하기만 한 사람 옆에 붙어 있다는 것. 그는 그때부터 그것을 잘 알고 있었다. 더할 나위 없이 좋기만 하던 어느 날, 강아지치고는 제법 덩치가 큰 흰 개 한 마리가 다섯 평 남짓한 좁은 자취방을 어지럽히고 있었다.

"음, 미현이가 데려왔나 봐."

그녀가 그의 눈치를 보며 말했다. 그의 인상이 찌부러졌다. 미현은 해랑과 함께 자취를 하고 있는 룸메이트였는데, 그는 그녀를 좋아하지 않았다. 미현도 해랑에게 거의 얹혀살다시피 하고 있는 못된 것 중 하나였고, 더군다나 운동권입네 하며 구구절절 쏟아내는 알은체가 그는 언제나 못마땅했다. 이로써 해랑에게 또 하나의 식구가 얹혀졌다. 강아지는 식욕도 좋고, 무엇보다 한시도 가만히 있지를 못하는 더욱 못된 놈이었다. 강아지는 여러 종이 섞인 듯했는데 미현이 시장에 나갔다가 충동적으로 사온 것이라 했다.

"지가 돈이 어디 있어서. 누구한테 졸랐겠지, 없는 아양 떨어가면서."

"왜 그렇게 얘기해. 좀 난감하긴 하지만, 귀엽잖아. 이름을 뭐라 짓지?"

"나는 개를 먹기만 해서, 그런 거 잘 몰라."

그가 퉁명스럽게 말을 뱉었지만, 착한 해랑은 상관없어 했다. 하지만 문제는 개가 채 자라기도 전에 불거지기 시작했다. 개를 키운다는 것이 얼마나 힘든 일인지, 둘은 뼈저리게 느꼈다. 개 한 마리를 키운다는 것은 어떤 노력이나 시간이나 정 같은 것보다 책임감이 있어야 한다는 것을 둘은 알게 되었는데 개 주인인 미현만 그것을 모르는 것 같았다.

"근데, 미현인 안 오니? 제발 개 좀 가져가라고 해."

그가 해랑에게 불퉁거렸다. 마음씨 좋은 해랑도 스트레스가 쌓였는지, 아무 말 하지 않았다. 개밥을 챙겨주는 것도 해랑이었고, 목욕을 시키는 것도 해랑이었다. 미현은 언제나 정치적인 문제나 사회적인 문제에 골똘해 있었지만, 그가 보기엔 그로 인해 바빴다기보다 그건 핑계에 불과했고, 연애를 하느라 집에 잘 들어오지 않는 것뿐이었다. 미현은 가끔 집에 들러 장구의 재롱이나 보다 사라지면 그만이었다. 장구는 개 이름이었다. 그가 해랑과 고민하며 힘들게 지은 사르트르라는 이름을 미현은 1초 만에 장구로 바꾸어버렸다. 개 주인은 그녀였으니까. 둘도 사르트르 대신 장구라고 부를 수밖에 없었다.

방학이 되자마자 미현은 장구를 자취방에 그대로 놓고 사라져버렸으니, 그는 격분할 수밖에 없었다. 해랑은 장구 때문에 고향집에도 가지 못하고 있었다. 미현과는 연락도 닿지 않았다. 휴대폰이 있던 시절도 아니었으니, 사라진 미현을 찾을 방법은 없었다. 둘은 장구를 떠안고 어찌할 바를 몰랐다. 어쨌든 둘은 고향집에 내려가야 해서 결국, 그와 해랑이 번갈아가며 일주일에 한 번씩 집에 들러 개가 싸놓은 똥을 치우고, 밥과 물을 주었다. 해랑의 고향집은 강원도였고, 그의 집은 전라도였다. 방학 동안 미현은 한 번도 자취방에 들르지 않았다. 일주일 만에 들른 자취방, 장구 혼자 사는 자취방은 난장판이 따로 없었다. 모두 물어뜯어놓아서 장판도 벽지도 성한 구석이 없었다. 장구의 스트레스도 만만치 않은 것은 분명했다. 개건 사람이건 혼자 살아야 한다는 건 자기 파괴의 시간이었다. 이제 개가 사는 개집이지, 모든 것을 아낌없이 주던 해랑의 자취방이 아니었다.

"장구 버려버리자, 그냥. 도대체 니 친구는 왜 그 모양이니? 뭐야, 이게. 완전 똥밭이야, 자취방이 아니라 개집이다. 밖에라도 내놓으면 안 되겠니?"

"……미현이 애지중지하잖아, 곧 눈도 오고 더 추워질 텐데, 우리 맘대로 밖에 내놓고 키우다가 무슨 일이라도 생기면 어떡해. 우리가 주인도 아니고, 허락이라도 해주면 모를까."

"아니, 집 꼴을 보라니까. 주인은 무슨 주인이야, 무책임한 년. 아, 정말, 싫어."

"내 친구한테 그렇게 욕하지 마."

집 안은 고요했다. 아내가 없으니, 신경질 부릴 대상이 없으니, 조용하기만 했다. 잔소리를 들어줄 사람이 없으니, 잔소리를 할 수가 없었다. 그래서 그가 더욱 짜증을 내는지도 몰랐다. 하릴없이 냉장고 문을 열었다 닫았다만 반복했다. 배가 고팠지만 어떻게 밥을 차려야 하는지 몰랐고, 나가자니 귀찮았다. 아침에 먹은 특설렁탕의 흔적은 사라진 지 오래였다.

아내는 단단히 마음을 먹은 모양이었다. 변호사에게서 전화가 걸려온 것은 2주일쯤 전이었다. 무슨 수를 써놓았는지, 굉장히 빠른 속도로 이혼소송이 진행되고 있었다. 자칫하다간 아내에게 모든 것을 빼앗길지도 모른다는 생각이 처음으로 들었다. 그러면서도 한편으론 아내가 자신에게 정말 그렇게 할까 싶은 생각이 들기도 했다. 그러다가 말겠지, 하는 마음이 컸다.

처음 바람을 피우다 걸린 것은 결혼하고 2년쯤 되었을 때였다. 첫아이의 백일을 앞둔 때였고, 유학시절이었다. 일찍 시작된 바람기는 잦아들지 않았고, 나이를 먹을수록 더욱 왕성해졌다. 이후 아내와는 서로 각자 살았다. 그는 돈을 벌어다 주었고, 아내는 밥을 차려내었다. 서로의 사생활에 관여하지 않았다. 암묵적으로 맺은 이런 계약 관계가 별 탈 없이 20년을 굴러왔다. 아이들은 일찍 유학을 떠나 스스로 알아서 컸다. 돈이 아이들을 키워주었고, 가족은 1년에 두 번 정도 모였다. 여름방학 때는 아이들이 한국을 찾았고, 겨울방학 때는 그와 아내가 미국으로 들어갔다. 모든 것이 아무 문제없었다.

"엄마, 여기 없어요. 아버지."

"그럼 어딜 갔다는 거야? 너까지 이럴 거야? 니들 공부시키느라 고생, 고생한 사람은 아빠라고."

그의 음성이 순간 높아졌다. 아주 어렸을 때를 빼고는 한집에서 같이 산 적이 거의 없어서 아버지와 아들의 관계라기에는 서로가 데면데면했다.

"그런 문제가 아니잖아요, 아버지. 제 책임감의 문제가 아니라, 어머니와의 문제잖아요. 아버지도 제게 이러시면 안 되죠."

순간 그는 말문이 막혔다. 억울한 마음이 들기도 했고, 화가 나기도 했지만 그는 할 말을 찾지 못했다.

"혹시, 엄마에게 연락 오면, 아버지에게 전화 좀 넣어달라고 해라."

"메이비, 그렇게 할게요."

뚝, 전화가 끊겼다.

'메이비?'

그가 공허한 눈으로 집 안을 두리번거렸다. 아내의 손길이 얼마나 세심했었는지, 새삼 느껴졌다. 그가 전혀 느끼지 못하고 있었던 그 무엇이었다. 그는 계속해서 전화기만 만지작거렸다. 뉴욕에 있는 딸에게 전화를 걸었다가, 받기도 전에 이내 끊었다. 딸이라고 다른 반응일까 하는 생각이 들었기 때문이었다.

그는 아무 문제없다고 생각했었다. 헌데, 아내가 갑자기 변했다. 아니 그녀가 모든 것을 오랫동안 준비해왔다는 것을 그만 모르고 있었다. 아내는 신속했으며 망설이지 않았고, 반격할 틈도 주지 않았다. 이혼소송은 신속하게 진행되고 있었다. 변호사를 구해야 하나, 어째야 하나 고민하던 사이, 이미 재판은 시작되었다. 이렇게 있다가는 아내에게 집이고 연금이고 모든 것을 빼앗길 판이었다. 두 아이는 모두 미국에서 학교를 다녔다. 큰아이가 지난해에 대학에 들어갔고, 둘째는 올해 대학 입시를 앞두고 있었다. 아내는 둘째가 있는 필라델피아에 가 있는 듯했다. 필라델피아는 그도 젊은 시절 유학을 했던 곳이었다. 아내도 친숙한 곳이었는데, 두 아이를 모두 그곳에서 낳았다. 지난밤에 조교를 시켜 항공권을 알아보게 했는데, 조교로부터 아직까지 연락이 없었다. 전화를 걸어보았지만, 받지 않았다. 조교는 마지못해 하며 그의 연락을 받아주고 있었지만, 요즘 그의 형편을 고려하면 그마저도 의리 있는 행동이었다. 그는 학교 사정위원회에 회부되어 징계 절차를 밟고 있었다. 내학원생들과 워크샵을 갔다가 성추행 사건에 휘말린 터였다. 휘말렸다기보다, 그가 술에 취해 실수를 한 것이 명백했지만, 그는 일단 모르쇠로 버티고 있었다. 그냥 어떻게 되겠지 싶었다. 설마 파면이야 당하겠는가 생각했다. 다음 주에 두 번째 사정위원회가 예정되어 있었다. 조교에게 전화를 걸던 그가 전화기를 침대에 집어 던졌다.

"내 이년을, 가만두지 않겠어."

그러고는 어딘가로 다시 전화를 돌리기 시작했다.

집안 형편도 그저 그렇고, 내력도 그저 그런, 더군다나 삼류대학 지방 캠퍼스를 다니던 그가 유학을 갈 수 있었던 유일한 이유는 한승훈 선생의 도움 때문이었다. 돌아와서는 선생의 도움을 받아 모교에 자리를 잡았다. 그 학교, 그 과 출신으로 교수가 된 사람은 그가 최초였다. 한승훈 선생이 재직하고 있던 자리였다. 다른 학교로 자리를 옮기면서 그가 자리를 잡을 수 있도록 도와주었다.

전화를 하던 중간에도 어디선가 끊임없이 문자가 들어왔는데, 전화를 끊고 확인해보니 내일 있을 한승훈 선생의 장례식에 관련된 내용들이었다. 그가 곰곰 해졌다.

"거기에 모두 모여 있겠구나, 왜 그 생각을 못 했지?"

듣는 사람도 없는데 그는 큰 소리로 말했다. 혼자 사는 연습을 한다는 것은 자기 파멸이나 파괴 없이는 불가능한 일일지도 모른다. 부쩍 혼잣말이 많아졌다.

하루를 망친 것은 모두 그 흰 개 때문이었다. 아니, 개 주인 때문이었다. 그는 미현을 찾아 이리저리 전화를 돌리기 시작했다.

그가 흰 개를 몰래 내다 버린 것은 겨울방학이 시작되고 얼마 지나지 않아서였다. 내다 버렸다기보다는 개가 집을 나갈 때 모른 척했다는 표현이 적절했다. 착한 해랑도 그간 지쳤는지 모른 척했다. 가을학기 내내 그는 장구 때문에 화가 나서 죽을 지경이었다. 장구 때문이라기보다는 미현에 대한 증오로 그는 견디기 힘들었다. 그 때문에 해랑과의 사이도 예전 같지 않아졌다. 모든 것을 다 내어주기만 하던 그녀도 점점 짜증이 늘어갔다. 모두 다 미현 때문이었다.

가을학기가 시작되어도 미현은 달라진 것이 없었다. 그는 무엇보다 방학 내내 장구에 대해 무책임했던 일에 대해 사과받고 싶어 했지만, 미현은 그럴 마음이 전혀 없어 보였다. 미현은 무지하고 정치의식 없는 그를 비난하고, 무시하는 데 좀더 노력을 기울이는 것 같았다. 그러나 그보다 가장 본질적인 문제는 해랑을 놓고 둘이 경쟁하는 꼴 같은 것이었다.

"개에게도 그렇게 무책임한 게 운동 같은 소리하고 있네. 니가 하는 그 무책임이 운동이라면, 그건 개만도 못한 거야."

그는 점점 노골적으로 선배인 미현을 비난했다. 그때마다 미현도 지지 않았다. 그래 봐야 그는 대학 1학년이었고, 내년이면 미현은 졸업반이 될 테니, 애초에 상대가 되지 않는 말싸움이었다. 어쩌면 그가 먼 훗날, 나이가 들어서 지게 된 분노나 화, 짜증, 신경질, 피해의식, 강박증 같은 것들의 시초는 미현과의 관계에 근거하고 있는지도 몰랐다. 다만 나이가 들면서 그는 오랜 시간 그것을 잊고 있었는데, 불현듯 떠오른 것이었다. 갑자기 장구에 대한 일화가 떠오르며 아침부터 미친 듯이 30년 전 알았던 미현을 찾고 있는 것은 바로, 자신의 기질의 근원에 대해 뭔가 낌새를 차렸기 때문인지도 모를 일이었

다. 그랬다, 그는 뭔지 모르지만 자신의 맨 처음을 찾고 있었
다.

조화로움 그리고 왜

그는 문상을 가기 위해 외출 준비를 서둘렀다. 검은 양복을
찾는 데까지는 무리가 없었는데, 아무리 찾아도 검은색 넥타
이가 없었다. 옷을 하나 찾아 입는 데 온통 옷장을 헤집어놓아
안방은 난장판이었다. 새삼 또 아내를 떠올렸다. 물론 고마운
마음이 들기보다는 더욱 화가 났다.

"도대체 어디 가 있는 거야?"

마치 아내가 부엌에라도 있는 것처럼 소리를 버럭 질렀다.
공허한 울림이 되돌아왔다.

그가 살고 있는 강남에서 일산 장례식장까지는 생각보다 거
리가 꽤 되어서 서둘러야만 했다. 점심때가 훌쩍 지난 후여서
그는 배가 고팠다. 저녁때를 맞추어 도착할 수 있을 것 같았
다. 자꾸 배에서 꼬르륵꼬르륵 소리가 났다. 아내가 집을 나간
후부터 그는 늘 배가 고팠다. 끼니를 잘 챙겨먹는데도 이상하
게 언제나 허기졌다.

비는 그쳤지만 하늘은 잔뜩 찡그리고 있었다. 한승훈 선생
의 죽음을 애도하고 스승을 잃은 슬픔을 나누는 것보다, 그는

다른 목적이 있었다. 미현이었다. 선생은 말년에 환경, 생태 운동에 많은 애정을 쏟았는데, 그가 수장으로 있던 한 NGO에서 미현이 잠시 일했다는 것을 얼핏 들었던 기억이 났다. 잠시 일했는지, 지금도 몸담고 있는지는 알지 못했다. 다만 그녀의 연락처라도 알 수 있을 거란 기대가 그를 스승의 장례식장으로 이끌고 있었다. 그는 긴 우산을 지팡이처럼 짚고 서서 어떻게 일산까지 갈 것인지 고민했다. 운전을 해서 가고 싶지는 않았고, 버스를 타거나 지하철을 탈 마음도 없었다. 택시를 타야 했으나, 택시비가 만만치 않을 것 같아, 고민 중이었다. 그는 담배를 하나 물었다. 아파트 현관 입구에 서서 담배 연기를 길게 내뿜었다. 오가는 사람들이 그가 내뿜는 연기를 피해 얼굴을 찡그렸다.

"저기, 아침에 한 선생 장례 건으로 전화받았던 L대학의 장문철입니다만. ……네, 그 장례위원장 제가 그냥 하지요. 생각해보니, 당연히 제가 해야 될 일 같기도 하고. ……오전엔 다른 일 때문에, 제가 정신이 없어서."

그가 사뭇 점잖고 친절하게 말했다. 담배꽁초를 발로 비벼 끄던 그의 표정이 일그러졌다.

"아니, 그 친구는 제 후배가 아닙니까? ……그럼 전화해서 제가 맡겠다고 전하면 되겠네요. 그리 알고, 장례식장으로 출발하도록 하지요."

미현과의 관계에서 주도권을 빼앗긴 사건이 하나 있었는데,

그는 그 일을 생각하면 지금도 수치심을 느꼈다. 어느 날인가 수업을 마치고 그는 해랑의 집으로 향했다. 사실 그도 따로 자취방이 있었으나, 해랑의 집에서 지내는 시간도 많고 해서 돈도 아낄 겸, 아예 방을 비운 터였다. 미현이 집에 있어 눈치가 보이거나 하는 날이면 동아리방에서 대충 밤을 보내기도 했지만, 고작해야 일주일에 하루 이틀 정도였다. 미현이 자취방에 오는 날이 고작해야 하루 이틀이란 얘기였다.

여느 날과 같이 수업을 마치고 해랑의 자취방으로 돌아온 그는 황당한 일을 겪었다. 방 안은 그야말로 난장판이었다. 장구가 여지없이 방 안을 온통 헤집어놓았는데, 쓰레기통이며 베개 솜 같은 것을 있는 대로 들쑤셔놓았다. 장구가 그를 보자 흥분해서 꼬리를 흔들며 달려들었다. 장구의 덩치는 그새 웬만한 송아지만 하다는 느낌마저 주었다. 그는 화가 머리끝까지 차올라서 달려드는 장구를 향해 주먹이라도 한 방 날릴 기세로 품으로 안기는 장구를 매몰차게 뿌리쳤다.

거실이라고 말하기는 좀 뭐한, 아주 작은 입식 부엌에 장구가 헤집어놓은 것들이 널브러져 있었는데, 그 한가운데, 가장 눈에 잘 띄고 잘 보이는 곳에, 그가 지난밤 사용했던 콘돔이 떡하니 놓여 있었다. 그는 당황해서 귀밑까지 금세 얼굴이 빨개졌다. 막 그것을 줍기 위해 손을 뻗는 순간 미현이 방에서 불쑥 나왔다. 그는 놀라서 움찔했다. 그녀도 조금 전에 집에 도착한 모양으로 외출복을 입고 있었다. 미현은 이미 모든 것을 본 듯 야릇한 표정을 지었다. 묵묵히 장구가 난장 피워놓은 쓰레기들을 치우기 시작했다. 그는 손을 뻗어 그것을 주어야 하나, 아니면 그냥 모른 척해야 하나 망설였다. 그러나 어쩌지 못하고 그것을 그냥 두었다. 문제는 미현이 그것만 남겨놓고 순식간에 쓰레기들을 치워버린 것이었다. 방바닥에 그가 지난 밤 사용한 콘돔, 정액이 가래침처럼 뭉개져 있는 콘돔만 덩그 러니 남았다.

"니 것은 니가 좀 치우지."

장구를 쓰다듬으며 미현이 아무렇지도 않게 말했다. 아니 그 안에는 분명 비아냥거림이 숨어 있었다.

"내 거가 뭔데? ……저거? 내 거 아냐. ……니가 끌어들인 남자 거겠지."

자신도 모르는 사이, 장구마저도 알 만한 억지소리를 내뱉 은 그의 얼굴은 상기되었다. 미현이 갑자기 웃기 시작했다. 그 는 억울했다. 자신이 꼭 늘 그런 식으로 말하는 사람 같았기 때문이다. 하지만 그것은 미현의 방에서 그녀의 신음 소리가 들려오던 밤을 자신이 또렷하게 기억하고 있기 때문에 무의식 에서 튀어나온 말이기도 했다.

"미친 자식."

"미친년."

홀로 방바닥에 남아 있는 콘돔을 장구가 다가가더니 혀로 핥 기 시작했다. 그것을 보자 둘은 난생처음 같은 마음으로 얼굴을 찡그렸다. 그가 얼른 장구가 손대지 못하게 콘돔을 집어 들었다.

"니 거 맞네."

미현이 웃기 시작했다. 그는 얼굴에서 시작된 홍조가 발끝까지 번지고 있음을 느꼈다. 아무 말도 하지 않았다. 그러나 그때 느꼈던 수치심에 대한 복수를 그는 장구에 대한 학대로 되갚아주었다. 장구가 스스로 집을 나간 이유였다.

아내에게 남자가 있는지 없는지는 확실하지 않았다. 아니, 그런 것은 별로 중요한 일이 아니었다. 그러니 더욱 아내가 이혼하려고 하는 것이 이해가 되지 않았다.

'왜?'라는 물음은 그에게 가장 의미 없는 것이었다. 세상의 모든 것이 '왜'에 답해야 하는 것을 그는 참을 수 없었다. 모든 일에 근원이나 본질이 있다는 것에 대해 동의할 수 없었다. 그는 자신이 충동적이거나 즉흥적이라는 것에 일정 부분은 인정했다. 화를 조절하지 못하는 것이 그 증거였다. '왜'에 대한 답을 준비할 수 없는 것은 그로썬 당연한 일이었다. 한 번도 자신이 하는 일에 대해 그러한 질문을 해본 적이 없기 때문이었다. 가령, 엘리베이터 안에서 스스로에게 '왜, 거울에 침을 뱉는 거지? 왜, 화장실이 바로인데 엘리베이터 안에서 일을 보는 거지? 왜, 장구는 집을 나간 거지? 왜, 아내는 집을 나간 거지? 왜, 아내는 이혼을 하려는 거지? 왜, 너는 대학원생에게 추잡한 실수를 하게 된 거지? 왜, 그에 대한 책임을 지려

하지 않는 거지? 왜, 지금 미현을 찾으려 하는 거지? 왜? 왜?'
이런 질문들에 그는 어떤 대답이나 이유도 준비되지 않은 상
태였다. 정말이지 그런 것에 대해 단 한 번도 고민해본 적이
없었다.

　강남을 빠져나오는 데에만 한 시간이 넘게 걸렸다. 그가 탄
택시가 막 강변도로에 접어들었다. 미안해서 그런지 택시기사
는 친절함을 베풀며 그에게 이런저런 말을 걸었다. 그는 또 그
것이 그렇게 짜증이 날 수가 없었는데, 일일이 대답을 하기도
싫거니와, 택시기사 주제에 교수인 자신에게 이런저런 일을
가르치는 것 같아 괜스레 자존심이 상했다.
　"거, 운전이나 똑바로 하쇼, 주제넘게 여러 소리 하지 말고."
　분명 그보다는 나이가 열댓 살 정도는 많아 보였음에도 그
는 무례하게 한마디 던졌다.
　"아, 선생 양반, 저도 원래부터 운전을 한 것은 아니오. 시
작한 지 1년쯤 되었는데, 평생 학교에서 아이들만 가르치다 보
니 세상 눈치가 없어서, 또 실례를 했나 봅니다. 기분 상하셨
다면 사과드립니다."
　운전기사가 정중하게 말했다. 헌데, 그는 또 점잔을 빼는 꼴
이 아니꼬웠다. 그러니까 자기가 낸 화가 오히려 스스로를 우
습게 만든 꼴이었는데, 그는 순간 이것을 어떻게 만회할 것인지
골똘해졌다. 치명적인 한마디를 남기기 위해 그는 고심했다.

"내가 손님으로서 충고 하나 하는데, 선생 운운하는 얘기는 하지 마쇼. 선생 똥은 개도 안 먹는다니까."

말하고서도 자신이 무슨 말을 지껄이고 있는지 몰랐다.

"아이고, 죄송합니다. 제가 자꾸 손님 심기를 건드리는 말만 하네요. 용서하시고, 부디 가시는 동안 편안하게……"

"아니, 이 양반이 진짜 신경은 다 긁어놓고, 편안하라니, 그게 무슨 심보요?"

기사가 입을 닫았다. 강변도로도 꽉 막혀 차들은 강물보다도 더디게 흘러갔다. 어색한 분위기가 택시 안에 가득했다. 그 순간 그는 자신이 기사와의 싸움에서 승리한 것 같은 도취감에 사로잡혔다.

그때 내일은 꼭 변호사를 만나봐야겠다는 생각을 했다. 도심 부분을 지나자 강변도로는 풀리기 시작했다. 학교에서 다시 전화가 걸려온 것은 강변도로를 빠져나가기 위해 장항IC에 진입했을 때였다. 사정위원회 위원장을 맡고 있는 부총장이 직접 전화를 걸어왔다. 부총장은 그보다 서너 살 위였는데, 안 지는 오래되었지만 계열이 달라서 별 교류는 없던 사이였다.

"장 교수님, 제가 다른 거 다 빼고 용건만 말씀을 드리려고 하는 데, 의견도 좀 듣고 싶고요, 괜찮겠습니까."

"……아, 네. 그럼요. ……부총장님."

룸미러로 기사가 뒤를 슬쩍 쳐다보았다. 분명 알고 있었는데, 부총장의 이름이 기억이 나질 않았다.

"저기, 아무래도 상황이 어렵게 돌아가고 있어요. 확실하게 예전하고 분위기가 다르다는 것을 장 교수님도 잘 아실 테고요. 그냥, 유야무야 덮고 그럴 수가 없다는 말입니다. 아이들도 가만히 있지 않을 태세고. 인터넷에 올리겠다는 것을 겨우 붙잡아놓았습니다. 학교 위상도 있고 하니, 해서 사정위원회에서는…… 사직을 권고합니다."

"……"

"더 해서 좋을 게 없을 것 같습니다. 장 교수님 입장을 고려해서, 다음 주 있을 사정회에서 이렇게 마무리가 안 되면……"

"저는 끝까지 하겠습니다. 될 대로 되라지요."

"그렇게 말씀하지 마시고. 해임이나 파면 같은 결과가 나올 수도 있는데, 괜찮으시겠습니까?"

그는 언뜻 사직 권고와 해임, 파면의 차이가 생각나지 않았다.

"정말 파면되면 연금도 받지 못하는데 괜찮겠습니까?"

택시가 장례식장에 멈추어 섰다. 그때까지도 그는 전화를 놓지 못하고 있었다. 택시기사는 독촉하지 않고, 그가 전화를 끊을 때까지 가만히 기다려주었다.

그러니까 송창식 혹은 송경동

"선배는 장례위원장을 맡을 자격이 없어요. 선생님께서 생전에 그런 말씀을 하셨다지만, 이제는 살아남은 사람들의 몫입니다. 문상만 하고 조용히 돌아가세요. 여기, 선배 반기는 사람 아무도 없습니다."

"말하는 꼬락서니 하고는, 그게 지금 후배라는 사람이 선배에게 할 소린가?"

"돌아가시기 전에 선생님 얼굴 뵌 적이라도 있습니까?"

"……"

그는 입을 앙다물었다. 장례식장 입구에서 그는 장례위원장을 맡은 후배 김문식에게 호되게 당하고 있었다.

"저는 선배가 가짜인 거 알아요. 선생님께서는 선배를 아끼셨고, 정치색이 달라도 저희들끼리 화합하길 진심으로 바라신 것 잘 아는데…… 선배는 그렇게 얘기할 것까지도 없는 사람이라고요. 선배는, 인간이 가짜예요."

"이놈의 자식이, 진짜로."

그가 김문식의 멱살을 잡으며 눈을 부라렸다. 김문식은 저항하지 않고, 그가 하는 대로 내버려두었다. 왜소한 후배는 덩치도 크고 키도 큰 그의 완력에 이리저리 허수아비처럼 휘둘렸다. 그에게 멱살을 잡힌 김문식은 가까스로 발끝을 세워 땅에서 떨어지지 않으려고 버둥거렸다.

"니가 시민단체 활동 좀 한다고, 니놈이, 어, 요즘 시사토론 같은, 방송 좀 나간다고, 니놈이 이젠 뵈는 게 없구나."

사람들이 달려들어 둘을 떼어놓았다. 그가 씩씩거리며 한마디를 더 뱉으려다가 그만두었다. 자신을 둘러싼 사람들의 시선이 느껴졌기 때문이었다.

"그러지 말고 같이 하시지요? ……한 선생님께서 생전에 바라셨던 것은, 화합 아니겠습니까. 서로 양보하시고……"

김문식과 같은 단체에서 일하는 임경섭이라는 남자였는데, 점잖이 말하며 둘을 갈라놓았다. 그도 남자를 텔레비전에서 본 적이 있었다.

웬만하면 속에 있는 말과 겉으로 내뱉는 말을 잘 구별하여 쓰던 그였다. 자기 체면에 손해 가는 일을 잘 하지 않는 사람이었기에, 그는 기분이 좀 어리벙벙해졌다. 말을 걸게 하거나, 얌체 같은 짓을 갈히긴 했지만, 누구의 멱살을 잡거나 하지는 않았는데, 자기가 일을 저질러놓고 오히려 무슨 봉변이라도 당한 기분에 휩싸였다. 요사이 부쩍 달라진 자신을 느낄 수 있었다.

"선배, 그렇게 살지 마세요, 정말."

그는 꾹 참았다. 후배에게 무슨 대구를 한다고 해서 더 좋은 꼴을 볼 리가 없었다.

겨울방학이 되자 미현은 다시 사라졌다. 장구는 그사이 성견이 되었다. 좁은 방 안에서 이리 뛰고 저리 뛸 때마다 장구의 흰색 털이 한 움큼씩 날렸다. 무거워서 안을 수도 없을 만큼 커져 있었다.

"너 그거 아니? 저렇게 큰 똥개를 이렇게 좁은 방에서 키우는 사람들은 우리밖에 없을 거야."

"어쩌란 말이야, 그러면."

해랑이 심통 난 목소리로 책에서 눈을 떼지 않은 채 말했다. 그녀도 커져버린 장구 때문에 스트레스가 이만저만이 아니었다.

"저 개가 싸대는 똥이 내 것보다 굵어. 똥을 집을 때마다, 똥을 볼 때마다 살의가 느껴진다구."

"……"

그는 낮에 사다 놓은 목줄을 그녀 앞에 꺼내놓았다.

"뭐야?"

"밖에라도 내놓자. ……이건 정말 아닌 것 같아."

그가 타이르듯 부드럽게 말했다.

"미현이가 뭐라고 하면 어떡해. 알잖아, 걔 성격."

"내가 알아서 할게. 넌 아무 말 마."

그는 개를 밖에서 키우기 시작했다. 키웠다기보다 그냥, 밖에 내놓고 도망가지 못하게 줄로 묶어두었다. 그는 은근히 장구가 어떻게 잘못되어, 미현이 양심에 큰 타격을 받길 원했다. 무책임한 자신의 행동이 한 생명에게는 얼마나 치명적일 수 있는지, 그녀 스스로 느끼길 바랐다. 진심이었다. 그간 장구와 정이 들었다고 한다면 자신과 해랑이었지, 미현은 아니라고 믿었다. 자신들이라고 괴롭지 않을까마는, 그럼에도 미현이 뭔가를 깨닫기 바라는 마음에서 내린 결단이라고 믿었다. 본격적으로 방학이 시작되었고, 해랑은 고향 집으로 돌아갔다. 그는 군대에 가기 위해 다음 학기는 휴학할 작정이었으므로 집으로 돌아가지 않고, 아르바이트를 하며 해랑의 자취방에 남았다.

"장구 밥 주는 거 잊지 마."

"내가 다 알아서 할게."

전화를 할 때마다 해랑은 장구를 챙겼다. 대답은 그렇게 했지만, 그는 장구를 볼 때마다 미현을 생각했다. 흰 개 때문에 뭔가를 고민하게 되고, 책임감을 느낄 때마다, 그는 미현에게 분노가 일었다

장구는 바깥 생활에 적응하지 못하고 한동안 밤낮없이 짖어댔다. 그는 모른 척했다. 물과 밥을 대충 장구 앞에다 갖다 놓았다. 개집이 따로 있지도 않았다. 점점 장구 밥 주는 것을 잊었다. 가끔 고향 집에 다녀오느라 일주일 넘게 집을 비우기도 했다. 돌아와 보면 장구는 초췌한 모습으로 그를 향해 꼬리를 흔들었지만 그는 모른 척했다. 그가 놓고 갔던 그릇이 엎어져 꽁꽁 얼어 있을 때도 있었다. 그는 모른 척했다. 장구는 전혀 짖지도 않았다. 흰 개를 볼 때마다 그도 화가 났다. 마음이 불

편했다. 책임감이 일었다. 그때마다 그는 마음을 다져 먹었다. 흰 개에 대해 아무런 걱정도 없고 관심도 없는 미현을 떠올렸다. 꼭 그녀 눈으로 장구가 처한 처참한 광경을 목격하길 바랐다. 물론 그도 흰 개를 볼 때마다 불쌍해서, 안쓰러워서 죽을 지경이었다. 그런데 그런 감정을 느끼면 느낄수록, 겪지 않아도 될 상황들을 야기한 미현이 미워서 참을 수가 없었다. 그는 마음을 다졌다. 점점 밥이나 물을 언제 주었는지 기억도 나지 않았다. 그는 흰 개에게 소리 내어 말을 하곤 했다.

"니 주인을 원망해라, 장구야."

흰 개는 겨우 꼬리를 흔들었다. 방학이 끝나갈 무렵, 그는 돈을 벌기 위해 자취방을 떠나야 했다. 해랑도 언젠가부터 장구의 소식을 묻지 않았다. 미현은 여전히 아무 소식이 없었다. 그는 뭔가를 결단해야 했다. 그는 아주 오랜만에 장구에게 따뜻한 음식과 물을 주었다. 흰 개도 뭔가를 느꼈는지, 자기 앞에 놓인 음식 앞으로 선뜻 다가오지 못했다. 그는 흰 개를 쓰다듬었다. 그러자 장구가 정신없이 밥을 먹기 시작했다. 그가 가만히 장구의 목줄을 풀어주었다. 다음 날, 일어나보니 흰 개의 모습이 보이지 않았다.

"장구야, 주인을 원망해라."

흰 개가 있었던 빈자리를 내려다보며 그가 중얼거렸다. 그의 마음도 한없이 아렸다. 세상 모든 것을 얼려버릴 만큼 엄청난 추위만이 흰 개가 지냈던 자리에 남아 있었다.

그는 엉망으로 취해버렸다. 원래 술을 잘하지 못하는 그였다.

"새벽이 발인인데, 저 양반이 뭘 할 수 있겠어요?"

상가에 앉은 사람들이 그에 대해 하는 말에는 걱정과 조롱이 섞여 있었다.

"제가 뭐라고 했어요. 저 인간은 가짜라니까. 하고 다니는 행태가 창피해서 봐 줄 수가 없는 사람이야. 저런 게 대학 선생이라니."

김문식이 노골적으로 그를 비난하면, 임경섭이 그러지 말라고 타일렀다. 그는 술에 취했지만, 사람들이 하는 말은 또렷하게 들을 수 있었다. 모두가 자기를 욕하고 있는 것처럼 들렸다.

"그러니까 니들이 빨갱이 소리를 듣는 거야."

그가 느닷없이 고함쳤고, 일순 상가가 조용해졌다.

"영면한 선생한테 그 말하고 싶어서 온 거지? 니가 어쩐 일인가 싶었다."

김문식이 벌떡 일어나서 달려들었고, 흥분한 김문식을 말리느라 상가는 아수라장이 되었다.

"니가 신이야? ……니가 신이냐고?"

그가 허공에 주먹을 휘두르며 고함을 질렀다. 그 앞에 놓인 상이 엎어졌다. 겨우 김문식을 진정시키고 임경섭이 술 취한 그 옆에 자리를 잡고 앉았다. 그는 다시 놓인 상 위에 쓰러졌다.

"저기, 제가 선생님 보내는 자리고 하니까, 평소 즐겨 들으시던 노래 하나 해도 되겠습니까."

임경섭이 어색해진 상가 분위기를 바꾸어보고자 노래를 자처했다. 여기저기서 박수가 터져 나왔다.

"부를 노래는 송창식의 「푸르른 날」입니다."

노래를 부르는 동안 상가는 조용해졌다. 모두 말을 멈추고 노래를 경청했다. '눈이 부시게 푸르른 날' 하는 클라이맥스 부분에서는 사람들이 조용히 합창을 했다. 그는 밥상에 엎드린 채 가만히 있었다. 노래가 끝나자 사람들이 박수를 보냈고 잠시 참았던 말들을 쏟아내자 조용했던 분위기는 일순간 왁자지껄해졌다.

"조용, 조용."

누군가의 목소리에 사람들이 다시 말을 멈췄고 고요해졌다. 사위가 조용해지자 한 여자의 여린 목소리가 조금씩 들려오기 시작했다.

"생전에, 이렇게 모여 노는 걸 참 좋아하셨거든요. 오래 모시지는 못했지만, 진심으로 존경했던 분이었고요……"

여자는 거기까지 얘기하더니, 잠시 울먹이며 말을 멈추었다. 주위가 원래 상가의 모습같이 숙연해졌다.

"선생님께서 마지막까지 좋아하셨던, 시가 있어서요. 선생님께서 들려주셔서 저도 알게 되었는데, 괜찮다면 지금 낭송을 하면 어떨까 하는데요."

"좋소."

여기저기서 "좋소" 하는 소리가 터져 나왔다. 사람들은 시를 낭송하겠다는 말에 숙연해졌다.

"낭송할 시는 송경동 시인의 「사소한 물음들에 답함」이라는 시입니다."

학기가 시작되어 자취방으로 돌아온 미현은 장구가 없어진 것을 알고 난리가 났다.

"비열한 자식. 넌, 인간도 아니야."

"너는 나한테 그런 말을 할 자격이 없는 것 같은데."

"당장 가서 내 개 찾아와."

"내가 개를 갖다 버리기라도 했단 말이야? 너 말 잘했네, 니 개를 왜 나한테서 찾는 건데?"

"비열한 놈."

"……그래? 내가 비열하다면, 넌 저열한 년이야."

그가 미현에게 직접 얘기해놓고서 자신도 놀랐다. 스스로도 이런 용기가 어디서 나왔는지 의아했다.

"니 개는 니가 돌봐야만 하는 거였어."

미현은 더 이상 아무 얘기도 하지 않았다. 얼마 후 그녀는 짐을 싸서 집을 나갔다. 그 일 때문에 그도 해랑과 헤어져야만 했다. 그의 스물하나가 그렇게 흘러갔다.

봄이 지나고 여름이 왔다. 입대를 앞두고 후배를 만나 소주를 마시는데, 후배가 그에게 이상한 소리를 했다.

"형, 그 개 말야."

"뭐? 무슨 개?"

"아, 형이 키우다가 내쫓았던 그 흰 개 말이야. 그 개가 드디어 잡혀 먹었다고."

"무슨 말이야?"

그의 눈이 휘둥그레졌다.

"형이 버린 그 흰 개가 학교 주변에 무려 반년 동안이나 출몰했잖아. 지역 향우회 남학생들이 그 개를 잡아먹으려 했고, 동네 청년들도 그 개를 잡아먹으려고 안달이었거든."

그가 영문을 모르겠다는 듯 눈을 껌벅였다.

"……도대체 형이 그 개한테 뭘 어떻게 했길래 말이야, 아무리 꼬셔도 안 넘어오는 거야. 결국, 동네 청년들이 잡았는데, 지난주에 거기, 동진리 무덤가에서 달아맨 모양이더라고."

"내 개, 아니야. 인마. 내가 주인이 아니라고."

그가 버럭 화를 내며 일어섰다.

"아, 앉아 봐. 형 개도 아니라며. ……근데, 너무 쉽게 잡힌 거야. 허허. 아니, 여자가 손짓만 하니까 오더라는 거야. 형이, 얼마나……"

"에잇, 진짜. 개 주인 나 아니라니까."

그가 술상을 엎었다. 김칫국이며 막걸리가 사방으로 튀었다.

여자의 시 낭송이 끝나자 사람들은 "하나 더"를 외쳤다. 으레 침울하고 숙연한 상가의 분위기와는 사뭇 달랐다. 조용해지자, 여자가 시 한 편을 더 낭송하려고 분위기를 잡았다. 막 시작하려던 찰나, 그가 갑자기 벌떡 일어났다.

"그러니까, ……그러니깐…… 고작 '더 송'밖에 없는 거 아냐? ……나는 개 주인이 아니라고, 이놈들아. Fuck shit!"

그가 횡설수설하며 고함을 버럭 질렀다. 소란을 피우는 그를 향해 다시 김문식이 달려들었고, 임경섭이 그를 데리고 밖으로 나왔다.

"장 선생님 이제, 그만 댁으로 가시지요."

"당신은, 뭐요?"

그가 술에 취해 몸을 가누지 못하고 비틀거렸다. 눈을 뜨지도 못한 채 겨우 서 있다가 입을 뗐다.

"하나, 물어볼 게 있는데, 혹시 남미현이라고, 아쇼? 갯벌운동인가 하던 여자 말요."

"아, 남미현 씨. 알지요. 그분, 재작년에 돌아가셨지요, 아마…… 독일이던가요. 거기서……"

말이 채 끝나기 전에 그가 비틀거리며 돌아섰다. 걱정스런 눈으로 임경섭이 그의 뒷모습을 바라보았다.

해가 중천에 뜨고서야 그는 겨우 눈을 떴다. 쉴 새 없이 초인종이 울리고 있었는데, 그는 잠결에 그게 너무 아득하게 느껴졌다. 그는 어안이 벙벙했다. 일어나서는 주위를 두리번거렸다. 자신이 집에 누워 있는 게 이해가 가지 않았다. 한참을 멍한 상태로 앉아 있었다. 전화벨도 쉬지 않고 울려댔다. 전화를 받으며 동시에 인터폰을 받아야 했다.

"경비실인데요, 선생님. 잠깐, 밖으로 나와 주시지요?"

대충 알았다고 말하고는 전화를 받았다.

"어제, 부총장님과 통화하신 걸로 아는데, 어떻게 결정을 내리셨는지요?"

"……조금 있다가 전화드리죠."

전화를 끊자마자 다시 전화벨이 울렸다. 그는 문을 열려다가 전화를 받고 버럭 소리를 질렀다.

"하루는 생각할 시간을 줘야 하지 않소? 내가 이따가 전화한다고……"

"……로펌 샘입니다, 장문철 님. 다음 주……"

그가 대답도 하지 않고 전화를 끊었다. 문밖에는 경비와 서너 명의 여자들이 서 있었다.

"아침부터 무슨 일이요?"

"저기 선생님, 지난밤에……"

"아니, 아저씨 도대체 저한테 왜 그러시는 거예요? 변태 아니에요? 정말, 하도 어이가 없으니까 말도 안 나오네."

경비 뒤에 서 있는 여자 중 하나가 경비의 말을 자르고 퉁명스럽게 내뱉었다. 17층 여자였다. 그렇다고 해도 그는 무슨 영문인지 알 길이 없었다. 그는 여전히 검은색 바지와 하얀 와이셔츠 차림이었는데, 윗도리에는 여기저기 반찬 국물 같은 얼룩이 남아 있었다.

"선생님께서 지난밤에 아무래도 실수를 하신 것 같습니다. 1703호 문에다가 소변을 본 모양이신데…… 시시티브이로 확인을 했는데, 선생님께서…… 17층에 내리셨다가, 다시……"

"……"

그는 버럭 소리를 지르며 화를 내고 싶었지만 할 말이 없었다. 이 모든 일이 30년 전 그 흰 개 때문이었다. 오랜 시간이 지났음에도 사라지지 않는 장구에 대한 부채감, 그것이 지금까지도 자신을 되돌릴 수 없는 인생으로 살게 하고 있다는 생각이 들었다. 그는 속으로 '죽은 미현을 찾아서라도 가만두지 않겠다'고 다짐하고 있었다.

흰 개와 함께하는 아침

1

얼마 전 김수영이 사라졌다. 털이 하얀 김수영의 이름은 수옥의 아버지에게서 따왔다. 수옥은 한동안 제정신이 아니었다.

"그렇게 앉아 있지만 말고 나가서 좀 찾아봐."

그도 10년간 김수영을 키웠지만 그녀와는 반응이 사뭇 달랐다. 그저 덤덤했다.

"그 조그만 김수영을 어디 가서 찾아. 기다리면 돌아오겠지."

그는 책에서 눈을 떼지 않았다. 책은 귀찮은 사람을 차단하기에 좋은 장치였다.

"개가 어떻게 집을 찾아와. 김수영이 얼마나 힘들지 생각해봐."

그녀가 울먹이며 말했지만 그의 표정엔 변화가 없었다.

"넌 개만도 못해. 인정머리 없는 새끼."

수옥과 같이 산 지 10년이었다. 김수영과 함께 산 지도 10년이었다. 10년 전, 그가 김수영을 근처 시장에서 사 왔다. 백일 기념이었던가, 2백일 기념이었던가 기억도 가물가물했다. 강아지 이름은 수옥이 지었다. 수옥의 아버지 김수영은 그녀를 환갑에 낳았는데 얼마 살지 못하고 죽었다고 했다. 그녀는 김수영이 아버지가 환생해서 자기에게 온 거라고 믿었다. 개 이름이 그녀의 아버지 이름인 이유였다. 점쟁이가 집으로 들어오는 짐승은 아버지니까 잘 모시라고 했고, 그녀는 정말로 믿었다. 그녀는 김수영을 정말 아버지처럼 대했다. 개를 향한 그녀의 사랑은 정말이지 끔찍했다. 그는 그것이 다행스러웠다. 자기가 채워주지 못하는 많은 시간을 김수영이 대신했기 때문이었다. 그렇게 애지중지하던 김수영이 얼마 전 감쪽같이 사라져버린 것이다.

"아우, 개새끼야."

그는 예의 그렇듯 대꾸하지 않았다. 소파에 길게 누운 채로 보던 책을 들었다. 며칠 지나자 그녀는 김수영을 잊었다. 아버지를 잊는 데 며칠이 걸린 것이다.

"고양이를 키워볼까?"

"고양이는 절대로 안 돼."

"왜?"

"싫어, 그냥. 털도 너무 날리고."

"나도 싫어. 10년 강아지 키웠으니까, 이제 고양이 키울래."

얼굴에 팩을 올려놓은 채 그녀가 입술을 거의 움직이지 않고 말했다.

"왜, 고양이 이름은 엄마 이름으로 지으려고?"

그녀가 벌떡 일어나더니 그를 쏘아보았다.

"맘대로 해라. 하여튼 나는 싫다."

그가 자리를 피했다. 그녀의 시선이 등 뒤에 따라붙었다. 어딘지 모르게 마음 한구석이 뜨끔, 저렸다.

2

그는 언제나 아침 7시에 일어났다. 대개 비슷했지만 잠에서 깨는 시간이 조금씩 더 빨라지고 있었다. 그는 자고 있는 그녀의 모습을 바라보았다. 창을 등지고 누운 그녀의 얼굴에 그늘이 져 있었다. 그는 언제나 일정한 시간에 잠자리에 들었고 수옥은 주로 새벽이나 아침이 다 되어서야 잤다. 그가 습관적으로 그녀의 머리를 쓰다듬었다. 그녀가 귀찮은 듯 돌아누웠다.

규칙적인 그와 대중없는 그녀였다. 거실로 나온 그는 우두커니 서서 베란다 창 너머를 바라보았다. 몇몇 노인들이 운동 삼아 부지런히 걸음을 옮기는 모습을 눈으로 좇았다. 수옥과 생활 시간대가 점점 어긋났다. 별문제는 없었다. 그녀는 그녀의 삶을 살고 그는 그의 일상을 살면 되었다. 일찍 출근해야 될 이유가 없었지만 그는 천천히 학교에 나갈 준비를 했다. 쉰 살에 처음으로 정년이 보장된 직장을 얻었다. 고난의 시간에 대한 보상 같았다. 굴욕과 치욕을 이고 살아온 인생의 대가였다.

그는 혼자서 아침을 챙겨 먹었다. 전날 먹었던 된장국에 찬밥을 말았다. 반찬은 김과 김치가 전부였다. 접시에 담는 게 귀찮아서 반찬통째 놓고 먹었다. 아침을 먹은 후엔 양치를 하고 샤워를 했다. 따뜻한 물이 바로 나오지 않아 짜증이 일었다. 옷을 벗은 채 벌벌 떨며 쏟아지는 찬물을 피해 한참을 서 있어야만 했다. 봄이었지만 아침과 밤에는 제법 한기가 돌았다. 그에게는 아직 한겨울 같았다.

"좀 조용히 다녀."

수옥이 침대 위에서 발을 구르며 짜증을 냈다. 그는 천천히 다가가 가만히 방문을 닫았다.

집을 나서기 전 그는 베란다에서 담배 한 대를 피웠다. 오랜 습관이었다. 운동하던 노인들은 사라지고 없었다. 대신 작고 흰 털을 가진 조그만 강아지가 보였다. 얼마 전에 잃어버린 김수영 같았다. 그는 조금 놀라서 한 발 다가섰다. 착각이었겠지만 강아지가 자기를 보고 있는 것 같았다. 흰 개는 금세 풀숲으로 사라졌다.

3

그와 그녀는 스무 살 차이가 났다. 그녀가 대학 신입생일 때 그는 마흔 살의 노총각 시간강사였다. 10년 전이었다. 문예사조 첫 수업이 끝나고 그녀가 그를 찾아왔다. 봄이 왔지만 아직 축축한 한기가 몸속을 파고들었다. 그가 배롱나무 옆에서 막 담배를 피우려던 참이었다.

"선생님, 저 모르시죠?"

하늘은 곧 비가 쏟아질 것처럼 잔뜩 흐렸다. 그가 그녀를 멀뚱히 쳐다보았다. 마흔의 그는 탈모가 심하게 진행되어서 실제 나이보다 더 들어 보였다. 그가 정수리 부분을 손톱으로 긁적였다.

"글쎄, 우리가 알던 사이던가?"

처음 보는 여자애였다. 그녀는 빙긋 웃으며 그를 뚫어져라 올려다보았다.

"이제 알아가기 시작하는 사이죠. 물론 저야 선생님을 잘 알지만요. 저 이번 학기 선생님 수업 들어요."

"아, 신입생?"

그녀가 고개를 끄덕였다.

"저도 선생님 같은 문학평론가가 되는 게 꿈이에요."

그녀는 이제 막 고등학교를 졸업한 새내기였지만 당돌함이 신입생 같지 않았다. 또래와 달리 화장이 짙었고 옷도 가슴께가 깊이 파인 옷을 입고 있었다. 추운 날씨 때문인지 그는 자꾸 그쪽으로 눈길이 갔다. 그가 슬쩍 그녀의 몸을 눈으로 훑었다. 얼굴은 미인이라고 할 수 없었으나 몸매는 스무 살답지 않게 성숙하고 육감적이었다.

그가 또 정수리 부분을 손으로 긁었다. 하루하루가 다르게 듬성듬성해지는 부분에 자꾸 신경이 쓰였다. 대화를 하거나, 책을 읽거나, 걷다가 무의식중에 그는 정수리의 밋밋한 부분을 긁적였다.

"선생님, 만난 기념으로 술 사주세요."

"……지금? 12시도 안 됐는데."

"그니까요. 특별하잖아요."

그녀가 그의 팔짱을 꼈다. 그가 화들짝 놀라서 그녀의 손을 뿌리쳤다.

"너, 당돌하구나."

"선생님 좋아요. 내 거 하려구요."

그의 얼굴이 벌게졌다. 그는 벌써 다른 생각을 하고 있었다. 마음에 드는 것은 그녀의 몸 하나뿐이었으니까. 그녀는 얼굴도 그저 그랬고 특히 목소리가 자꾸 거슬렸다. 높은 톤에 갈라지는 소리를 냈는데, 말을 할 때마다 자꾸 뭔가를 조르거나 우기는 느낌을 주었다.

"너는 네 또래랑 놀아."

그가 애써 돌아섰고 그녀는 아랑곳하지 않았다. 한 걸음 뒤에서 따라오며 계속해서 술을 먹자고 졸라댔다. 마주치는 학생들이 그와 그녀를 이상한 눈으로 번갈아 바라보았다. 교문을 나서는데 한 무리의 여학생들이 그에게 인사를 했다.

"너희랑 같은 과 신입생이야."

그가 머뭇거리며 말했다.

"선배님, 우리 같이 술 마시러 가요. 선생님이 술 사주신대요. 같이 가요."

"지금?"

여학생들이 의아한 표정으로 그를 올려다보았다. 그가 여학생들에게 싫은 표정을 지었다.

"너 뭐하는 거야. 선생님이 난처해하시잖아."

"아니에요, 좋아하셨어요. 마침 낮부터 한잔하고 싶었다고 그러셨어요."

그녀가 잠깐 생각할 틈도 없이 거짓말을 했다. 여학생들이 이상한 눈으로 그를 쳐다보았다.

"내가 언제 그랬어? 너 그게 무슨 말이야."

"마시고 싶어 하셨잖아요."

그녀가 그의 팔짱을 끼며 애교를 부렸다. 여학생들이 슬금슬금 멀어져갔다.

"선생님, 저 배고파요."

그가 팔짱 긴 그녀의 손을 풀어내고 그녀를 빤히 쳐다보았다.

둘은 학교 근처 재래시장에서 순댓국에 소주를 마셨다. 그녀는 엉망으로 취했다. 그도 취기가 올랐다. 둘은 얼굴이 벌게져서 순댓국집을 나와 큰길을 피해 골목을 찾아 걸었다. 그녀는 비틀거리며 계속 넘어졌고 그가 그녀를 부축했다. 그녀는 그의 몸에 의지해 겨우 걸었다.

둘은 한참을 걸었다. 학교에서 멀리 떨어진 허름한 여관을 찾아 들어갔다. 눈도 아니고 비도 아닌 가는 눈발이 날렸다. 지나간 것처럼 보였던 겨울이 다시 얼굴을 디밀었다. 오고 있던 봄은 도로 물러갔다. 그와 그녀는 10년 전, 그렇게 처음 만났다.

4

그는 그녀가 싫었다. 오래전부터 그랬다. 하지만 여사가 필요했고 그녀가 옆에 있었다. 그래서 그는 그녀와 함께 살았다. 그녀를 보면 인생에서 마음대로 되는 게 하나도 없다는 걸 다시금 실감했다. 그녀가 구질구질했던 지난 시간의 마침표가 되길 바랐다. 그래야 된다고 믿었다. 싫어졌으니 이제 집에서 나가라고 하면 되었으나 그는 그렇게 할 수가 없었다. 그는 무슨 일이든지 책임이 자기에게 밀려오는 것을 못 견뎌 했다. 그녀가 알아서 집에서 나가주었으면 했다. 헤어지자고 말해주길 바랐다. 그러나 그녀는 그럴 기색이 없어 보였다.

그가 생각하기에 그녀는 멍청한 데다 무모하고 용감했다. 경솔함이 그녀를 장사로 만들었다. 그런 그녀가 무서웠다. 세상에서 유일하게 두려웠다. 자기 의지가 아니라 그에 의해 관계가 틀어지고 상처라도 받게 된다면 그녀는 무슨 일이든지 할 사람이었다. 망신 정도가 아니라 다시는 사회생활을 못 할 정도의 두려운 일이 벌어질지도 몰랐다. 특히 그가 교수가 된 후, 그녀는 그와 헤어지지 않기로 아예 마음을 굳힌 듯했다. 그로선 절망적이었다.

"나 이제 교수 부인으로 살 거야."

그녀가 발톱에 와인색 매니큐어를 바르고 있었다. 그녀와 어울리지 않는 색깔이라고 그는 생각했다.

"이 나이에 무슨 결혼이야. 다 때가 지났다."

말은 그렇게 했지만 그는 연구실 서랍 속에 넣어둔 서너 장의 사진을 떠올렸다. 나이 쉰이 되고서야 멀쩡한 여자들에게서 맞선 자리가 들어왔다. 교수라는 직함에 걸맞은 여자를 찾고 싶었다. 지난 인생을 정리하고 다시 시작하고 싶었다. 그런 의미에서 그녀는 그에게 큰 걸림돌이었다. 그녀는 가난했고, 능력도 없었다. 예쁘게만 보이던 몸도 흉측하게 변해가는 것 같았다. 그녀의 모든 게 그에게는 최악이었다.

"나는 딱 결혼할 나이야. 선생님이야 어차피 늦었지만 난 딱 좋을 때니까 내 맘대로 할 거야. 이미 사람들한테 곧 결혼

할 거라고 얘기도 다 해놓았어. 올여름에 결혼할 거라고 말이
야."

"누구 맘대로?"

"싫어?"

"싫어."

"싫어도 상관없어."

"넌 나이가 서른이나 됐는데, 어떻게 그렇게 스물일 때랑
똑같냐. 하여튼 막무가내야."

그는 그녀를 쫓아낼 생각에 골몰했다. 뾰족한 수가 없었다.
관계가 깨진 이유를 그녀에게서 만들어내야만 했다. 헤어질
이유를 그녀에게서 찾아야만 했지만 그게 마음처럼 쉽지 않았
다. 예전처럼 그녀는 밖에서 다른 남자를 만나지도 않았다. 몇
년 전 그때 그녀를 내쫓지 않은 게 두고두고 후회됐다. 시간은
지나갔다. '화'라는 것도 감정이 있을 때 가능한 것이었다. 그
는 답이 없는 고민만 되풀이하고 있었다.

"너는 왜 그렇게 찰거머리 같냐."

"갑자기 그게 무슨 말이야?"

"아니다."

그는 그러고는 자리를 피했다. 베란다로 나가서 담배를 피
웠다. 그녀가 잃어버린 김수영, 흰 개처럼 손쉽다면 얼마나 좋
을까, 그는 생각했다. 알아서 사라져주면 얼마나 좋을까, 바랐
다. 열린 문틈으로 담배 연기가 더디게 빠져나갔다.

5

그녀에게 다른 남자가 있다는 것을 그는 우연히 알게 됐다. 5년 전이었다. 동거하는 5년 동안 그녀에게 줄곧 남자가 있었다는 것도 알게 됐다. 스물다섯의 그녀는 대학을 졸업하고 대학원에 다니고 있었다. 마흔다섯의 그는 여전히 빌라 반지하에 살고 있었고, 아랫배는 예전보다 좀더 불룩해졌다. 걸음은 조금 더 느려졌고, 휑했던 정수리에 머리가 다시 나기 시작했다. 프로스카라는 약 덕분이었다. 전립샘비대증상은 개선의 여지가 없었지만 탈모가 멈추고 듬성듬성했던 정수리가 수북해졌다. 새로 나기 시작한 머리 덕분에 정수리를 만지작거리는 버릇은 여전했다.

머리가 다시 나기 시작하자 전혀 발기가 되지 않았다. 그는 자기 몸에 무뎠다. 그녀의 몸에도 무뎠다. 그녀와 잠자리를 한 것이 반년을 넘어가고 있었음에도 그는 인지하지 못했다. 그녀는 밖에서 다른 남자와 자고 들어와 그 옆에 누워 잠이 들었다. 물론 그는 알지 못했다. 아주 가끔, 그녀가 진짜 등단해서 문학평론가가 되면 어쩌나 하는 걱정이 그녀를 향한 관심의 전부였다.

그녀는 동시에 여러 남자를 만나고 있었다. 치욕스러웠던 것은 그녀가 다른 남자와 바람을 피운다는 사실 때문이 아니었다. 그가 정말 화가 난 이유는 자기만 그 사실을 몰랐다는 것 때문이었다. 이미 학교에 소문이 퍼져 거의 모두가 그녀의 그런 행실을 알고 있었다. 사람들은 그를 측은하게 생각하던 터였다. 누구 하나 그에게 그녀의 그런 내막을 일러주는 이가 없었다. 그는 동네 바보가 된 기분이었다.

그는 정말 우연히 한 남자의 팔에 매달려 모텔로 들어가는 그녀를 보게 되었다. 환한 낮이었고 봄이 막 지나쳐가고 있었다. 여름이 시작되고 있었고 학교 근처였다. 그는 베트남 쌀국숫집에서 학과 교수들과 점심을 하고 있었다. 그녀를 먼저 발견한 것은 그의 지도교수였다.

"저기, 수옥이 아닌가?"

밥을 먹던 사람들의 시선이 일제히 통유리 너머 한 커플에게 쏠렸다.

"저 남자애는 복학생 같은데?"

둘은 다정하게 쌀국숫집 맞은편 모텔, 오렌지로 들어서고 있었다.

"……에이, 잘못 봤겠지. 그럴 리가 있나."

뒤늦게 지도교수가 실수를 깨닫고 얼버무렸다. 사람들은 놀라고 난감해서 어쩔 줄을 몰라 하는 표정을 지었다. 모두 열심히 국수를 후루룩거렸다.

그는 얼굴이 빨갛게 달아오르다 못해 활활 타버릴 것만 같았다. 물론 사람들은 그와 그녀가 연인 사이라는 것을 알고 있었다. 모두 모른 척했지만 둘의 관계가 평범하지 않았기 때문에 알아도 모르는 일이고 사실이어도 소문에 불과한 일이었다. 그도 입속으로 마구 쌀국수를 처넣었다. 입천장이 까지고 혀를 데었다. 그래도 젓가락질을 멈추지 않았다.

"어린 애인 만나려면 그 정도는 감수해야지 뭐."

뜬금없이 지도교수가 혼잣말을 했다. 국수를 빨아들이는 입 사이로 희미하게 말이 새 나왔다. 사람들이 잠시 젓가락질을 멈추었다, 서둘러 남은 국수를 너나없이 흡입했다.

그날 밤, 그는 그녀의 짐을 싸서 문밖에 내놓았다. 그녀는 한밤중이 되어서야 집에 돌아왔다. 그는 자물쇠를 걸어 잠그고 문을 열어주지 않았다. 다시는 보고 싶지 않았다. 하지만 그의 바람대로 되지 않았다. 그녀는 호락호락한 여자가 아니었다. 상황을 눈치챈 그녀가 울며불며 문밖에서 소란을 피우기 시작했다.

그녀는 무릎을 꿇고 큰 소리로 울부짖으며 빌었다. 손을 앞에 가지런히 모으고 연신 비볐다. 그에게 용서를 빌었다. 그녀의 음성이 들려오자 강아지가 주인 음성을 듣고 짖기 시작했다. 그녀는 무작정 빌고 또 빌었다. 그는 짖어대는 개를 끌어안았다.

"제발 문 좀 열어줘. 내가 맞아 죽을게. 차라리 때려줘. 제발, 용서해주세요. 문 좀 열어줘. 얼굴 보고 얘기해, 제발."

한밤중의 소란으로 빌라에 사는 사람들이 하나둘, 밖으로 나왔다. 그는 안절부절못했다. 창피해서 죽을 것만 같았다. 그녀는 사정을 묻는 이웃들을 아랑곳하지 않았다. 문에 대고 빌고 또 빌었다. 강아지가 그의 품을 벗어나 계속해서 짖어댔다. 동네 사람 모두가 나와 그녀를 구경했다.

그녀는 문을 쾅쾅 두드리면서 애원했고 그는 결국 빗장을 풀었다. 살짝 열린 문틈으로 이웃들이 그를 힐끔거렸다. 그녀가 현관으로 들어서자마자 그는 뺨을 후려갈겼다. 강아지가 짖어대며 그에게 달려들었다. 그가 발로 강아지를 밀어냈다. 그녀는 신발도 벗지 않고 무릎을 꿇었다.

"제발, 나 버리지 마요. 잘못했어. 잘못했어."

"시팔년. 나한테 이런 창피를 줘?"

"나 시팔년 맞아. 때려줘, 선생님. 그리고 용서해줘. 다시는 안 그럴게."

그녀가 손이 닳도록 빌었다. 그는 무슨 말인가를 하려다가 말았다. 입 밖으로 더러운 욕이 튀어나오려는 것을 꾹 참았다.

"내일 당장 나가."

"어디로 가요. 갈 데 없는 거 알면서."

그녀가 눈물을 훔치며 애원했다. 그는 그녀를 그냥 놔둔 채 작은방 서재로 들어가버렸다. 날이 샐 때까지 그녀는 꼼짝도 하지 않고 현관에 무릎을 꿇고 있었다. 김수영이 측은한 듯 꼬리를 흔들며 그녀의 주위를 지켰다.

6

요즘 그는 특별한 약속이 없으면 걸었다. 걸어서 한 시간 거리에 30년 전 그가 살았던 동네가 있었다. 오랜 시간 서울 변두리를 전전하면서도 그곳을 떠올린 적이 없었다. 그는 완전히 잊었다고 생각했다. 그런데 학교에 부임한 뒤로 원래 그래왔던 것처럼 그는 자기의 스무 살 절망과 또 다른 절망이 침잠되어 있는 동네로 향하곤 했다.

스물, 처음 서울에 올라와 살던 동네였다. 작은 골목이 미로처럼 언덕을 향해 뻗어 있었고 판잣집이 다닥다닥 틈 없이 붙어 있었다. 그러나 이제는 달동네는 사라지고 대규모 아파트 단지가 들어서 있었다. 거의 모든 것이 변했지만 시장 골목에 3천 원짜리 선지해장국집은 그대로였다.

그는 오래전 그랬던 것처럼 거의 매일 그 집에서 밥을 먹었다. 30년 전, 그는 낮에는 전문대를 다녔고, 밤에서 새벽까지는 노량진 시장에서 청과물을 하역하는 일을 했다. 천근만근 늘어진 몸을 끌고 그는 해장국집으로 향했다. 살기 위해서 먹었고 살아 있어서 먹는 해장국이었다.

잠은 늘 부족했고, 학비와 생활비 모두를 벌어야 하는 그는 사는 게 고되기만 했다. 스무 살, 그때도 세상에 쉬운 일은 하나도 없었다. 덕분에 그는 살기 위해 자기를 버리는 법을 일찍 체득했다. 자신을 잊어야만 생존할 수 있었다. 자기의 주장도 없어야 했고, 정치나 그 밖의 사회에 대한 인식 같은 것도 불필요했다. 그에겐 생존만이 필수적인 것이었고 나머지는 모두 쓸모없고 쓸데없는 일이었다.

세상에 유일하게 만만한 것이 선지해장국이었다. 30년이 지난 지금, 그는 운동 삼아 거의 매일 그곳으로 향했다. 더럽고 악취가 풍기던 작은 천은 산책로가 조성되어 제법 근사한 모습이 되었다. 그는 흘러간 시간을 절감하며 스무 살 때의 절망을 밟듯 걸었다.

햇살은 따뜻했고 바람은 잠잠했다. 평온했다. 앞서 걷는 여자는 이어폰을 꽂고 팔을 크게 흔들었다. 여자의 잘록한 허리와 엉덩이를 그는 힐끔거렸다. 그는 앞서 걷는 여자를 따라 걸었다.

갑자기 앞서 걷던 여자가 멈춰 서더니 돌아섰다. 깜짝 놀라서 그도 따라 멈추어 섰다. 하마터면 부딪힐 뻔했다. 앞선 여자의 걸음 속도에 맞춰 있던 터였다.

"아저씨, 지금 뭐하는 거예요?"

그는 영문을 몰라 빤히 여자를 바라보았다. 보지 않으려고 애썼으나 여자의 가슴골에 시선이 가장 먼저 꽂혔다. 여자는 운동할 때 입는, 몸에 딱 달라붙는 민소매 튜브톱과 후드 점퍼, 조깅용 레깅스를 입고 있었다. 시선을 둘 곳이 별로 없었다. 여자가 말하는 중에도 그는 계속 여자의 몸을 훑었다.

"너 변태야? 왜 자꾸 훔쳐보면서 따라오는 거야? 너 딱 걸렸어, 개자식아. 핸드폰으로 다 찍었어."

오고 가는 사람들이 둘을 쳐다보았다. 그런 와중에도 그는 여자의 몸에서 눈을 떼지 못하고 시선을 꽂고 있었다. 여자가 곧바로 신고를 했다. 그가 황급히 달아났다.

"거기 안 서? 지금 변태가 도망가요."

여자는 전화를 하면서 그를 뒤쫓아왔다.

"도와주세요. 저 사람 좀 잡아주세요. 성추행범이에요."

여자가 고함을 치며 쫓아왔다. 그는 뛰다시피 도망을 쳤다. 산책로를 벗어나 정신없이 뛰다가 걷기를 반복했다.

번잡한 쇼핑센터 안으로 들어가 몸을 숨겼다. 계속 누군가 따라오는 것 같아 불안했다. 도대체 자기가 뭘 잘못했는지 알 수 없었다. 그런 오해의 중심에 서게 된 걸 이해할 수 없었다. 평온했던 점심을 망친 데 화가 났다. 그는 숨을 고르고 패스트 푸드점에 들어가 햄버거 세트를 시켰다. 식당 안은 굉장히 소란스러웠다. 평일 점심때라 손님의 대부분은 노인이거나 아이와 엄마들이었다. 엄마들은 군데군데 모여서 시끄럽게 수다를 떨었다. 아이들은 누가 더 시끄러운지 대결이라도 하는 것처럼 고함을 지르면서 뛰어다녔다. 누구 하나 아이들을 제지하는 사람이 없었다. 정신이 없었다. 얼른 먹고 나갈 참이었다. 막 햄버거를 한 입 베어 먹는데 어느새 한 아이가 다가와 남자의 감자튀김을 집어 먹었다.

"야! 내 거야."

자기도 모르게 아이를 향해 말이 튀어나왔다. 목소리가 좀 컸다. 아이는 화들짝 놀라며 울음을 터뜨렸다. 아이 엄마가 무슨 일인가 싶어 얼른 다가왔다.

"아무리, 그거 하나 집어 먹었다고 애한테 그렇게 고함을 지르면 어떡해요. 정말, 인정머리 없는 사람이네."

젊은 엄마가 아이를 어르며 멀어져갔다. 식당 안 모든 사람이 그를 쳐다보며 수군거렸다.

7

10년 전, 어느 날 수옥은 아예 짐을 싸서 그의 집으로 들어왔다. 그녀의 스무 살, 3월이 그렇게 지나고 있었다. 그녀는 신입생 동기나 선배 들과 어울리지 않았다. 이미 그녀가 그와 사귄다는 소문이 파다했다. 그녀도 사람들에게 그런 사실을 숨기지 않았다. 강사하고 그렇고 그런 사이라는 것을 은근히 자랑하고 과시했다. 그녀는 만나는 사람마다 그가 얼마나 대단한 사람인가 떠들어댔다. 그런 얘기가 문제가 될 것은 뻔했다.

그는 난감했다. 무엇보다 그녀는 어렸고 그의 마음은 이미 그녀에게로 움직이고 있었다. 그때 그에게는 무엇보다도 그게 가장 중요하고 절실했다. 하지만 큰 문제가 있었다. 그는 이미 수옥보다 세 살 많은 현수라는 여자와 동거 중이었다. 햇수로 3년째였다. 현수도 대학 1학년 때 그를 만났다. 현수는 그녀의 과 선배이기도 했다. 현수는 학교를 휴학하고 생활비를 벌기 위해 아르바이트를 하고 있었다. 그가 시간강사로 벌어들이는 수입은 뻔했고 현수는 생활에 헌신적이었다. 현수 덕분에 그는 수업을 몇 개 줄이고 공부할 수 있는 시간을 벌 수 있었다.

"이렇게 집으로 쳐들어오면 어떡해."

다행이라면 현수가 없을 때 그녀가 들이닥친 것뿐이었다.

"나 이제 여기서 선생님이랑 살 거야."

"기다리라고 했잖아. 아직 그 애랑 정리 못 했어."

"기다릴 만큼 기다렸어."

"뭘 기다려. 만난 지 겨우 3주 됐어."

"3주면 길지. 선생님이 해결 못 하는 것 같아서 내가 하려고."

"그 애는 아무것도 몰라."

"선생님은 그냥 가만히 있어. 내가 다 알아서 할 테니까."

막아서는 그를 밀치고 그녀는 성큼성큼 방으로 들어갔다.

"뭐 하는 거야?"

"그 여자 짐 싸."

"그냥 둬. 그렇게 되는 게 아니야."

"그렇게 돼. 두고 봐."

만류하는 그의 손길을 뿌리치고 그녀는 커다란 비닐가방에 아무렇게나 짐을 쑤셔 넣었다.

"너, 막무가내구나."

"난 그냥 막내일 뿐이야."

"내가 알아서 할 테니까 집에 가 있어."

"엄마한테 다 말하고 나왔어. 집으론 못 들어가, 이제."

그녀의 엄마와 그는 다섯 살밖에 차이가 나지 않았다.

"엄마가 뭐라는데?"

"몰라. 말하기 전에 집을 나왔으니까. 참, 이것 볼래?"

그녀가 자기가 들고 온 가방에서 주섬주섬 뭔가를 꺼냈다.

"이거 팔면 꽤 비싸대."

그녀가 가방에서 꺼낸 것은 골드바였다.

"이게 뭐야? 금 덩어리야?"

"응, 팔아서 선생님이랑 맛있는 거 사 먹으려고."

"너, 미쳤구나."

"나, 선생님한테 미쳤지. 몰랐어?"

그는 겁이 나기 시작했다. 그녀가 조금 당돌한 줄만 알았는데 무모하고 겁이 없었다.

"알았어, 알았으니까. 그럼, 잠시라도 나가 있어. 내가 잘 마무리하고 부를게."

"싫어. 선생님처럼 그렇게 미적거리면 계속 미련이 남는 거야. 내가 정 떨어지게 만들 거야."

"그러지 마, 좀. 그 애 올 때 다 됐어."

그의 말이 떨어지기 무섭게 현관문 자물쇠를 열려는 소리가 들렸다. 그가 화들짝 놀라서 뒷걸음쳤다.

"선생님은 꼼짝 말고 가만히만 있어. 내가 다 알아서 할 테니까."

문으로 다가서는 그를 그녀가 막아섰다. 문이 열리지 않자 현수는 초인종을 눌렀다. 그녀가 그의 입을 손으로 가렸다.

"가만히 있어."

그녀가 속삭였다. 현수가 문을 쿵쿵 두드렸다.

"쟤도 보통이 아니야."

그가 입을 가리고 속삭였다.

"내가 더 세. 싸워서 한 번도 진 적 없어."

그녀가 문을 노려보며 중얼거렸다.

"싸우려고?"

그가 놀라서 조금 목소리가 커졌다. 둘은 거의 소리 나지 않게 말을 주고받았다.

8

지도교수와 함께한 저녁 회식 자리는 정기적으로 있는 모임이었다. 모임에 나온 대부분은 이십대에 대학에서 처음 만나 20년 넘게 연을 이어오고 있어 작은 속마음까지도 숨기기 힘들 만큼 가까운 사람들이었다. 올여름 지도교수가 정년을 앞두고 있어 제자들이 퇴임식 준비를 위해 마련한 자리이기도 했다.

"형, 독일 차로 바꿨다면서요."

술이 몇 순배 돌자, 한 후배가 비아냥대며 화제를 최근 임용된 그에게 돌렸다.

"임용되고 제일 먼저 한 일이 그거구나?"

지도교수도 거들었다. 그는 얼굴이 벌게져서 아무 말도 못하고 우물쭈물했다.

"무슨 차로 바꿨는데? 사람이 한 번에 너무 바뀌면 안 되는데."

"타던 차가 오래되고 해서. …… 연비 좋다고 해서 저렴한 거로 바꿨어요. 그렇게 좋은 차는 아니에요."

"국산 치도 언비 좋은 거 많은데. 그냥, 외제 차 한번 타고 싶었다고 하면 되지, 말을 그렇게 돌리냐. 형은 옛날부터 좀 솔직하지를 못해요."

나이가 여덟 살이나 어린 친구였는데 은근슬쩍 반말을 섞었다. 그는 신경이 좀 거슬렸다. 취하지도 않았는데 그에게 시비조인 듯했다.

"가봉이 말이 맞아. 외제 차는 좋은 걸 타야 해. 교수가 괜히 외제 차 타고 싶어 안달난 놈처럼 보이면 안 돼. 싼 거 끌고 다니면서 폼 잡는 놈이 젤로 변변치 못한 놈이야."

지도교수도 그 후배의 말을 거들었다. 그는 잘못한 것도 없는데 괜히 한 방 먹은 기분이었다. 별일도 아닌데 큰 잘못을 들킨 것 같아서 그는 마음이 좀 찜찜해졌다. 무엇보다 화제의 중심이 자기가 된 것이 불편했다.

"그러고 보니 시계도 새 거네."

사람들의 시선이 일제히 그의 손목으로 향했다. 그가 슬쩍 소매 안으로 시계를 감췄다.

"자랑 좀 해요, 형."

"선물 받았어, 그냥."

"아, 형 그 어린 애인이 준 거구나? 그런데 어떻게 10년이나 지났는데도 아직도 애야?"

후배는 혀가 살짝 꼬인 채 키득거렸다. 그는 아무 말도 하지 못했다. 그는 사람들의 시선에 비껴 사는 것이 인생의 목표였다. 언제나 침묵했다. 사석에서도 사람들이 사생활이나 정치관, 혹은 전공에 대한 얘기를 할 때조차 그는 자기의 생각을 말하는 법이 없었다. 그래서 사람들은 그를 겸손한 사람이라고 믿었다. 누구와도 관계가 나쁠 리 없었고 그를 특별하게 미워하거나 싫어하는 사람도 없었다. 그래서 후배의 시비는 그에게는 굉장히 낯설고 해결하기 어려운 일이었다. 임용 이후에 달라진 상황이었다.

지도교수가 최근 큰 문제가 됐던 연말정산 문제를 꺼내며 정부를 비판했다. 세금 문제이니 사람들은 선생의 말에 크게 동조하며 한마디씩 거들었다. 모두가 비슷한 직업에 똑같은 처우를 받다 보니 공감이 컸다.

"이 정부는 이미 끝났어. 지난 정권보다 더 실패할 게 뻔해."

지도교수가 열변을 토해냈다.

"지당하신 말씀입니다."

그가 버릇처럼 지도교수의 말끝에 추임새를 넣었다.

"형은 정말, 답이 없는 사람이야. 줏대라는 것을 찾아볼 수가 없어요."

후배는 완전히 취한 것 같았다. 몸을 제대로 가누지 못했다.

"그만하시게. 자네 좀 취했네."

지도교수가 점잖게 그를 만류했다. 후배는 무슨 말인가를 하려다가 멈췄다. 그는 얼굴이 시뻘게져서 고개를 숙이고 가만히 있었다. 그 후배는 모교에 지도교수와 함께 재직 중이었다. 제자들 중에 가장 명민했다. 선생들에게도 신임이 두터운 친구였다. 모인 제자들 중에 가장 먼저 학교에 자리를 잡았다. 좋은 부모 만나 강남에서 나고 자랐다. 특유의 세련이 몸에 밴 사람이었다. 후배에 대한 평소 그의 생각이 그랬다.

모든 배경과 환경이 자기와는 다른 사람이었다. 주눅이 들었다. 지도에도 잘 나오지 않는 촌에서 나고 자라 겨우 전문대를 졸업하고, 변변치 않은 직장을 전전하다가 편입을 하고, 대학원까지 마친 그에게, 모든 것이 빠르기만 한 그 후배는 영원히 극복할 수 없는 대상이었다. 살면서 쉬운 것이 아무것도 없

었던 그와 모든 것이 쉽기만 했던 후배였다. 그에겐 철 지난
어떤 계급의식 같은 것이 오래전부터 자리잡고 있었다.

그 후배를 좋아한 적은 없었다. 하지만 친해지려고 노력했
고 실제로 오랫동안 좋은 관계를 유지했다. 그런데 어쩐지 임
용이 되고부터 후배는 호의적이지 않았다. 이유를 알 수 없었
다. 적어도 후배가 질투가 나서 그런 것이 아니라는 것 정도는
알고 있어서 이유가 더 궁금했다.

"형은 박근혜 지지자잖아."

사람들이 별소리를 다 한다는 표정이었고 그는 빙긋이 웃
었다.

"노무현 때는 노무현 지지자였고, 김대중 때는 김대중 지지
했고, 전두환, 박정희도 다 지지하잖아."

후배가 잠시 잠잠해진 분위기에 불을 붙였다. 그는 꾹 참
았다.

"뭐야, 도대체."

그는 자리를 박차고 일어설까 말까 고민에 고민을 거듭하고
있었다. 지도교수의 눈 밖에 날까 전전긍긍이었다. 사람들이
말없이 술잔을 비웠다. 분위기가 어색해졌다. 몇몇이 시답잖
은 농담을 던졌고 누군가는 필요 이상 웃고 떠들었다. 그도 재
미도 없는 농담에 과장되게 웃었다. 말소리가 멈추고 웃음이
멎으면 다시 금세 정적이 내려앉았다.

9

그는 도무지 후배가 시비를 거는 이유를 알 수 없었다. 그 이유를 자기는 모르고 지도교수는 알고 있는 것 같아서 불안했다. 어떤 것도 지도교수에게 흠 잡히고 싶지 않았다. 그는 은근히 지도교수의 퇴임 후 있을 교원 충원에 기대를 걸고 있었다. 사소한 일 때문에 일을 망칠까 봐 겁이 났다. 후배의 시비와 비아냥거림은 별것 아닐 수도 있었다. 모욕을 느끼고 치욕스러운 일을 당하는 것은 금세 지나갔다. 그것을 견뎌야지만 인생에서 성공할 수 있다고 그는 믿었다. 그렇게 살아왔다. 그에게 지도교수는 삶의 대상으로서 다른 존재였다.

"형은 진보의 견해도 없고 보수 생각도 없어. 전공에도 주장도 없고 반대도 없어. 같이 살아도 사랑도 없고, 언제나 같이 있지만 사람들과의 관계도 없고, 줏대도 없고, 아무것도 없어. 있는 게 고작, …… 아부가 전부야, 시발. 인간이 그냥 깃발이야. 계속 나부껴. 바람이 불면 펄럭이고 잠잠하면 가만히 있고."

후배가 다시 말을 뱉고는 키득거리며 웃었다. 그런데 자세히 보니 울고 있었다.

"진짜 불쌍해. 불쌍한데 화가 나. 진짜 못났잖아."

울다가 다시 웃었다.

"너 말이 좀 심하다."

그가 발끈하며 겨우 한마디를 뱉었다.

후배의 비아냥거림은 계속됐고 말릴 새도 없이 말이 퍼졌다. 그는 결심했다. 자리를 뜨려고 일어섰다. 사람들이 별일이라는 듯 그를 쳐다보았다.

"너, 그런 친구 아니잖아. 가봉이가 오늘 뭐가 안 좋은 모양이니, 자네가 이해하게. 그냥, 어서 앉아."

지도교수의 말에 그는 자리에 다시 털썩 앉았다. 다행이라고 생각했다. 그는 실제로 갈 생각이 없었다. 그의 바람대로 지도교수가 잡아줘서 너무나 다행이었다.

"형님, 요즘 좋은 소문 있던데?"

지도교수의 퇴임식 문제로 한참 동안 화제에 벗어나 있던 그를, 다른 후배 하나가 다시 술상에 올려놓았다.

"무, 무슨?"

그는 겁이 났다. 좋은 얘기든지 나쁜 얘기든지, 있을 때건 없을 때건 사람들이 자기에 대해 얘기하는 것이 겁났다. 사람들 눈에 띈다는 것은 중심이 된다는 것이다. 그런 사람은 언제든 바깥으로 밀려나기 십상이라고 그는 믿었다.

"요즘 좋은 데서 선 많이 들어온다며. 연구실 서랍 안에 여자 사진 수십 장이 들어 있다던데. 조건과 미모를 고르고 또 고른다며?"

말을 듣자마자 그는 연구실 조교가 생각났다. 밥을 먹으며 이런저런 얘기를 했던 게 떠올랐다. 사람들이 호기심 어린 눈으로 그를 바라보았다. 대답을 기다렸지만 그는 우물쭈물 아무 말도 못 했다. 한참 만에 그가 겨우 입을 뗐다.

"그런 거 아니야. 지인들이 나 걱정해서 그러는데, 내가 그럴 수는 없지."

"우와. 뉘앙스가 마음은 굴뚝같은데 어쩔 수 없다는 말처럼 들리는데?"

"아니 조교도 미모순으로 뽑는다며? 지도제자도 예쁜 여학생들만 받고 말이야."

"형, 어린 애인 옆에 두고 너무 밝히는 거 아냐?"

사람들이 말을 거들며 모두 웃었다. 농담이었으니 그도 덩달아 따라 웃었다. 엄청 화가 났지만 안 그런 척 누구보다 열심히 웃었다. 조교가 자기에 대해 그런 말을 했다고 생각하니 참을 수가 없었다.

화제는 다시 퇴임식으로 돌아갔고 서로 맡아서 해야 할 일들을 나누었다. 화제에서 자기가 벗어난 것이 여간 다행스러운 일이 아닐 수 없었다. 그가 슬쩍 조교에게 문자를 보냈다.

'월요일 9시에 연구실에서 보자.'

10

그에게 시비를 걸던 후배는 엉망으로 취해버렸다. 몸을 가누지도 못했다. 그러면 그럴수록 그는 기분이 좀 나아졌다. 그는 이때다 싶었다. 사람들이 눈치채지 못하게 은근슬쩍 후배를 비꼬았다. 마음이 좀 풀렸다. 몇몇은 동조하며 술에 취해 망가진 후배를 함께 씹었다. 지도교수 앞에서는 자기만 아니라면, 누군가 욕을 먹고 흠 잡히는 것은 좋은 일이었다.

"아마 이 친구는 이렇게 취했지만, 자기 얘기하는 걸 다 듣고 있을 거야. 내가 지켜본 바로는 굉장히 치밀한 친구거든."

후배가 그의 말이 떨어지기 무섭게 그가 앉은 쪽으로 고꾸라질 듯 몸을 기댔다가 바로 앉았다.

"선생님. ……선생님."

후배는 그의 얘기에는 관심 없다는 듯 지도교수에게 말을 돌렸다.

"왜? 이제는 나한테 할 말이 있나?"

"그게 아니고요, 선생님. 혹시 제자 중에 유현수라고 기억하십니까?"

"유현수?"

순간 그는 놀라서 마시던 물을 뿜을 뻔했다. 두근두근 심장이 뛰기 시작했다. 잊고 있었던 이름이었다. 아주 오랜만에 들어보는 이름이었다. 꼭 10년 전이 마지막이었으니 얼굴도 이젠 가물가물했다. 그는 평정심을 유지하며 놀란 표정을 들키지 않으려고 애썼다. 자기가 아는 '현수'와 동명이인일 수도 있으니 그는 잠자코 후배를 지켜보았다.

"그 못생겼던 현수 기억 안 나십니까? 너무 못생겨서 절대 잊을 수도 없는 현수 말입니다."

"그러게 기억나는 것 같네. 아마도 졸업한 지 한 10년도 넘었지?"

"졸업 못 했습니다. 자퇴했으니까요."

그는 놀란 마음을 누르며 후배의 말에 귀를 기울였다. 10년 전 자기와 현수와의 관계를 아는 사람은 그와 그녀, 현수 말고는 아무도 없었다. 아니 모두 알고 있었는지도 몰랐다. 알면서 모른 척했을 수도 있었다. 그러거나 말거나 이제는 어쨌거나 아무 상관 없었다. 그저 지난 일이었고 부정하면 그만이었다. 실제 그는 현수에 대해서 잘 기억이 나지 않았다.

"그랬었나? 그런데 갑자기 그 친구는 왜?"

"……죽었습니다. 얼마 전에 목매달아 자살했습니다. 서른셋에 죽었습니다."

그가 들고 있던 술잔을 실수로 놓쳤다. 술이 엎질러졌다. 아무도 그를 쳐다보는 사람이 없었다.

"그냥, 그렇습니다. 사는 게 힘들었나 봅니다. 힘들었겠지요. 못생겼으니 힘들었을 겁니다. 사랑도 못 받았을 테니 그랬을 겁니다. 오래전에 상처 입은 게 괴로웠을 겁니다. 그런데 대부분은 죽지 않고, 또 개새끼들은 잘 살지 않습니까."

"이제 자네는 그만하게. 많이 취했네."

"네, 선생님. 그만하지요. 그런데, 저도 그 애 잘 모릅니다. 기억도 안 납니다. 그런데요, 그런데요, ……아닙니다. 우리가 기억을 못 해도, 현수가 죽은 것은 알아야 하잖습니까. 죄송합니다."

몸을 가누지도 못하면서 후배가 그를 빤히 쳐다보았다. 그는 가만히 고개를 숙였다.

"제가 다, 죄송합니다."

그는 조금 찜찜한 기분이 들었다. 현수가 죽었다고 슬픈 건 아니었다. 다만 혹시 사람들이 현수와 자기와의 관계를 알까 봐 걱정이었다. 그뿐이었다.

"저 먼저 들어가겠습니다. 선생님, 오늘 분위기 망쳐서 죄송합니다. 저기 오늘 술값은 이 형이 내기로 했습니다. 맞죠, 형? 형이 오늘 사야 해."

뜬금없이 후배가 그에게 술값을 뒤집어씌웠다.

"어, 어 그럼. 걱정하지 말고 어서 들어가봐."

그가 고개를 끄덕이며 후배를 부축했다. 후배가 그의 손을 가만히 뿌리쳤다.

현수는 그에게 전화를 했다. 문을 두드렸다. 큰 소리로 그를 부르고 초인종을 누르길 반복했다. 하지만 그는 그녀가 시킨 대로 아무 대꾸도 하지 않았다. 한 시간이 넘게 흘렀다. 그녀가 문을 발로 쾅쾅 차기 시작했다.

"좀 일어나."

현수는 아마도 그가 잠이 든 것이라고 생각하는 모양이었다.

한참 만에 수옥이 문을 열었다. 버럭 화를 내며 들어서던 현수가 그녀를 보더니 멈칫했다.

"……뭐야?"

현수는 당황하며 그를 쳐다보았다. 그는 현수의 시선을 피했다. 털썩 소파에 앉았다.

"언니, 저 06학번 수옥인데요. 오늘부터 여기서 선생님이랑 살기로 했어요. 그러니까 이제 언니가 선생님 집에서 나가세요."

현수는 영문을 모르겠다는 표정이었다. 그를 바라보았다. 그는 현수를 외면한 채 말없이 담배만 피웠다.

"뭔 소리야? 너 나이도 어린 게 못 하는 소리가 없구나."

"그런 말 안 먹혀요. 언니, 졸라 못생겨서 이제 쳐다보기도 싫대요. 선생님, 맞죠?"

그녀가 그를 쳐다보며 무슨 일인지 눈으로 물었다. 그는 천장을 향해 담배 연기를 길게 내뿜었다. 현수가 구두를 벗으려고 하자 그녀가 막아섰다.

"짐 제가 다 싸놨어요."

"뭐야, 뭐라고 말 좀 해봐. 얘, 뭐야."

"선생님하고는 얘기할 거 없어요. 제가 말한 게 다니까."

현수가 그녀와 그를 번갈아 노려보았다. 신발을 벗고 집 안에 들어서려고 하자 그녀가 다시 막아섰다.

"얘, 뭐냐니까? 누구야, 도대체."

그가 대답은 않고 담뱃불을 꾹꾹 눌러 껐다.

"안 비켜?"

"못 비켜."

그가 소파에서 천천히 일어섰다.

"난 잘 모르겠으니까, 둘이 알아서 해결해라."

"뭐라고? 이게 누구 일인데 알아서 해결을 해."

현수가 그에게 버럭 소리를 질렀다.

"우리 선생님한테 고함지르지 마."

그녀가 현수에게 가까이 다가서며 말했다. 순식간에 그녀의 고개가 돌아갔다. 현수가 그녀의 뺨을 세차게 연속으로 때렸다. 수옥은 연신 뺨을 맞으며 고개가 돌아가는 와중 잽싸게 현수의 머리채를 양손으로 휘어잡았다. 현수가 순식간에 바닥으로 고꾸라졌다. 그녀는 현수의 머리채를 잡고 이리저리 돌리며 현수의 배 위에 걸터앉았다.

"그만해."

두 여자의 비명과 악다구니 속에 동요 없이 그가 말했다.

"그만하라니까."

그가 조금 더 크게 고함을 질렀지만 두 여자는 아랑곳하지 않았다. 수옥의 공격은 계속됐고 현수는 역부족이었다. 손을 뻗어 그녀의 머리를 잡으려고 애썼지만 닿지 않았다. 수옥은 현수의 머리를 잡고 바닥에 쿵쿵 찧기 시작했다.

"나가. 좋은 말로 할 때 나가."

그녀가 잠시 머릴 움켜쥔 손을 멈추고 현수에게 말했다.

"못 나가."

거의 탈진한 현수가 허공에 손을 뻗으며 겨우 말했다. 그녀는 다시 현수의 머리채를 세차게 흔들었다.

"말로들 해라, 말로."

그는 가만히 서서 말만 했지 수옥을 제지하지 않았다.

"개, 개자식."

목이 졸려 있는 현수가 겨우 말을 뱉었다. 그리고 서럽게 울기 시작했다. 그녀가 머리채를 쥐고 있던 손에서 힘을 서서히 풀고 현수 위에서 내려왔다.

"그러니까 나가라고 할 때 순순히 나갔으면 이렇게 안 됐잖아."

수옥이 좀 풀 죽은 소리로 중얼거렸다. 현수는 서럽게 목 놓아 울었다. 감정을 추스르려 해도 진정이 되지 않는 모양이었다. 현수는 겨우 몸을 일으켰다. 그와 그녀는 서서 우두커니 현수를 내려다보았다. 그가 담배에 불을 붙이고는 고개를 돌렸다. 담배 연기를 허공에 길게 내뿜었다.

현수가 울음을 참느라 어깨를 들썩였다. 현수가 현관 쪽으로 기어갔다. 뿔뿔이 도망가 있는 구두를 찾아 신었다. 비닐가방에 대충 싸놓은 짐을 들고 현관을 나섰다. 가만히 문이 닫혔다. 문밖에서 스물세 살 현수의 울음소리가 짧게 들려왔다. 터진 울음을 겨우 참는 것 같았다.

현수를 본 것은 그게 마지막이었다.

11

그에겐 매일이 그저 그런 하루였다. 오늘도 마찬가지였다. 특별하게 좋은 일도 없었고 아주 나쁜 일도 없었다. 아무 일도 일어나지 않은 어제와 같고, 별일 없었던 그제와 같은 오늘이었다. 집으로 돌아와 생각해보니 아무 일 없었던 어제나 별일 없었던 그제와는 다른 오늘이었다. 순간 불쑥 짜증이 일었다. 그게 다였다.

수옥은 이어폰을 꽂고 컴퓨터로 뭔가를 하고 있었다. 현수에 대해 자세한 것은 기억이 나지 않았다. 그가 불러도 수옥은 대답이 없었다.

그가 털썩 소파에 앉았다. 들고 다니는 가방을 무릎 위에 가만히 놓은 채였다. 간만에 마신 술 때문에 몸이 무거웠다. 벽에 걸린 시계를 멍하니 쳐다보았다. 초침은 억지로 떠밀리듯이 움직였다. 금방 멈춰 설 것 같다는 생각이 들려는 찰나 초침은 다시 움직였다. 시간을 보낸다는 게 참으로 어려운 일 같았다.

수옥은 여전히 어렸고, 그는 빠르게 나이를 먹었으며 현수는 죽었다.

그는 그녀가 예전보다 더 시끄러워졌다고 생각했다. 상황이 바뀌면 당연히 사랑도 바뀌어야 했다. 사랑이란 감정이 자연히 바뀌는 것이 아니라 의지로 감정을 바꾸는 것이라고 믿었다.

얼마 전, 수옥을 지하철역에 내려주고 그는 다시 집으로 돌아왔다. 강아지를 데리고 외출을 했다. 제2자유로를 타고 파주로 향했다.

모든 것이 너무 느리게 흘러갔다. 그러면서 모든 것이 잊히고 사라져갔다. 맨 처음이 다시 기억나려면 지나온 것보다 훨씬 더 많은 시간이 필요할 것이다. 남은 생에서 그것을 찾는 것은 불가능한 일이었고, 그런 의미에서 그는 삶에 너무나 순응적인 사람이었다. 우리가 사랑이라고 믿는 것은 모두 미친 짓이었다. '사랑이 어딨나. 나는 아무것도 잘못한 것이 없다.' 그는 중얼거렸다.

차는 엄청난 속력으로 내달렸다. 평일 한낮 도로엔 차들이 거의 없었다. 창문을 열자 가만히 시트에 앉아 있던 김수영이 짖기 시작했다. 바람 소리가 엄청났다. 그는 더욱 속력을 높였다. 굉음에 휩싸였다. 김수영이 겁에 질려 운전하고 있는 그의 무릎 위로 올라왔다. 그는 강아지를 무릎에 올려놓고 액셀러레이터를 더욱 꾹 밟았다. 간혹 지나는 차들이 무서운 속력으로 뒤로 물러났다. 속력은 시속 2백 킬로를 넘어섰다. 김수영이 계속 짖었지만 들리지 않았다.

그가 갑자기 휙 김수영을 창밖으로 집어 던졌다. 백미러에 아스팔트에 이리저리 튕겨 멀어지는 작고 흰 김수영의 모습이 보였다. 창을 올렸다. 소음이 일순 사라졌다. 새로 뽑은 2천 시시 외제 차는 엄청난 속력으로 질주했다. 강바람은 더욱 따뜻해졌고 김수영은 잊혔다. 그게 다였다.

그는 속력을 줄이고 천천히 자동차 전용도로를 벗어났다. 핸들을 집 방향으로 돌렸다.

아 내 의   시 는   차 차 차

시는 닭이 아니다

지난봄부터 나는 시 창작교실에 다니기 시작했다. 백화점 문화센터에서 주부들을 대상으로 마련한 강좌 중 하나였다. 수강생 대부분은 주부들이었다. 나는 수강생들 중 유일한 남자였다. 학교 다닐 적에 나도 한때 문청이었다, 하는 게 수강생들의 마음이었을 테고, 나도 다르지 않았다.

강사는 현직 시인이었는데, 현직이라고 함은 내가 하는 말이 아니었고, 그가 자신을 소개할 때마다 강조한 것이었다. 현직이라는 말은 직업적인 특성을 갖춤과 동시에 어떤 전문성도 함께 부여하기 위해 선택한 단어처럼 보였는데, 그는 현재 자신이 현장에서 활발하게 활동하고 있는 시인임을 강조하고자 할 때나, 백화점 같은 곳에서 강의를 하고 있는 처지를 비관할 때 주로 사용했다. 시나 시인에 대해서는 생각해본 적이 없었으므로 그것은 효과적이었다.

"꼭 세가 백화점에서 시를 팔아먹고 있는 기분이 듭니다. 아니, 그렇게라도 해서 시를 좀 사주었으면 원이 없겠습니다. 할 줄 아는 것은 시 쓰는 일밖에 없는데, 시를 쓰면서는, 문학을 하면서는 도저히 살아갈 방법이 없습니다. 시인으로 살기가 너무 힘이 듭니다. 저는 세상이 시를 핍박하는 시대를 홀로 견디고 있습니다. 그러다 시 선생으로 살기 위해 이 자리에 섰습니다."

그는 자기소개를 하면서 거기까지 얘기하고는 울먹였다. 나는 강의하는 것과 시 선생으로 사는 것이 무슨 상관이 있는지도 알지 못했고, 솔직히 그가 무슨 말을 하는지 잘 알아들을 수 없었다.

소일거리를 찾아온 주부들에게 그의 첫인사는 신선한 충격이었다. 모름지기 시인이란 그처럼 감성이 충만해야 하는 것, 그는 몸소 보여주었다. 뻐딱한 나만 빼고 모두 감동에 젖은 눈치였다. 온통 현실적이고 실리적인 것에 감각이 쏠려 있는 주부 수강생들에게 그러한 것은 돈으로 살 수 없는 귀한 무엇처럼 느껴지는 게 분명했다. 같은 단지 안에 사는 아무개가 이제껏 보지 못한 새로운 모델의 샤넬 백을 들고 나타났을 때의 충격보다 훨씬 더했다. 그것은 눈에 보이지 않는 것이었으나, 실재하는 것이었다.

아내는 일주일에 한 번 식탁 위에 조용히 생활비를 올려놓왔다. 아내와 각방을 쓰기 시작한 것은 시 창작교실을 다니면서부터였다.

"시를 쓰다니? 그게 뭔데? 학교 다닐 때 배우던 그 시?"

아내가 화장을 하며 무덤덤하게 물었다. 화장대 거울에 비친 아내의 얼굴에는 이제 중년의 그늘이 가득했다. 부쩍 나이가 더 들어보였다. 나는 정성스럽게 화장을 하는 아내를 침대에 걸터앉아 물끄러미 바라보았다. 많은 세월이 아내의 얼굴에 한꺼번에 묻어났다.

"시 있잖아, 내 마음은 호수요, 하는 뭐, 그런 거."

"당신이 그걸 왜 하는데?"

분을 찍는 아내의 손놀림이 바빠졌다.

"당신, 뭘 해도 상관없지만, 돈 드는 건 안 돼. 알지?"

"시는 닭하고는 다르지. ……나, 시인이 될까 봐."

그녀는 화장을 고치는 데 여념이 없었다.

"그래서 말인데, 나 내 방이 있으면 어떨까 해. 유진이 기숙사 가 있으니, 방도 여유 있고. 시 숙제도 하려니 혼자 쓰는 방이 있으면 싶네."

아내가 손을 멈추고 화장대 거울로 나를 뻔히 쳐다보았다.

"그렇게 해. 그럼."

아내의 손이 다시 바쁘게 움직였다. 화장을 하면 할수록 내가 보기엔 나이가 더 들어 보였다.

"나는 당신 그냥, 민얼굴이 더 어려 보이고 좋던데."

"흥해서 안 돼. 화장 안 하면 고딩들도 무시해, 선생을."

아내에겐 말하지 않았지만 시를 본격적으로 배워보기로 마음먹을 수밖에 없는 사건이 하나 있었다. 나는 그곳에서 기억에서 완전히 사라졌던 한 사람을 만났다.

나는 상기된 표정으로 백화점 꼭대기 층의 문화센터를 나섰다. 무안함이 가시질 않았다. 제일 마지막으로 나와 보니 시선생이 몇몇 주부들과 엘리베이터를 기다리고 있었다. 나이가 비슷한 또래의 주부들이 주로 모여 있었다. 강의 말미, 낮술이나 한잔하자는 말에 수강생들은 들썩였다.

만난 지 하루 만에 주부 대부분은 시인을 선생님으로 모실 준비가 완벽하게 끝난 듯했다. 그가 말하는 것, 행동하는 것, 짓는 표정 하나하나에 모두 넋을 빼앗긴 듯 보였다. 나는 강의를 듣는 대신 사람들의 표정을 관찰하는 것에 더 많은 관심을 기울였으니, 아마 맞을 것이다. 그의 강의는 재미있었다. 현란한 말솜씨는 관두고라도 사람들을 끌어들이는 흡입력이 있었다.

붙잡는 시 선생과 깔깔대는 주부들을 뿌리치고, 나는 허둥지둥 에스컬레이터로 발걸음을 옮겼다. 혹시, 내 이름이나 얼굴을 기억할까, 나를 붙잡는 모든 시선들을 외면한 채 서둘렀다. 다음 주부터는 나오지 않을 생각이었으니까.

"박대일 씨."

에스컬레이터를 성큼성큼 내려가던 나를 뒤에서 누군가가 불

러 세웠다. 언뜻 보기에 그녀는 모르는 사람이었다. 나는 멈춰
섰고 그러자, 그녀와 점점 멀어졌다. 6년 전 스치듯 만났던 그
녀를 그 순간에 기억한다는 것이 더 이상했다. 그녀가 내려올
때까지 나는 가만히 서 있었다. 그녀는 에스컬레이터가 아래층
에 닿을 때까지 빙긋이 웃으며 나를 내려다보고 서 있었다.

"시를 쓰는지는 몰랐네요. 박대일 씨."

얼굴을 보니 기억이 났다. 꼭 한 번 만났던 여자였다. 그리
고 그곳, 시 창작교실에서 그녀를 다시 만났다. 그녀를 온전히
기억해낸 것은 나직한 목소리 때문이었다.

"아, 아."

나는 감탄한 듯 너무나 반가운 표정을 지었지만, 막상 그녀
의 이름이 기억 나질 않았다.

"……어떻게 이런 데서."

내 귀는 빨갛게 물들고 있었다. 그녀와 마주한 그 짧은 시간
동안 6년 전 어느 하루가 쏜살같이 머리를 뚫고 지나갔다.

부산으로 출장을 간 것은 그때가 처음이었다. 가끔 있는 대
출 현장 심사는 형식적인 것이었다. 통상적으로 하루 이틀 접
대를 받고 놀다 오면 되었다.

"박 차장님이 가서 며칠 쉬다 오세요."

지점장은 매번 똑같은 톤으로 말했다. 나는 때마다 고개만
꾸벅했다. 동기라지만 잘 알지 못하는 사이였다. 회사 조직 내

에서는 상사에 대해 깍듯한 예우가 필요했지만, 나는 그런 주변머리도 없었다. 어차피 그만둘 직장이었다.

출장은 매번 똑같은 패턴이었다. 룸살롱에 가서 술을 얻어먹고, 여자를 끼고 술집을 나섰다. 아침에 깨어 보면 양복 주머니에 여비가 두둑하게 들어 있었다.

전날 마신 술 때문에 머리가 지끈거렸다. 여자와 2차를 갔었는지 기억이 나지 않았다. 이른 새벽에 눈을 떴다. 아슴푸레 날이 밝고 있었다. 어둠이 아주 천천히 물러가는 자리를 나는 오래도록 바라보았다. 날이 환히 밝고서도 나는 숙취 때문에 일어나지 못하고 침대에서 뭉그적거렸다. 딱히 해야 할 일도 없었고, 그렇다고 일찍 서울로 올라가기도 싫었다. 문득, 친구 하나만 있으면 좋겠다는 생각을 했다.

호텔 침대에서 한없이 창밖을 내다보다가 큰맘 먹고 자리를 털고 일어났다. 밖으로 나와 보니 가랑비가 내리고 있었다. 호텔을 나서며 우산을 써야 할지, 그냥 맞아야 할지 망설였다. 빗방울은 너무 가늘어서 마치 먼지 같았다. 우산을 들고 다니는 것이 거추장스럽게 느껴졌다. 딱히 어디를 가야겠다고 마음을 먹은 것은 아니었다. 방 안에서는 비가 오는 줄도 몰랐다. 날씨가 흐려서 혹 비가 올까 봐 우산을 들고 나온 것이었는데, 막상 가랑비가 내리고 있는 것을 보니, 들고 다니기가 귀찮아졌다. 맞아도 될 만큼 빗줄기는 가늘었다. 나는 우산을 방에 갖다 놓으려고 다시 올라갔다. 남포동 거리를 헤매다가 밥이나 먹고 들어올 참이었다. 우산을 갖다 놓고 내려오는 엘리베이터에서 그녀를 처음 만났다.

"여기 분 아니시죠?"

나는 빙긋이 웃으며 옆에 선 여자에게 말을 걸었다. 원래 내가 오지랖이 넓은 성격은 아니었는데, 장소가 호텔이다 보니 뭔가를 내려놓고 있었다. 어디서 그런 용기가 나왔는지 툭 말이 튀어나왔다.

"그러니까, 불륜이라도 저지르고 내려오는 거냐는 말씀 같네요?"

망설임 없이 그녀가 말했다. 내 표정이 너무 호기 있어 보였을 것이다. 비아냥거림이 섞여 있었을 것이다. 나는 말을 걸어놓고 받지는 못한 채 우물쭈물 시선을 회피했다. 층수를 가리키는 숫자판만 멀뚱히 쳐다보았다. 말을 꺼내지나 말걸, 나는 좀 전과는 완전 딴사람처럼 허둥지둥했다. 순식간에 귀가 벌게졌고 점점 뜨거운 기운이 밑으로 내려가고 있었다.

"부산이 집이면 여기 있는 게 이상하고, 외지에서 왔다면 사연이 궁금하고, 어쨌든 여자 혼자 호텔에 있는 건 그런 추측밖에는 들지 않겠네요. 그쵸?"

그녀의 음성은 너무 나직하고 부드러워서, 나는 견디기 힘들었다. 무안해서 머리를 긁적이며 짐짓 딴청을 부려보았지만, 엘리베이터의 하강 속도는 더디기만 했다.

"호텔 드나드는 여자는 어쨌든 뻔하니까, 한번 찔러보는 거,

그거죠?"

9층에서 1층까지 내려가는 그 짧은 시간이 너무 길게 느껴
졌다. 여자 쪽으로는 고개도 돌리지 못하고 고개를 들고 숫자
판이 1을 가리킬 때까지 기다렸다.

"그쪽도 여기 분 아니지요?"

문이 열리자마자 나는 대답 없이 후다닥 엘리베이터를 벗어
났다. 혹여, 그녀가 따라와서 따지기라도 할까 봐 조금 겁을
먹었다. 걷다 보니 생각보다 가랑비가 제법 거세져 있었다. 눈
을 뜨기가 힘들 정도였다. 우산을 왜 다시 두고 나왔는지, 후
회되고 짜증이 났다. 밖으로 나오긴 했지만, 어떻게 남포동까
지 가야 하는지 난감했다. 여자 때문에 프런트에 가는 길을 묻
는다는 것을 깜박했고, 다시 돌아가는 것도 꺼림칙했다. 한참
을 걷다 택시를 타려고 도로에 내려섰다. 얼마 지나지 않았는
데도 금세 옷이 젖었다. 나는 팔짱을 끼고 눈을 가늘게 떴다.
뭔가 일진이 사나워지고 있었다.

닭이 나를 튀겨 먹었다

아내가 사교댄스를 배우러 다니기 시작한 것은 각방을 쓰기
시작한 지 2주가 지나고부터였다.

"나 오늘부터 늦어. 정 선생 따라서 춤 배우러 다니기로 했

어."

"춤? 무슨 춤?"

나는 침대에 걸터앉아 정 선생이 누구였던가, 골똘해하며 아내가 화장을 하는 것을 지켜보았다. 아침을 차려놓고, 나는 아내의 용돈을 기다렸다.

"여자가 무슨 춤이야?"

"당신, 시 쓰는 거하고 똑같지."

아내의 화장은 점점 짙어지고 있었는데, 나는 그게 거북했다. 뭔가 다른 마음이 들어서 그런 것이 아니라, 솔직히 화장한 모습이 더 추해 보였기 때문이었다. 나이에 안 맞고 자연스럽지 않다고 생각했지만, 나는 가만히 있었다.

"정 선생이 소개한 건데, 남편하고 다닌 지 몇 년 됐나 봐. 운동하는 셈치고 같이 다니자고 해서, 그러려고. ……당신, 같이 다녀줄 거야?"

"……"

"당신은 당신 좋아하는 시 쓰고, 나는 춤추고, 각자 좋아하는 것 하면 되겠네, 좋잖아."

어차피 내 허락이나 동의가 필요한 일이 아니었다. 그녀의 말대로 시를 쓰든 춤을 추든, 해서 될 일이 있고 안 될 일이 있는 것은 아니었으니, 나는 불만이 없었다.

"나 돈이 좀 필요해."

아내가 화장대 거울로 나를 쳐다보았다. 아무 말 없이 쳐다보았다. 이럴 때면 더욱 불편함이 느껴졌다. 말하지 않고도 서로 통한다는 것이 익숙함이라면, 그 익숙함은 많은 것을 의미하는 것이었다.

"창작교실 수강료 내야 하거든. 심화반으로 바뀌면서 수강료도 좀 올랐네."

나는 아내에게 거짓말을 했다. 거짓말을 하면 내 귀는 여지없이 새빨개졌지만, 아내에게는 예외였다.

"얼만데?"

나는 잠시 머뭇거렸다.

"30."

아내는 아마 내가 돈을 타가는 게 미안해서 그런 건 줄 알 것이다. 아니면 그녀도 다 알면서 모른 척하는 것일지도 모르고. 익숙함이라는 것이 나만 느끼는 일방적인 것은 아닐 테니까 말이다.

"현금 찾아놓은 것 없으니까. 오늘은 카드 가져가서 찾아, 써. 딱 30만 원만이야."

아내가 카드를 꺼내 화장대에 올려놓았다.

"그래서 말인데, 매번 귀찮기도 하고, 나도 마음이 좀 그래서 말인데, 나, 카드 하나 주면 안 돼? 매번……"

"안 돼."

퇴직을 하고 치킨집을 열었다. 오랜전부터 준비했던 일이었다. 선배나 동료들을 보면 은행을 관두고 재취업을 하기란 불가능에 가까웠다. 높은 연봉이 보장되고 전직의 전문성을 살려 좋은 자리를 찾아가는 것도, 일정한 승진이 있은 뒤의 일이었다. 주식에 손을 대서 망하거나, 새로운 일을 벌여 망하거나하는 사람이 대부분이었고, 그러고 나서 대개는 자기가 사는동네에 치킨집을 열었다. 큰돈은 벌기 힘들었지만, 먹고살기에는 그럭저럭 만만한 일처럼 보였기 때문이었다. 체인점이니대주는 재료로 만드는 음식이 뭐 어려울까 싶기도 했고, 집집마다 치킨이라고 하면 사족을 못 쓰니 승산이 있다고 믿었다.

회사를 그만두자마자 동네 한 치킨집을 인수했다. 짐짓 퇴직 후를 준비한답시고 동네 치킨이란 치킨은 모두 먹어봤고,가맹점도 오랫동안 염두에 둔 것이었다. 보증금과 권리금을합쳐 꽤 많은 돈을 투자했다. 말리는 아내의 말을 들은 체도하지 않고, 내 갈 길을 갔다. 내가 닭을 너무 만만히 봤던 순간이었다. 닭이 나를 튀겨 먹을 줄 꿈에도 생각 못 했던 터였다.

"거기, 남자 분?"

시 선생이 나를 부르고 있었다. 나는 한쪽 구석에 고개를 푹숙이고, 시답잖은 얘기를 귓불 뒤로 흘리던 차였다.

"저, 말입니까?"

나는 고개를 천천히 들며 물었다. 스무 명쯤 되는 다양한 연령층의 주부들이 일제히 나를 뒤돌아 바라보았다.

"그럼, 전가요? 여기에 남자라곤 당신과 나, 둘뿐인데."

시 선생의 말투가 사뭇 신경에 거슬려서, 나는 조금 화가 났다. 반말 같기도 했고, 비아냥거리는 것 같기도 했다.

"반장 좀 맡아주겠어요? 여자들을 못 믿어서가 아니라, 반장이라도 안 시키면 다음 주부터 안 나올까 봐."

수강생들이 일제히 웃었고 나는 금세 얼굴이 벌게졌다. 나는 벌게진 귀 때문에 당황한 기색을 사람들에게 들킬까 봐 귀를 양손으로 가리는 버릇까지 있었다. 나도 모르게 양손으로 귀를 가리고 고개를 숙였다.

"많이 바쁘세요? 듣기 싫어서 그런 거예요? 귀가 벌게지네. 허허허."

강사가 말할 때마다 수강생들은 웃었다. 헌데, 생각해보면 내 귀는 항상 벌겠다. 지점장 승진이 좌절될 때마다 내 귀는 붉어진 채로 열이 식을 줄 몰랐다. 아무렇지도 않은 척 자리를 지키고 있을 때에도 내 귀는 빨갛게 물든 채였다. 나는 양손으로 귀를 가리고 자리를 지켰다. 달리 방법이 없었다.

"하겠습니다."

나는 잔뜩 주눅이 들어 조그만 목소리로 말했다.

"시는 좀 읽었어요?"

"네? ……시 말입니까?"

나는 화들짝 놀라 되물었다.

시 교실 첫날, 나는 반장이 되었다. 내가 다른 주부들보다

시를 잘 써서도 아니었고, 리더십이 있어서도 아니었다. 그냥, 남자라는 이유가 전부였다.

"반장이 할 일은 별로 없어요. 그냥, 술집 좀 알아보고, 회비도 걷고, 뭐 그런 일이에요. 자, 두 달 동안 수고하시라고, 박수!"

사람들이 일제히 박수를 쳤다. 반장이라는 게 그런 수발이나 드는 일인 줄 알았으면, 하지 않았을 것이다. 나는 얼굴만 시뻘게진 게 아니라 점점 붉은 꽃이 몸으로 번져 발끝까지 화끈거렸다. 처음 보는 사이에 너무 무례하다는 생각이 들었다. 단지, 시를 배우러 온 것도 아니고, 백화점에서 주부들을 대상으로 여는 시 교실에 소일 삼아 놀러 온 것뿐인데, 그가 나를 너무 하대한다는 생각이 들었다. 나이도 엇비슷해 보였는데 말이다. 사람들은 내가 가만히 있자, 계속 박수를 쳤다.

"인사 좀 하시지."

그는 말을 할 때마다 말끝을 흐렸다.

"박, 대일입니다. 잘 부탁드립니다."

나는 엉거주춤 일어나서 인사를 하고 자리에 앉았다.

"박대일 씨, 하시는 일은?"

"……"

내가 가장 난감해하는 질문이었다. 뭐라도 얘기하고 싶었지만, 정말이지 할 말이 없었다. 오랫동안 다니던 은행을 조기퇴직하고, 치킨집을 열었다가 망해서, 집에서 놀고 있다고 말할 수는 없었다. 말할 수 있는 일이었지만, 나는 말할 수 없었다. 나는 아무 말을 못하고 우물쭈물했다.

"물론, ……없겠죠. 그러니까, 지금 이 시간에 여기 있는 거겠죠?"

수강생들이 일제히 웃으며 왁자지껄했다. 나는 기분이 상했지만, 맞는 말이었으므로 속 좋아 보이게 같이 웃었다. 입을 크게 벌리고 허허허, 되도록 호탕하게 보이려고 애를 썼다. 순간 들었던 속마음 그대로 화를 낸다면, 정말 남들에게 말하기 창피한 인생을 인정하게 될 것만 같았다.

"그런 것은 아니고요. 하던 일 그만두고 오랫동안 꿈꿔온 일을 준비하고 있습니다."

억지웃음 덕분인지 조금 여유를 찾았다. 그래도 20년 동안 은행을 다니며 사회생활을 했는데, 그렇게 무안을 당하고만 있을 수는 없지 않겠나, 몸이 자동적으로 반응하고 있었다.

"쉬지 않고 쓰기만 했는데, 이젠 데뷔를 해보려고요. 본격적으로 시를 써볼 참입니다. 오랫동안 다니던 직장도 그만두었고요."

생각지도 않았던 말이 튀어나왔다. 무안하고 당황해서 얼굴은 물론이고, 발끝까지 화끈거렸던 상황을 한 방에 물러가게 만든, 거짓말이 술술 나왔다. 거짓말을 할 때의 내 표정과 제스처가 의외로 자연스러웠다.

"아, 시를 쓰시는 분이었군요."

"오래됐죠. 대학 다닐 때부터 20여 년, 쭉 투고도 좀 하고, 그랬는데, 잘 안 되더라고요."

등단이 뭔지도 몰랐고 어떻게 해야 등단을 할 수 있는지도 알지 못했다.

"아, 그럼, 시가 상당하겠네요. 몇 편이나 가지고 계세요?"

순간, 나는 당황했다. 얼마나 있다고 해야 하나, 20년 동안 썼다고 했으니, 백 편? 2백 편, 나는 20년 동안 쓸 수 있는 시의 양을 가늠조차 할 수 없었다.

"꽤 있지만, 내놓을 만한 것은 몇 편 없습니다. 창피한 수준이 아니었다면, 이런 곳을 찾아왔을 리도 없구요. 이번 기회에 마음을 다잡기 위해, 그간 썼던 것을 모두 태워버렸습니다. 허허허, 진짜로 불태운 것은 아니고요. 삭제했습니다, 파일을."

수강생들이 나를 존경하는 눈빛으로, 부러운 듯 바라보았다. 분명 그녀들의 눈에서 나는 그것을 읽을 수 있었다.

"아, 그렇군요. 보세요, 시를 쓰면 이렇게 겸손해."

수강생들이 일제히 웃었다. 도대체 뭐가 웃긴 말인지, 나는 좀체 이해할 수 없었는데, 사람들은 이미 그 짧은 시간에 그의 말에 중독이라도 된 것처럼 무슨 말만 하면 까르르 고개를 젖히면서 웃어댔다. 물론, 나도 열심히 웃었다. 입을 크게 벌리고, 호탕하게 허허허허.

"저는 그냥, 남자라서 시켜본 거였는데, 시 고수가 숨어 계셨네. 어쨌든 제가 잘 부탁합니다."

나는 말없이 고개를 까닥했다. 나를 바라보는 수강생들의
표정이 사뭇 달라졌다. 뭔가 자기가 갖지 못한 것에 대한 동경
같은 것을 나는 읽을 수 있었다. 그렇게 내 생애 첫, 제1회 S백
화점 목동 지점 시 창작교실이 지난봄 시작되었다. 나는 창작
교실에서 단번에 등단을 목적에 둔 시 에이스로 부상했다. 그
작은 사건이 내 인생을 바꾸어놓을 것이라고는 전혀 예상치
못했다.

시인은 공평하다

택시를 기다리고 섰는데 승용차 한 대가 앞에 섰다. 그녀였
다. 조수석 창문을 조금 내리더니 나를 뻔히 바라보았다. 나는
움찔했다. 따지려고 쫓아온 줄 알았기 때문이었다.

"어디로 가세요? 태워줄게요."

나는 이마에 손을 짚으며 흩날리는 빗방울을 막았다.

"괜찮습니다. 택시 타면 됩니다."

나는 어색하고 쑥스러워서 딴청을 부렸다. 머리는 이미 흠
뻑 젖어 빗물이 볼을 타고 주르륵 흘러내리고 있었다.

"흠뻑 젖었는데, 타세요. 따지러 온 거 아니니까."

나는 멋쩍은 표정을 지으며 그녀의 차에 올라탔다.

"……아까는 제가, 너무 무례했습니다. 실은……"

"어디로 가세요?"

급하게 차가 출발했다. 그녀는 내가 채 사과를 다 하기도 전에 말을 끊었다. 마음이 불편해졌다. 차 안에서 좋은 냄새가 났다. 새 차에서 풍기는 냄새가 가시지 않았지만 그녀가 뿌린 향수와 절묘하게 조화를 이루었다. 나는 곁눈으로 그녀를 힐끔거렸다.

"저는, 남포동이나 가려고."

"거긴 왜요?"

"…… 그냥, 거기가 시내라고 해서."

"특별한 일 없으면 저랑 드라이브 할래요? 호텔 드나드는 남녀끼리."

"아, 네? 저는 남포동에 가야 하는데."

"바쁜 일 있으세요?"

"……출장을 왔거든요. 아니, 그 일은 마쳤고 …… 그게, 맛있는 돼지국밥집이 있다고 해서."

그녀가 웃었다. 가랑비는 금세 차 앞 유리를 뿌옇게 만들었다. 부지런히 와이퍼가 움직이며 뿌예진 유리를 닦아냈다. 나는 그것이 움직이며 내는 소리가 자꾸 신경에 거슬렸다.

"그럼 그냥, 뭐 좀 먹을래요?"

오전이었지만, 사위는 여전히 어두컴컴했다. 그녀와 나는 바닷가에 잠시 서 있다가 근처 횟집으로 들어갔다. 해변을 걸어볼 요량으로 차에서 내리긴 했는데, 바람도 불고 비도 흩날려서 기분이 나질 않았다.

차 안에서 서로의 신상에 대해서 묻고 나니 우리는 더 할 말이 없었다. 가족 얘기를 빼면 정말이지 아무 할 말도 없는 나이였다. 그녀도 마찬가지였을 것이다. 우리는 각자 멀뚱거렸다. 그녀는 자주 핸드폰을 꺼냈고, 나는 자주 핸드폰을 만지작거리는 그녀를 힐끔거렸다.

"이렇게 자주 다니세요?"

그녀가 핸드폰을 들여다보며 물었다.

"아니에요. 아주, 가끔이요. 은행에 다니는데 지방 출장이 잦지는 않아요. …… 그쪽은?"

"저는 여행 왔어요."

그녀는 여전히 나를 쳐다보지 않고 핸드폰만 들여다보았다.

"혼자서요?"

"왜요? 누구랑 같이 왔으면 뭐가 달라져요?"

그녀가 고개를 들어 나를 쳐다보았다. 그닥 뭘 잘못한 것 같지도 않은데, 그녀는 조금 화를 내는 것처럼 보였다.

"그건 아니고. ……잘 아시나 봐요. 부산."

"잘 몰라요. 몇 번 왔어요."

그녀는 삼십대 중반으로밖에는 보이지 않았는데, 실제 나이는 나와 동갑이었다. 그녀도 나도 마흔넷이었다. 그게 조금 놀라워서, 나는 그녀를 뻔히 쳐다보았다.

"왜요?"

"나랑 동갑이라니, 좀 충격이어서. 애는 있어요?"

"······어디 사세요?"

묻는 말에 대답하지 않고 자신이 좀 불퉁거린다 생각했던지 그녀가 짐짓 상냥하게 물었다.

"서울 목동이라고. 결혼하고부터 쭉 그곳에서 살았어요."

그녀가 피식 웃었다.

"몇 단지 사세요?"

"9단지에 사는데, 혹시 목동 사세요?"

"그건 아니고요. 근처예요."

나는 한참 동안 목동 얘기를 했다. 어떻게 변했고, 예전에 어땠는지 열심히 떠들었다. 그녀는 때로 핸드폰을 만지작거리다가, 창밖에 잠깐 시선을 두었다가, 아주 가끔 억지로 나를 보며 미소를 지어 보였다. 주문한 회가 나왔고, 우리는, 아니 나는 빠른 속도로 술을 마시기 시작했다. 그 덕에 얼마 지나지 않아 엉망으로 취해버렸다. 아니, 엉망이 됐는지 아닌지도 기억이 없었다. 솔직히 무슨 얘기를 그녀와 나누었고, 얼마나 그 횟집에 있었는지도 기억나질 않았다. 내 의식은 금세 술에 빠져 침몰했다.

나는 매주 술집을 알아보고 회비를 걷고 술값을 계산했는데, 그게 여간 부담스러운 일이 아니었다. 혹 술값이 모자랄까 봐 매번 전전긍긍했다. 거의 모든 용돈이 시 창작교실 뒤풀이에 들어갔다. 없는 체하는 것도 자존심이 상해서, 한두 번 모자란 술값을 치르고 나니 술자리에 가는 게 부담스러웠다. 슬슬 자리를 피하는 나를 눈치챈 것은 예민한 시 선생이었다. 그는 따로 총무를 임명했는데, 마흔 살의 변호사 아내였다. 덕분에 부담을 덜 수 있었다.

"어이, 박 형. 같이 좀 놀자고. 그래도 남자가 하나는 있어야, 내가 딴짓을 해도 하지. 허허허허."

주부들은 그의 그런 저질스러운 농담을 좋아했다. 때때로 주부들의 손을 잡기도 하고 끌어안기도 했는데, 아무도 문제를 제기하는 사람이 없었다. 때마다 나만 얼굴이 굳었다. 시 선생은 교묘하게, 아니 공평하게 모두의 손을 잡고, 모두를 끌어안았다. 심지어 나까지도. 그러니 누구도 불만이나 뒷말이 있을 리 없었다. 신경 쓰이는 것은 오로지 그녀였다. 나는 그녀가 시 선생의 가장 열렬한 숭배자가 된 것이 못마땅했다. 나는 그녀와 시 선생의 관계를 의심하고 있었다.

"시인은 꼭 그렇게 음담패설을 하거나, 만져야 하는 겁니까?"

나는 그녀를 보며 말하곤 했다. 그도, 그녀도 빙긋 웃으며 가만히 있었고, 대신 주부들이 시 선생을 옹호했다.

"우리가 괜찮으면 됐지, 박 반장이 왜 그래? 자기를 희롱한 것도 아닌데. 호호호호."

호호호호, 그 웃음소리가 싫어서 견딜 수가 없었다. 허나,

수강생들은 나를 놀려먹는 재미가 쏠쏠한 모양이었다. 이내 내 권위가 땅 밑으로 툭 떨어진 사건이 있었는데, 그 일만 생각하면 가슴이 답답하기만 했다.

4주차 수업 술자리에서 내 신상이 폭로된 것이다. 이제 강의 같은 것에 목을 매는 수강생들은 거의 없었다. 처음, 시라는 것에 열렬했던 사람들은 반쯤 떨어져나갔고, 술자리가 좋은 사람들만 남았다. 시에 대한 열정은 술자리에서 솟아나는 것이라는 게 시 선생의 말이었다. 시는 술에서 피어나는 것이라고. 사람들은 신봉했다. 사람들은 술을 마시다 보면 자연스럽게 시가 써지겠거니 믿었다.

"박 반장님, 요즘엔 닭 배달 안 해요?"

나는 정신이 번쩍 들었다. 내 귀는 순식간에 시뻘게졌다. 창피한 일이 아닌데, 나는 이상하게 창피했다.

"긴가민가했는데, 맞죠?"

시 선생 옆에 앉은, 아니 거의 안기다시피 기울어져 있는 교수 부인이 나를 물끄러미 바라보았다. 나는 맞은편에 앉은 그녀의 눈치를 보았다. 첫날, 해후한 후 짧은 인사 말고 그녀는 내게 곁을 주지 않았다. 노골적으로 나를 피하는 것 같아서, 안 그래도 자존심에 큰 상처를 입었던 차였다. 나는 누구보다 그녀의 눈치를 살폈다.

"아, 그거요. 시원하게 말아먹었죠."

나는 애써 호탕하게 웃으며 말했다.

"아니, 반장이 닭 배달을 했어?"

시 선생은 뭐가 흐뭇한지 미소를 가득 머금었다. 주부들은 내게 사정을 묻지 않고, 말을 꺼낸 여자에게 호기심을 던졌다.

"배달만 한 것은 아니고……"

아무도 내 얘기를 듣는 사람이 없었다. 시를 써왔다고 했던 거짓말은 약효가 다한 것이었다. 실제 시를 발표하지 않았으니, 사람들은 곧 내 존재를 잊었다. 내 존재감이라는 것은 이제 닭이나 마찬가지였고, 내게는 그것을 반전시킬 수 있는 묘안이 필요했다. 내가 시에 집착하게 된 계기였다.

시 선생은 마치 사이비 종교 교주 같았다. 다른 점이 있다면 자신을 신성화하거나 신의 반열에 올려놓으려 하지는 않았다라는 거였다. 그는 자신이 참으로 평범하고 우리와 다르지 않음을 주로 얘기했으나, 그러면 그럴수록 그는 우리와는 다른 부류로 인식되어갔다. 수강생들이 그를 그렇게 만들었다. 모두가 자신을 떠받드는 상황이 당황스러울 만도 했으나, 원래 그럴 줄 알았다는 듯, 모든 말과 행동이 자연스러웠으며, 그의 입에서 나오는 말은 모두 아름다웠다.

그는 우리가 애써 외면하고 있던 내면에 대해 가감 없이 드러낼 뿐만 아니라, 우리가 보고 있으면서도 보지 못하고 있는 것에 대해 말할 줄 알았다. 문학이라는 것의 본질이 그런 것이라면 정말 위대한 일임이 분명했다. 내가 가지고 있던 생각은 시인이나 소설가는 모두 자기도취에 빠져 허우적대는 요샛

말로 허세들인 줄 알았는데, 시 선생의 말대로라면, 그런 것은
아닌 것 같았다.

"진짜 글을 쓰는 사람들은 사는 게 힘들어서, 글 말고 처세
에 멋 부릴 시간이 없어. 글 쓰면서 언제, 그런 것을 챙겨서
인기몰이를 해. 그리고 금방 드러나. 그런 짓 하다가는, 들킨
다니까. 요새는 옛날처럼 말로 전해지던 시대가 아니잖아. 금
방, 화면에 떠. 그리고 사람들이 빙신이야? 그런 거 구분도 못
하고 따라다니고, 또 찾아서 읽게? 말을 안 해서 그렇지, 읽는
사람들, 보는 사람들은 다 알고 있다고 봐, 나는."

반말이었으나, 누구 하나 토를 다는 사람도 없었다. 반에는
가장 어린 삼십대 초반의 주부에서 칠십대 할머니까지 연령층
이 다양했지만, 그 모두를 커버하는 그의 능력은 분명 대단해
보였다.

"여러분, 여기 왜 왔어?"

아무도 대답하는 사람이 없었다.

"백화점 쇼핑 왔다가 뭔가 하고, 들른 거잖아. 이거 신청하
면서 그랬을 거 아냐. 난 좀 다르다고. 니들하고는 수준이 다
르고, 차원이 다르다고. 그래서 여기 앉아 있는 거 아냐."

아내는 가끔 마시지 않던 술을 먹기 시작했는데, 나는 상관
하지 않았다. 다음 날이면 아내가 건네는 용돈이 다른 날보다
좀 두둑했기 때문이었다. 은근히 나는 아내가 조금 늦게 들어
왔으면, 하고 바라기까지 했다. 아침이 되면 해장국을 끓여놓

고 아내를 밥상에 끌어 앉혔다. 용돈을 받아내기 위해서였다. 돈이 점점 더 필요하게 된 이유는 시 발표 이후에 내게도 나를 추종하는 주부들이 생겨났기 때문이었다. 내가 처음으로 시를 발표한 이후, 사람들은 나를 보는 눈이 달라졌다. 시 선생도 마찬가지였다.

대체 왜, 그런데요?

"아니, 시가 굉장히 좋네. 바로 데뷔해도 좋겠어."

"……그게 제가 하겠다고 하면 되는 건가요. 아직, 멀었죠."

짐짓 나는 겸손하게 머리를 긁적였다. 둘러앉은 수강생들을 둘러보았다. 솔직하게 말하자면 주부들이야, 내 시가 좋은지 수준 이하인지 알기나 하겠는가, 싶었다. 시 선생이 과하게 시를 칭찬하니 그런가 보다 하며 우러러보는 것뿐.

"아니, 농담이 아니고, 장난이 아니야. 여기, 거의 다 들어 있어. 지난 당대의 시인들이 다 들어 있어. 굉장한 수준을 가지셨네, 뭐, 봐줄 게 없어. 내가 배워야겠어요, 시를."

술자리에서 시 선생은 일정한 시간이 되면 조용히 자리를 떴다. 나름 깔끔한 술버릇을 가지고 있었다.

"더 있으면 실수해, 정말."

붙잡는 수강생들을 그는 뿌리치며 황급히 술집을 떠났다.

우리는 그의 실수를 강의가 끝날 때까지 한 번도 보지 못했다. 그가 떠나고 나면 술자리가 자연스럽게 파했는데, 점점 나를 붙잡고 2차를 가자고 하는 사람들이 늘어났다. 선생에게는 하기 어려운 말을 주로 내게 풀어놓았다. 시에 대한 고민부터, 가정, 연애 할 것 없이 다양한 주제가 술안주로 떠올랐다. 노골적으로 달라붙는 여자들도 있었다. 모두 시 때문이었다. 도대체 시가 뭐길래. 주부들은 시 선생을 '교실 시 선생'이라고 불렀고, 나를 '술집 시 선생'이라고 부르기 시작했다. 나는 그것이 썩 싫지 않았다. 무엇보다, 나는 조금 우쭐해졌는데, 그녀의 태도가 달라졌기 때문이었다. 주부들 사이에 섞여 있는 그녀가 언제나 신경이 쓰였고, 내가 하는 행동이나 말도 오직 그녀를 염두에 두고 하는 것이었다. 나는 다른 여자들에게는 관심이 전혀 없었다. 시 창작교실이 끝나기 전까지 나는 기필코 그녀와 잘 생각이었다. 아무것도 기억나지 않는 것에 대해 뭔가 부채감을 갖는 것이 나는 억울했다. 그녀와 한 번 자게 되면 그런 마음이 사라질 것만 같았다.

"시를 쓰는 과정을 좀 설명해봐요. 수강생들 배우게."

나는 우물쭈물 대답을 하지 못했다. 시를 써본 적이 없기 때문이었다.

"저는, ……그러니까 시라는 것은 쓰는 게 아니라, 만드는 거라고 생각합니다."

시 선생의 눈의 휘둥그레졌다. 아무리 생각해도 그럴 듯한 대답이었다.

"하나의 이미지를 주제 하나로 끄집어내는 것이, 이제 좀 낡아 보이는 것 같아요. 저는 분산된 이미지를 그냥 조합합니다."

어려운 얘기 같았지만, 이는 내가 하는 말이 아니었다. 노트에 빼곡하게 적혀 있는 시 선생의 단어들을 그냥 대충 섞어서 얘기한 것밖에는 없었다. 내가 한 말은 굉장히 큰 파장을 일으켰다. 이후, 수업은 시는 쓰는 것인가, 만드는 것인가에 대해 왈가왈부 진행됐다. 그 덕에 나는 한 발짝 시 합평으로부터 비켜설 수 있었는데, 다행이었다.

6주차, 점점 시 발표 일이 다가올수록 나는 극심한 스트레스에 시달렸다. 창작교실을 그만 나가면 될 일이었지만, 그럴 수가 없었다. 자존심 때문이었다. 초반에 나를 무시하는 것처럼 느껴지는 사람들의 태도나 말이 두고두고 용서가 되지 않았다. 내게 무심한 그녀를 용서할 수 없었다. 처음에는 어떻게 써보려고 흉내를 내보기도 했으나, 시를 읽은 적도 없는 내가, 단번에 읽을 만한 시를 쓴다는 것은 불가능했다. 나는 시를 만들어야겠다고 결심했다.

나는 국립도서관에 가서 수십 년 전의 문학잡지를 뒤적이기 시작했다. 굳이 오래전의 시를 사용한 것은 웬만해선 시 선생의 눈을 속일 수 없기 때문이었다. 그는 사람이 때로 설렁설렁해 보였지만 시에 관한 한, 특히 읽는 것에 관해 깊이를 가늠할 수 없을 정도였기에, 안심할 수가 없었다. 무엇보다 뭘 알아야 비싼 것을 훔칠 텐데, 나는 시에 무지했다. 나는 주로 1960년대에 발간된 잡지를 뒤적였다. 잡지 한 권에서 시 한 편씩, 복사를 했다. 시가 좋아 보여도 인터넷으로 시인 이름이 검색되면 버렸다. 무명의 시인으로 남은 사람의 것만 추렸다. 시 한 편에서 근사해 보이는 한 구절씩을 발췌해서 짜깁기했다. 연과 연을 붙여보기도 했다. 어쨌든 시 열 편으로 시 한 편을 만들었는데, 뭔가 전위적인 한 편이 탄생했다. 말이 되는 것 같기도 하고 말도 안 되는 것 같기도 했다. 어차피 시라는 것이 쓰는 시인만 알지 받아들이는 사람은 제각각이 아니던가, 시 선생이 강조하던 말을 떠올렸다.

"박대일 씨, 다른 시도 궁금하네. 다음 주까지 다섯 개만 더 가져와봐요."

시 선생은 다른 사람의 발표까지 뒤로 미루고 한 주 더, 내 시를 합평하기로 했다.

"여러분이 이해해야 해. 문학은 할 사람만 해야 되는 거야. 알아봐줘야 하고. 그게 문학을 대하는 자세야."

수강생들은 내가 받는 특혜를 부러워했지만, 나는 난감해서 죽을 지경이었다. 시 다섯 편이면 시 쉰 편이 필요했고, 일주일이라는 시간은 너무 짧았다. 나는 그 길로 국립도서관에 갔다. 이번에는 복사도 하지 않았다. 아예, 베낄 시를 이 세상에서 없애버릴 작정이었다. 나는 면도칼로 필요한 시가 실린 지면을 오려냈다. 시 쉰 편과 지난번에 복사했던 시 열 편까지 모두 찢어냈다. 스스로 터득한 방법이 기특해서 죽을 지경이었다. 이제 오롯이 나만의 시가 되는 것이라 생각하니, 조금 뿌듯했다.

하다 보니, 시를 만드는 데 좀더 능숙해졌다. 다양한 방법으로 시들을 조합했다. 그러다가 단어 하나씩만 바꾸어도 그 느낌이 달라지는 것이 느껴졌다. 붉은 석양을 잿빛 석양으로 바꾸는 식이었다. 지난번에 만들었던 것보다 훨씬 근사해 보였다. 예상했던 대로 발표한 시들은 가히 폭발적이었다. 시 선생은 흥분을 감추지 못했다.

하루는 아내가 새벽 세 시가 다 되어 들어왔다. 얼마나 취했는지 현관문을 열지도 못했다. 한참을 기다려도 삐삐삐삐, 번호를 잘못 누를 때 나는 경고음만 들려왔다. 나는 현관문을 열고 밖으로 나갔다. 아내는 서 있지도 못하고, 문고리를 잡고 주저앉아 있었다. 나는 아내를 부축해서 안방에 데려다 눕혔다. 조금 화가 났는데, 아내가 술을 먹고 늦게 들어와서 그런 게 아니었다. 아내는 바지에다 오줌까지 싸놓았는데, 옷을 벗겨줄까 말까 고민스러웠기 때문이었다. 망설이다가 아내의 옷을 벗기기 시작했다.

"뇨, 뇨. 너는 내가 이렇게 술 먹고 그래도, 화도 안 나지?"

"……그럴 수도 있지, 뭘. 밖에서 일하다 보면. ……가만히 좀 있어. 옷 벗겨줄게."

아내의 말은 사실이었다. 나는 아내의 행동 때문에 화가 나지 않았다. 실은 그렇게 된 지 꽤 오래였다. 아마, 치킨집을 말아먹고 난 후부터였을 것이다. 아내도 마찬가지일 터, 나는 별 대꾸를 하지 않았다. 바지와 팬티를 벗겨내자 지린내가 진동했다. 아내의 시커먼 아랫도리가 드러났다. 푸석해진 허벅지 살과 여기저기 살이 튼 자국이 유독 선명했다.

"사는 게, 정말, 재미가 없다. 너는 재밌니?"

나는 아내의 윗도리도 벗겨주었다. 아내의 알몸을 참, 오랜만에 보았다. 그러자 조금 서글픈 생각이 들기도 했는데, 그뿐이었다.

"나, 학교 그만둘까 봐. 다, 힘들어. ……아, 사는 게 너무 힘들어."

나는 아무것도 묻지 않았다. 들어봤자, 내가 해줄 수 있는 것도 없었고, 무엇보다 아내의 사생활을 공유하기가 싫었다.

일어나 방을 나오려는데 아내가 내 등에 대고 말했다.

"야, ……우리, 오늘 같이 잘까?"

나는 잠깐 멈칫했다.

"내일 출근해야 하는데, 얼른 자."

나는 불을 끄고 안방을 나왔다. 방문을 닫고 가만히 서 있었다. 곧 안방에서 작게 흐느끼는 소리가 들려왔다.

눈을 떴을 때 나는 낯선 곳에 누워 있었다. 실내는 어두컴컴

했디. 천장을 우두커니 바라보았다. 하얀색과 검정색의 격자 무늬가 눈을 어지럽게 만들었다. 현실인지 아닌지 분간이 가지 않았다. 기억의 고리는 횟집에서 멈춰 있었으니, 나는 정말 꿈을 꾸고 있다고 생각했다. 한참을 그렇게 있었다. 정신을 차리고 부스스 일어나 주위를 둘러봤을 때, 그녀는 창가 소파에 앉아 있었다.

그녀를 바라보자 철썩이는 파도 소리가 조그맣게 들려왔다. 나는 옷을 홀딱 벗고 있었는데, 그녀는 옷을 입은 채였다. 밖은 슬며시 어둠이 내려앉고 있는지, 어둑어둑했다. 그녀가 나를 돌아보았다가, 다시 아무 말 없이 창밖으로 시선을 옮겼다. 완전히 필름이 끊겨 아무것도 기억이 나질 않았다. 횟집에서 처음 주고받던 몇몇의 대화 장면을 빼고는 정말이지, 순정한 암흑의 시간뿐이었다.

"우리, 했어요?"

어떻게 그런 말이 튀어나왔는지 모를 일이다. 나는 아무렇지 않게 눈을 비비며 말했다. 그녀가 천천히 고개를 돌려 나를 뻔히 쳐다보았다. 그녀와 눈이 마주치자 아차 싶었다.

"제가 좀 심했죠? 술만 먹으면 좀, 업되는 바람에."

그녀가 묘한 미소를 지었다.

"원래, 남자들은 그래요?"

"네? 뭘? 아, 제가 좀……"

나는 정말 아무 기억이 나지 않아서 물은 것이었는데, 그녀는 내가 뭔가를 회피하고 있다는 투였다.

"우리, 했어요."

"……"

"아니, 내가 했어요. 당신은 인사불성이었으니까."

그녀가 퉁명스럽게 말했고, 나는 머쓱해졌다. 내 옷은 옷걸이에 얌전하게 걸려 있었다. 우두커니 또 다른 내가 우리를 내려다보고 있는 기분이 들었다.

내가 주섬주섬 옷을 챙겨 입는 동안 그녀는 창밖만 바라보았다. 딱히 그녀가 매력적인 것도 아니었는데, 왜 그런 충동이 일었는지, 이해할 수 없었다. 아무런 기억도 나지 않아서 기분이 조금 더러워졌다. 그렇다고 화를 낼 수도 없는 노릇이었다. 그녀의 말대로 남자니까 다 그런 것이라고 자조하는 수밖에 없었다. 한편으론 그녀가 하는 말에 의심이 들었다. 아무 기억이 없으니 당연한 일이었다.

우리는 어색하게 모텔을 나섰다. 나와 보니 횟집 바로 옆이었다. 내가 주위를 두리번거리며 미적대는 새, 그녀는 차에 시동을 걸었다. 나는 어째야 하나 망설였다. 비는 그쳤지만 바람은 더욱 거셌다. 이미 어둠은 완벽하게 내려앉아 을씨년스러웠다. 문을 연 곳이 많지 않아, 바닷가 주변은 휑한 느낌이었다. 나는 한기가 일어 슬쩍 차에 올라탔다. 그녀는 한참 깜깜한 바다를 바라보며 말이 없었다. 술이 덜 깨어서 나는 정신이 없었다.

"근데, 우리 진짜 했어요?"

의지와는 상관없이 또다시 말이 툭 튀어나왔고, 그녀는 어이없다는 듯이 나를 뻔히 쳐다보았다. 나는 까맣게 비어버린 내 기억을 믿었다. 상황을 이해는 했지만, 조금 짜증이 일었는데, 그녀의 대응이 꼭 그런 식이어야만 하는가 하는 것 때문이었다.

"아니, 그쪽이 했다면서요. 그런데, 자꾸 나를 죄지은 사람처럼 대하는 게……"

"제가 뭘요?"

"아니, 아무 대꾸도 없고. 나는 기억이 전혀 없는데, 뭘 잘못한 사람 만드는 것 같으니까……"

"내가 뭘 어쨌다고 그러세요? 그니까, 한 번 잔 것 갖고 제가 무슨 트집이라도 잡는 것 같이 느껴진다는 거죠?"

"꼭 그런 게 아니라……"

"신경 끄세요. 당신 때문에 그런 거 아니에요. 개인적인 일 때문에 기분이 좀 그래서 그런 거니까."

"……아니, 그럼 다행이고. ……왜 그런데요? 기분이."

그녀가 헤드라이트를 켜자 암흑의 바다가 사라지고 순식간에 아무것도 보이지 않았다. 어둠 속, 저 멀리 펼쳐져 있던 짙은 암흑의 윤곽이 사라지고, 아주 가까운 곳의, 불빛이 닿는 곳의 황량함만 눈에 들어왔다. 헤드라이트가 닿는 그 너머의 짙은 어둠은 보이지 않았으니 더 막막한 기분이 들었다.

"박대일 씨, 저에 대해 기억하세요?"

"그게……"

나는 말문이 막혔다. 그러고 보니 이름도 생각이 나질 않았다. 이름을 들었는지도 기억이 나질 않았다. 그녀는 내 이름을 기억하고 있었다. 내가 내뱉었던 무엇도 기억이 나질 않았다. 그녀에 대해 알고 있는 것이라곤 목동 근처에 산다는 것밖에 없었다. 나는 헤드라이트 불빛이 가닿는 그 끝을 쳐다보았다. 호텔로 돌아오는 동안에도 별말을 하지 않았다. 할 얘기가 없었다. 그럼에도 나는 꽤 억울한 생각이 들었다. 엘리베이터에 같이 올라선 후에도 분위기는 반전되지 않았다. 서로 내릴 층을 누르고 올라가는 숫자를 쳐다보기만 했다.

"저기 전화번호라도, 다음에 또……"

엘리베이터가 내가 내릴 층에 멈추고 문이 열렸다. 나는 이미 전화번호를 알고 있는지도 모를 일이었다.

"박대일 씨, 안 내리세요?"

열림 버튼을 누른 채 그녀가 말했다. 주춤 한 발 내려서자 재빠르게 엘리베이터 문이 닫혔다. 닫히는 문 사이로 다급하게 내가 말했다.

"저기, 오늘, 즐거웠습니다."

원, 투, 차 차 차, 쓰리, 포, 차 차 차!

나는 지난여름, 시인이 되었다. 발표한 시 여섯 편을 내 의
지와는 상관없이 시 선생이 문학잡지에 투고한 것이 계기가
됐다. 여기저기서 청탁이 들어왔고, 나는 더욱 과감히 시를 오
려다가 짜깁기했다. 아무도 눈치채는 사람은 없었다. 시집을
내자는 출판사도 생겨났다. 시집을 만드는 데 시가 5백 편이
넘게 필요한 것을 알고는 까무러쳤다. 허나, 나는 걱정하지 않
았다. 면도칼 하나와 국립도서관만 있다면, 내게서 만들어질
시는 무궁무진했기 때문이었다. 모든 책을 다 오려내서라도,
나는 내 시집을 만들 계획을 세웠다.

하지만 나는 그럴 수 없게 되었다. 지면을 오려내다가 도서
관에 발각됐기 때문이었다. 감옥에라도 갈 줄 알았는데, 도서
관 출입만 제한되었다. 도서관을 걸어 나오며, 뭐 이런 세상이
있는가, 한탄했다. 어쩌면 은근 나는 큰 징벌을 기대했는지도
모를 일이다. 시를 베껴서 짜깁기를 했는데도, 세상에 아슬아
슬하게 몸을 걸치고 있던 시를 없애버렸는데도, 나는 아무 처
벌을 받지 않았다. 시를 만들 수 없게 되자, 모든 청탁을 거절
할 수밖에 없었다. 그러자 갑자기 절필시인으로 소문이 났다.
시 창작 인생은 거기에서 멈추게 되었지만, 그로 인해 더 유명
해졌다. 나는 여전히 시인으로 남을 수 있었다. 시를 쓰지 않
아도 시인으로 남는 게 신기했다.

"저 실은 그때, 이혼했어요. 남편과 어차피 좋지 않았지만, 나, 스스로를 용서하지 못하겠더라구요. 대일 씨하고, 딱 한 번뿐이었는데."

나는 그녀의 알몸을 쓰다듬다가 벌떡 몸을 일으켰다. 시인이 되고 나는 마음먹었던 대로 그녀를 취할 수 있게 되었다. 등단의 힘은 놀랍기만 했다. 하지만 그것도 잠시였다.

"……그러지 말지. 왜 그랬어요. 멍청하게. ……아니, 정말, 바보 아니야?"

나는 버럭 화를 냈다. 그녀를 다시 만난 지 10개월 만이었다. 그녀와의 잠자리를 통해 6년 전의 기억을 대체할 기회였다.

"왜 그렇게 화를 내는 거예요?"

내 귀는 새빨갛게 변했다.

"당신하고 자서 시작된 일이긴 하지만, 당신하고는 상관없는 일이에요. 나와 남편 일이지."

"……아니, 그래도."

나는 뭐가 찜찜해서 안절부절못했다. 아무 말도 하지 못하고, 일어나서 주섬주섬 옷을 챙겨 입었다. 그녀가 이불을 끌어당기며 몸을 가리며, 나를 멀뚱히 올려다보았다. 나는 도망치듯 모텔을 빠져나왔다.

나는 꽃을 사 들고 공연장을 찾았다. 아내의 발표회가 있는 날이었다. 아내는 차차차를 춘다고 했는데, 나는 차차차가 무엇인지 잘 알지 못했다. 전날 밤, 밤새도록 원, 투, 차차차, 쓰리, 포, 차차차, 중얼거리며 거실을 빙글빙글 도는 아내를 나는 문틈으로 훔쳐보았다. 아내의 시는 차차차, 나는 중얼거렸다. 아내는 저녁에 있을 발표회를 준비하느라 아침부터 부산을 떨었다. 미용실에 가서 머리도 하고, 화장도 했다.

"나, 괜찮아?"

화장대에 앉아 몸을 이리저리 돌려보며 내게 물었다. 나는 대답 대신 고개만 끄덕였다.

단독으로 발표 시간을 갖는 건 아닌 모양이었다. 플로어에서 여러 커플이 같이 춤을 추고 있었다. 아내를 찾는 데 한참 걸렸다. 우아한 드레스를 입고, 춤을 추고 있는 아내의 모습을 보니 이상하게 서글펐다. 세월이란 것이 그녀의 몸짓을 더디게 하고 있었다. 상대방 남자는 아내보다 조금 어려 보였다. 남자를 바라보는 아내의 얼굴이 모처럼 밝아 보였다. 대학 다니는 딸애는 오지 않았다. 나는 사갔던 꽃을 들고 도로 공연장을 슬쩍 빠져나왔다.

제1회 시 창작교실은 끝이 났고, 시 선생은 현직으로 돌아갔지만, 수강생들 몇몇이 모여 자발적으로 제2회 시 창작교실을 열었다. 시 선생은 나였다. 주부들이 십시일반 돈을 걷어 꽤 많은 강의료를 챙겨주었다. 그녀가 나의 제자를 자청했지만, 그날 이후, 나는 그녀를 피했다.

홍 몽

어둠은 소리 없이 사방으로 퍼졌다. 나는 낮에서 밤이 되어
가는 하늘빛을 오래도록 바라보았다. 석양이 질 무렵 가을에
서 겨울로 가는 하늘은 붉게 반짝였고, 금세 축축하고 싸늘해
진 공기가 땅에 내려앉았다. 열어놓은 창으로 겨울 냄새가 들
이닥쳤다. 비릿한 냄새가 내 방 창으로 들어와 아래로 깔렸다.

나는 평소 냄새를 잘 맡지 못했는데도, 무례한 냄새가 코를
자극하는 것을 느꼈다. 일산의 한 아파트 꼭대기 층에 살다가
집을 팔고 지난여름에 고향인 군산으로 내려왔다. 고향이라고
해봐야 아는 사람 하나 없었지만 군산의 기억은 온전했고, 도
시도 여전했다. 달라진 게 있다면 도시의 활력 같은 것이 사
라졌다는 정도였다. 거리는 아주 천천히 늙고 있었다. 사람들
이 자취를 감춘 듯했는데, 아이들과 젊은 사람들이 눈에 띄게

줄어든 섯 때문이었고 그 외의 군산은 오래전 모습 그대로였다. 나는 항구 근처에 원룸 하나를 빌렸다. 일산 집을 판 이유는 순전히 병원비와 생활비 때문이었다. 그사이 회사를 그만두었다.

작년 가을, 누군가 내 입술을 가져갔다. 완연한 가을이었다. 가을빛은 고즈넉하고 여유로웠다. 시간이 겨울을 향해 천천히 흘러가고 있었다. 가을 태풍이 없던 해이기도 했다. 누구도 집에 다녀간 흔적은 없었다. 나는 아파트 꼭대기 층에 살았고, 현관문은 안에서 굳게 잠겨 있었다.

오후 내내 낮잠을 잤다. 약속도 없고 일도 없는 그저 그런 금요일 오후였다. 금요일은 유일하게 쉬는 날이었다. 주말 휴일을 없애고 금요일마다 쉰 지도 10년이 넘었다. 자고 일어났더니 입술이 사라졌다. 낮잠을 자면서는 어딘가로 끌려가서 고문을 당하는 꿈을 꾸었다. 아니, 생각해보니 그곳이 내가 사는 집 같기도 했다. 누군가 집으로 찾아왔을 수도 있었다. 나는 결박당한 채 얼굴에 물수건을 뒤집어썼다. 누군가 내 얼굴에 주전자로 물을 부었다. 어렴풋이 얼굴이 비쳤다, 사라졌다. 숨을 쉴 수도 없었고, 눈을 뜰 수도 없었다.

놀라서 번쩍 눈을 떴다. 시간을 보니 오후 내내 잔 모양이었다. 점심을 대충 먹고 침대에 누운 게 두 시가 넘어서였다. 깨어 보니 석양이 마지막 울음을 토해내고 있었다. 서쪽 하늘이 붉게 물들며 허물어지고 있었다.

입가가 질척였고 침이 줄줄 흘렀다. 나는 스윽 입가를 소매로 훔쳤다. 찐득한 것이 묻어났다. 뭔가 이상했지만 뭐가 이상한지 몰랐다. 실제로 입술이 사라진 것을 나는 거울을 보고서야 알았다. 한참 들여다보고서도 내게 무슨 일이 일어난 것인지 알지 못했다. 입과 목, 가슴께까지 온통 피투성이였다. 어디를 다친 것인지 알 수 없었다. 입가는 피범벅이었고, 피가 얼굴과 목에 말라붙어 있었다. 피 섞인 침이 줄줄 흘러내렸다. 입안은 너무 건조해서 고통스러웠다. 혀에는 아무런 감각도 없었다. 생살을 벌리고 짓이기는 것 같은 통증이 밀려왔다. 이가 부서질 것처럼 시렸다. 경험해보지 못한 이상한 고통이었다. 아프다는 말로는 설명할 수 없었다. 메마르고, 시리고, 얼얼한 느낌이 너무 커서 참기 힘들었다. 그럼에도 나는 침착했다. 입이 아프다기보다 머리나 코가 깨질 듯 아팠다. 솔직히 당시에는 어디가 아픈지도 분명하게 알 수 없었다. 혀에 입술이 닿지 않는 것을 보고서야 입술이 사라졌다는 것을 알았다. 말라버리고 마비된 혀 때문에 비릿한 피 맛도 느낄 수 없었다.

나는 수건으로 입을 감싸 쥐고 걸어서 집 근처 응급실로 갔다. 집을 나서며, 엘리베이터 버튼을 눌러놓고 다시 들어와 꼼꼼하게 물건을 챙겼다. 카디건을 입었다가 다시 새로 산 가을 코트를 챙겨 입었다. 나는 필요 이상 침착했다. 원래 그런 사람이 아니었는데, 그렇게 행동하고 있었다.

"아니, 사람이 어떻게 그렇게 무딜 수가 있어요?"

엄살이 심하다고 여겨왔는데, 사실은 굉장히 무딘 놈이었다. 경찰이 하는 말에는 물음과 나무람과 신기함이 모두 들어 있었다. 좋은 문장이라는 생각이 들었다.

"출판사에 다니신다고요? 누구하고 원한을 지거나 그런 관계에 있는 사람 없어요?"

나는 말을 할 수 없었다. 입술이 없으면 말을 할 수 없다는 것도 알게 되었다. 나는 많은 것을 잃게 되었다. 경찰이 하는 말은 귀에 들어오지 않았다. 경찰이 펜과 수첩을 내밀었지만 나는 그것을 한 손에 쥔 채 의사와 또 다른 경찰이 나누는 얘기를 눈으로만 좇았다.

"입술을 찾는다고 해도 다시 붙일 수가 없어요. 다른 살을 떼어다가 붙일 수도 없고요. 입술은 굉장히 특별한 근육이자, 피부거든요."

나는 어떻게 되겠지 하는 심정으로 고개를 저었다.

"없어요? 잘 생각해봐요. 없어진 물건도 없고 이상하잖아, 입술만 오려 갔다는 게."

누군가 내 입술을 예리한 무엇으로 싹둑 도려냈다. 그저 그렇지 않은 금요일이었다. 참기 힘든 졸음이 몰려왔다. 오후 내내 잤는데 또 잠이 쏟아졌다. 몸이 천천히 수면 아래로 가라앉는 것 같았다. '누굴까?' 겨우 생각을 끄집어내며 나는 곯아떨어졌다.

꿈에서 어렸을 적에 살았던 집을 기웃거리고 있었다. 어렸을 적 살던 오래된 적산가옥은 내 기억 속에 그것보다 더 낡아 있었다. 밖에서는 안을 들여다볼 수 없었다. 집이 길을 등지고 앉은 꼴이었다. 왼쪽으로 나 있는 작은 대문을 따라 들어가면 장독대를 지나 작은 정원이 나왔다 정원을 가운데 두고 'ㄷ' 자 형태의 안채가 있었다. 안채 맞은편에는 정원을 사이에 두고 작은 방과 마루가 든 별채가 있었다.

집에는 아무도 살고 있는 것 같지 않았다. 대문에서 집 안으로 가는 입구 작은 마당은 버려진 채로 오랜 시간이 흐른 듯 황량하고 을씨년스러웠다. 풀과 나무들이 제멋대로 자라 있었고, 장독대에는 깨진 항아리들이 쨍쨍한 햇빛과 맞서고 있었다. 나는 쉽게 발을 떼지 못하고 대문을 들어서서 한동안 가만히 황량한 풍경을 바라보았다. 꿈속에서도 나는 말을 할 수 없었다.

방과 방은 모두 연결되어 있었다. 방과 방 사이에는 문이 벽을 대신하고 있었는데 옆방의 작은 소리마저도 한방에 있는 것처럼 감출 수가 없었다. 엄밀히 방은 세 개였는데 오른쪽 두 개의 방은 하나를 반으로 나누어놓은 것처럼 붙어 있었고, 두 개의 방과 안방 사이에 다다미로 된 마루가 있었다. 일렬의 방을 마루복도가 빙 둘러쌌고, 정원 쪽으로는 격자무늬 문이 나 있었다. 어렸을 적 우두커니 마루복도에 앉아 격자무늬 문 너머로 작은 정원을 바라보기를 좋아했다는 것을 떠올렸다.

천천히 걸음을 옮겼다. 작은 정원은 돌보지 않아 집 입구보다 더 음침했다. 삼나무는 오래전에 죽은 형처럼 거대했다. 격자무늬 창은 유리는 깨져 없었고 틀만 겨우 남아 있었다. 걸을 때마다 삐걱거리는 소리가 나던 마루복도도 삭아서 군데군데 꺼져 있었다.

격자무늬 문 안을 힐끔거리는데 쿵 하는 소리가 들려왔다. 나는 소스라치게 놀라서, 움찔 집에서 멀어졌다. 설익은 감 하나가 양철지붕 위로 떨어졌다. 오래전 아버지와 형은 일본식 기와를 걷어내고 양철지붕을 얹었다. 눈앞에 그들이 나타날 것만 같았다. 빗방울이 지붕에 부딪히는 소리가 좋아서 매일매일 비가 오게 해달라고 빌던 한때에, 나는 서 있었다.

삼나무 옆에 서 있는 감나무를 올려다보았다. 세월이 많이 흘러 지붕 높이였던 감나무는 자라고 자라서 집 전체에 큰 그늘을 드리우고 있었다. 삼나무와 함께 하늘을 덮은 감나무가 집을 내려다보고 있었다. 우거진 삼나무와 감나무에 가려 외삼촌이 살았던 별채는 아예 보이지 않았다.

갑자기 쿵쿵, 삐걱삐걱 누군가 복도를 걷는 소리가 들렸다. 무서웠다. 잘못한 게 없는데 두려웠다. 나는 겁에 질려 삐쭉 안을 들여다보았다. 집 안은 을씨년스러운 풍경 그대로였다. 누군가 내 등을 툭 쳤다. 나는 깜짝 놀라서 잠에서 깼다. 미처 뒤를 돌아보지 못했다. 목이 갈가리 찢겨나가는 것 같았다. 간호사가 나를 흔들어 깨우고 있었다.

"환자분, 잠깐 일어나보세요. 지금 뉴스에 환자분이 나오고 있어요."

'누구였을까?' 한동안 나는 꿈속에서 헤어나지 못한 채로 그녀를 바라보았다. 익숙한 음성이었다. 병원에 온 것을 잊고 나는 얼마 전까지 사귀었던 애인으로 착각을 했다. 간호사가 물을 내밀었다. 나는 극심한 갈증이 일었는데, 물을 삼킬 수가 없었다. 입안에 물을 모을 수가 없었기 때문이었다. 입술이 없으면 물을 마실 수도 없다는 것을 알았다. 물은 이 사이로 흘러나왔고, 목을 젖히면 사레가 들어 토하기 일쑤였다. 결국 나는 고개를 숙이고 바가지 같은 것에 입을 완전히 담그고 물을 마셔야만 했다.

병원 직원들과 입원 환자들이 모여 텔레비전을 보고 있었다. 화면에 응급실에 누워 있는 내 모습이 나오고 있었다. 자고 있는 사이 취재를 해간 모양이었다. 의사와 경찰의 인터뷰가 이어지는 사이 틈틈 모자이크 처리된 내 얼굴이 보였다. 흐릿했지만 나는 분명 흉측해진 내 얼굴을 알아볼 수 있었다.

지난가을의 일이었고, 1년이 지났다. 여전히 나는 내 입술을 찾지 못했다. 흉측한 얼굴 그대로다.

여름을 군산에서 보냈다. 찐득한 여름은 점점 푸르러 갔다. 가로수 잎사귀는 작은 새들의 날갯짓처럼 뜨거운 햇살 아래서 반짝거렸다. 나는 간혹 불어오는 바람에 어지럽게 흔들리는 가로수 잎사귀를 바라보며 하루를 보내곤 했다. 아침이 되면 열어놓은 창을 사이에 두고 비릿한 바다 짠 내와 우린 녹차 향이 섞이며 작은방을 가로지르는 눈부신 햇살을 따라 떠다녔다. 나는 1년 동안 두 번의 자살을 시도했고, 두 번 모두 실패했다. 결국에 살아서 다시 군산으로 내려왔다.

자전거를 타고 바닷가를 따라 금강 하구 둑까지 달렸다. 강렬한 햇빛은 정수리를 벌겋게 달구었지만, 나는 구르는 페달을 멈추지 않았다. 파도는 언제나 조용했고, 페달을 구르는 소리는 삐걱거렸다. 나는 한여름임에도 마스크를 쓰고 있었다. 사라진 입술 때문에 나는 언제나 특수하게 고안된 마우스피스를 물고 있었다. 입안이 건조해지는 것을 그나마 막아주었다. 요즘에는 마우스피스를 물고 말하는 연습을 하는 중이었다. 아니 포기하는 중이었다. 발음은 새고, 말을 처음 배우는 어린아이처럼 웅얼대기만 해, 좋아질 것이라는 믿음은 사라지고 있었다. 아니, 죽을 때까지 한 단어도 더 말하지 못할 것이라고 믿게 되었다. 금강 하구에 다다르면 나는 스윽 한번 눈길을 주고는 방향을 바꿔 집으로 돌아왔다. 쨍쨍한 햇빛이 언제나 함께였다. 유난히 비가 없던 여름이었다.

나는 유명 인사가 되어 있었다. 강인한 삶의 의지 하나로 버티는 가장 유명한 편집자였다. 사고 이후에도 나는 직장을 포기하지 않았다. 자리를 지키기 위해 십수 년 헌신한 시간을 되돌릴 수 있는 것이 내겐 무엇도 없었다. 사건이 일어나고 병원에 가고 치료를 받으면서도 오로지 나는 회사 걱정뿐이었다. 당시에 나는 노벨문학상 수상을 기대하는 한 외국 작가의 책을 만들고 있었다. 발표 일에 맞추어 출간을 해야만 했기 때문에 스트레스는 엄청났다. 출간 날짜를 맞추지 못해서 판매에 지장이 있을까 봐 나는 입술이 사라진 채로 병가 한 주 만에 출근을 했다. 사장의 눈이 휘둥그레졌다. 회사에 나타난 나를 구경하러 직원들이 주변을 어슬렁거렸다. 시답잖은 안부를 물으며 마스크 뒤에 숨은 내 입을 궁금해했다.

"도대체 무슨 일이 일어난 거야? 마스크 좀 벗어봐."

사장의 말이니 나는 마스크를 풀어 사라진 입술이 있었던 자리를 보여주어야 했다. 괜찮은 척하려고 애를 썼다. 침을 흘리지 않기 위해 손수건을 물고 있었는데도 침이 턱을 타고 주욱 흘러내렸다.

"나오지 말고 집에서 쉬어. 누가 보면 나를 뭘로 보겠나."

나는 고개를 가로저었다. 말을 하려다 꾹 참았다. 책 작업 막바지에 노벨상이 발표되었는데, 준비 중이던 책의 작가는 수상을 하지 못했다. 책 출간은 무기한 미루어졌다. 나는 편집장 자리를 후배에게 물려주었다. 내가 가장 싫어하는 친구였다. 그가 편집장을 맡으면 안 되는 이유를 백 가지쯤 메일로 적어 사장에게 보냈지만, 사장은 신경 쓰지 말고 집에 가서 쉬라는 말만 했다. 그럼에도 나는 겨울이 지나 봄이 될 때까지 묵묵히 출근을 했다. 필자를 만나는 일 말고 책상에 앉아서 할 수 있는 일은 무리가 없었다. 다만 편집장이 된 후배와 뭔가를 나누는 것은 불편했다. 그가 실수하기만을 기다릴 수밖에 없었다. 사장이 다시 나를 찾아줄 날이 올 것이라 믿어 의심치 않았다. 하지만 열 살이나 어린 그 친구는 유능했고, 나는 그게 불만이었다. 결국 회사를 나왔다. 점점 일거리가 줄어 가만히 앉아 있는 시간이 늘어났기 때문이었다.

가을 내내 햇살 속을 전력 질주했다. 귓바퀴를 스치는 바람 소리가 좋았다. 바람 소리 말고는 아무 소리도 들리지 않았다. 자전거를 멈추면 나를 향한 말들이 어수선하게 떠다니는 것 같았다.

어느 해보다 햇살은 땅에 낮게 내려앉았고, 나무들은 고요하게 가을을 맞이했다. 바다 위를 은밀하게 떠다니는 비릿한 냄새가 바람을 타고 내게로 왔다. 하늘은 깊고 높았다. 바다는 흐릿함을 벗고 점점 선명해졌다.

나는 폐허가 된 항구도시에서 주로 책을 읽었다. 한때의 영화를 잃고 점점 색이 바래고 옅어지는 군산은 내게 그런 곳이었다. 책을 읽지 않을 때는 자전거를 탔고 자전거를 타지 않을 때는 책을 읽는. 일본식 집이 아직도 많이 남아 있는 식민지 시대의 중심가를 헤매고 헤맸다. 오래전에 살았던 집을 찾아다녔다. 집에 대한 기억은 선명했지만 그곳이 어딘지는 알지 못했다. 집을 떠난 것은 30년도 더 전의 일이었다. 사건이 일어나던 날 꾸었던 꿈 때문에 고향으로 내려온 것은 아니었다.

근원을 찾기 위해 내려온 것도 아니었다. 서울을 떠나고 싶었
는데, 딱히 갈 곳이 없었다. 나는 대학을 졸업하고 남의 글만
읽고 남의 책만 만들고 살았다. 아니, 나는 그렇게 생각하지
않았다. 나는 내 글을 만들고 내 책을 만들었다. 허나 내가 만
든 것은 내 책도 아니었고, 내 글도 아니었다. 내 것은 아무것
도 없었다. 친구도 없었고, 가족도 없었다. 나를 증명해줄 그
무엇도 없었다.

　누가 내게 이런 짓을 한 것인지 궁금해서 참을 수 없었다.
'왜?'가 중요했으나 '왜'는 생각할 수 없었다. 나는 툭하면 필
자에게 전화를 걸어 물었다. '선생님 말이 되질 않잖아요.' 왜
라는 물음은 필연성을 가져온다고 믿었다. '소설에서 그보다
중요한 게 뭐가 있겠어요.' 필자들은 머쓱해하며 그럴듯한 이
유를 덧붙여 원고를 다시 보내왔다. 그렇지만 단 하나의 소설
도 완벽한 삶의 이유를 가지고 있는 작품은 없었다.

　"참, 재능 없는 친구야. 글은 왜 쓰는지 몰라."

　필자가 듣기를 바라는 마음으로 사무실에서 소리 내어 신경
질을 부리고는 했다. 물론 누구에게나 그런 것은 아니었다. 책
이 잘 팔리는 작가라면 얘기가 달랐다.

　"너는 일할 때마다 왜 그렇게 화를 내고 그러냐."

　옆에서 듣던 사장은 무안해하며 말하고는 했다.

　"사장님은 모르면 가만히 계세요."

　한때의 내 위치는 회사에서 절대적이었다. 당시 사장은 유

능한 편집장을 잃을까 봐 언제나 전전긍긍했다. 후배들도 내 눈치를 보느라 언제나 숨이 죽어 있었다.

"어때?"

"저는 좋은데……"

"너도 똑같은 수준이야. 이게 진심, 괜찮아? 도대체가 기본이 없잖아. 문장이고 플롯이고."

교정을 본 후배들은 마치 자기가 형편없는 글을 쓴 것처럼 내게 시달려야만 했다. 출간 일을 늦추며 몇 개월씩 시간을 끌기도 했다. 필자는 안절부절못했다. 원고를 보냈는데도 회신이 없으니 답답한 노릇이었다. 그렇다고 뭔가를 요구하지도 못했다. 필자를 다루는 노하우였다. 앞에서 친절하지만 절대로 요구를 들어주지 않는 것. 모든 일을 담당 후배에게 떠넘겼다. 물론 담당자의 요구도 들어주지 않았다. 가운데에 낀 후배 편집자는 이러지도 저러지도 못하고 시달렸지만 나는 모른 척했다. 후배를 다루는 노하우였다.

모두 내 아래 있었다. 팔리지 않는 필자거나, 신인 작가의 경우가 그랬다. 책을 출간해도 이익이 하나도 남지 않는 것을 그들도 알고 있었기 때문에 그렇게 대했다. 대개는 출간 결정이 되면 엄청나게 기뻐했으나, 이미 미안한 마음이 차오르는 사람들이었다. 그들은 잠정적 마케팅 상품이었지만, 히트를 치기엔 많이 모자란 부류들이었다. 물론 베스트셀러 작가거나 영향력 있는 필자라면 말이 달라지겠지만 어차피 누구의 작품이든 모두 그저 그랬다. 내가 무엇을 얻을 수 있는가에 따라 작품이나 책의 의미는 달라지기 마련이었다. 이미 검증된 필자를 가까이 두는 것이 모든 면에서 나았다. 필자도 마찬가지겠지만 나는 아무도 읽지 않는 책을 만들고 싶지 않았다.

　자기 글이 얼마나 후지고 모자란 것인지 스스로 알기를 바랐다. 내가 직접 나서지는 않았다. 신인이거나 무명인 그들을 상대할 여유까지는 없었으므로, 결국은 미래에 좋은 작가가 되는 과정으로 받아들이기를 나는 바랐다. 나는 차일피일 교정 일정을 미루거나 출간 일을 내 멋대로 조정했다. 그럼에도 언제나 분이 풀리지 않았다. 그런 책은 세상에 없는 게 나았다. 물론 내가 아끼는 필자들도 있었다. 그들은 내게 도움이 되는 친구들이었다. 내겐 오랜 시간을 같이 흘러온 몇몇 필자들이 있었다. 서로의 이익을 위해 급격하게 신뢰를 쌓은 필자도 몇 있었다. 매출을 맞추지 못할 때 그들은 내게 가장 중요한 존재들이었다.

　하나 둘, 밑에서 일하던 후배들이 회사를 떠났다. 나는 단 한 번도 그들을 붙잡지 않았다. 그들도 별 볼일 없는 필자와 다를 바 없었다. 퇴사하는 날에도, 마지막 인사를 할 때에도 나는 눈길을 주지 않았다. 작별을 하는 그들의 인사를 못 들은 척 교정지에서 눈을 떼지 않았다. 그들은 무안해져서 머뭇거리다 금세 사라졌다. 어차피 잊힐 사람들이었고, 사람은 새로 뽑으면 그만이었다. 심부름이나 제대로 할 수 있는 사람이면

족했다. 그런데도 꼭 한 사람, 내게 제대로 된 인사를 한 친구가 있었다.

"선배님, 부디 건강하세요."

물론 나는 못 들은 척했다. 사람을 무시하는 최고의 방법이었다. 권위가 무너지면 자리도 무너지는 법이다. 바로 앞에서 말하니 들렸지만 듣고 있지 않았다. 그녀는 내 밑에서 4년을 일했다. 유일하게 내가 신뢰한 친구였다. 나는 고개를 들지 않았지만 그녀는 계속 말했다.

"4년이나 선배님 말만 들었으니, 저도 딱 하나만 충고할게요."

나는 고개를 들지 않았다. 순간 사무실 공기가 탁해졌다. 미세한 소음도 사라졌다.

"책 만드는 사람 모두가 선배님 같지 않아요. 그간 수준 낮고 촌스러워서 힘들었어요. 부디, 건강하고 승승장구하세요."

나는 고개를 들고 미소를 지으며 그녀를 빤히 쳐다보았다.

"그랬구나. 고마워. 그간 너도 능력이 미치지 못하는 일 하느라 고생 많았어. 저기, 표지 시안 나왔나?"

나는 간단하게 응대하고는 말을 다른 후배에게 돌렸다. 그녀는 빙긋이 웃으며 한동안 서 있더니 일일이 자리를 돌아다니며 마저 인사를 했다. 직원들은 내 눈치를 보느라 크게 아쉬움을 표하는 이가 적었다. 나는 아무렇지 않았다. 그런 일은 내게 중요하지 않았다. 내게 중요한 사람들이 아니었다.

"어떻게 니 밑에선 1년을 버티는 애가 없냐? 그래도 걔는 4년이나 있었는데 좀 잡아보지 그랬어."

사장은 매번 나를 타일렀다. 그러면서도 알아서 하라는 투였다.

"사장님이 데리고 하시던가요. 제가 다른 데 알아볼 테니."

사장에게 중요한 사람은 그들이 아니라 나였다. 나를 잃지 않기 위해 사장은 눈치만 보았다. 내가 사장이나 다름없었다.

작년 겨울, 나는 권투 선수처럼 마우스피스를 물었다. 침을 흘리지 않기 위해서였다. 완벽한 하루는 새벽에 시작됐다. 나는 진짜 권투 선수처럼 운동을 했다. 권투 도장에 나가기 시작했다. 누굴까? 누가 내 입술을 가져간 것일까. 나는 허공에 주먹을 휘둘렀다. 호수공원을 전력으로 뛰었다. 아침이 가까울수록 사람들이 많아졌으므로 나는 새벽 한가운데에 나가서 운동을 했다.

회사를 나온 것은 지난봄의 일이었다. 흔하지 않은 큰 사고를 당하고도 출근하는 나를 두고 직원들이 수군거리는 것을 나는 알고 있었다. 개의치 않았다. 나는 여전히 묵묵히 내 일을 했다. 전화를 할 수 없으니 모든 일은 메일이나 메신저로 처리했다. 그게 훨씬 편했다. 내게 중요한 사람은 필자 말고는 아무도 없었다. 헌데, 필자들이 나를 떠나기 시작했다.

사장은 새로운 편집장에게 업무를 인계하도록 지시했지만

나는 말을 듣지 않았다. 사장은 상대를 나와서 문학이나 인문학을 잘 알지 못했다. 거의 모든 것을 내가 판단하고 진행했고, 사장은 회사를 경영만 하는 정도였다. 모든 것은 내 수첩과 머릿속에 있었다. 나는 필자 연락처마저도 새로운 편집장과 공유하지 않았다. 혼자서 해오던 일을 계속했다. 그렇게 믿었다. 하지만 필자들은 이제 더 이상 힘이 사라진, 출간 계획이나 수상 같은 일에 영향력이 없어진 나를 떠났다. 필자 대부분은 새로운 편집장과 일하기를 원했다.

"선배님, 부탁이 있는데. 이거 좀 맡아줄래요?"

열 살이나 어린 편집장이 내게 일을 맡겼다. 그것은 의도적이었다.

"원고 들어온 지 몇 년 됐던데, 선배님이 잊으셨나 봐요. 어렵게 연락이 되어서 출간하기로 했어요. 작가분도 서운해하던 참이었대요. 그 뒤로 소설도 더 못 쓰고 계셨다고 하시더라구요. 가타부타 몇 년째 말이 없으니 그럴 만도 했겠어요."

어딘지 모를 뻑뻑한 구석이 있는데다 나를 보면 항상 본체만체하던 작가가 있었다. 그러다 한번 복수할 좋은 기회가 생겼다. 회사에서 주관하는 문학상을 심사하는 자리에서였다. 나는 진행을 핑계로 그런 자리를 놓치지 않았다. 으레 자리를 지키고 앉아 있다 보면 종종 내 의견도 물어왔는데, 그러면 가타부타 하던 심사위원들의 의중이 그러모아지곤 했다.

"이 정도 쓰는 친구들은 많지 않아요?"

얼른 내가 슬쩍 끼어들며 말했다.

"……그건 그렇죠."

한 심사위원이 나를 떨떠름한 표정으로 쳐다보았다.

"다른 건 모르겠고 그 친구에 대해 굉장히 말이 많더라구요."

"아니 그게, 소설하고 무슨 상관이 있다는 거예요?"

"제가 말씀드리기는 좀 그래요, 선생님. 욕하는 것 같기도 하고. 하여튼 이런저런 말이 많더라구요."

그는 결국 상을 수상하지 못했다. 시간이 한참 지나고 그로부터 전화가 걸려왔다.

누구인지를 밝히더니 무언가를 안다는 듯 그는 내게 나지막하게 물었다. 진실이라는 것은 언제나 사실에서 하나가 감춰져 있을 때 아름답다. 나는 그에게 말을 전했을 거라 짐작이 가는 심사위원에게 모든 것을 떠넘겼다.

"그 선생님은 조금 작품이 아쉬웠나 보더라고요. 사실 그 정도 쓰는 작가는 많으니까……"라고 하시던데요. 내가 충고 하나 해도 돼요? 아끼니까 하는 말인데, 아무도 믿지 마세요. 여기 판이 좀 그래요."

수화기 너머 그는 길게 한숨을 내쉬었다. 무슨 말인가 하려다가 망설였다.

"……글만 쓰고 살기가 참, 힘든 것 같습니다. 언제 소주 한잔해요."

그 뒤로 그와 연락하거나 본 적은 없었다. 발표가 뜸해지더니 몇 년 뒤부터는 출간 소식이 없었다.

"찾아보니 오래되어서 파일도 없는 거예요. 선배님이 봐 주시면 입력 작업하려구요."

나는 고개를 천천히 끄덕였다. 후배 편집장이 주는 일을 하게 되었다. 나는 일주일쯤 있다가 사표를 내고 회사를 나왔다. 내가 나온 뒤에 회사는 발칵 뒤집혔다. 오랜만에 복귀를 꿈꾸는 한 작가의 원고가 없어졌기 때문이었다. 입술이 없어 말을 할 수 없는 내게 후배 편집장에게서 문자와 메일로 연락이 왔다. 애절하고 간절한 음성이 들리는 것 같았다. 그에 대한 내 답장은 언제나 한결같았다. '잘 찾아보렴. 책상에 두고 왔으니. 그걸 내가 가지고 뭐에 쓰겠니.' 나는 그 원고를 군산까지 품고 내려왔다. 작품은 꽤 근사했다. 나는 자전거를 타고 금강 하구 둑까지 가서 작품을 한 장 한 장 모두 태워버렸다. 그 작가가 회사에 찾아와 소란이라도 피워주길 간곡하게 빌었다.

내 입술을 가져간 사람을 찾아다니기 시작한 것은 회사를 나온 뒤였다. 회사를 다니며 나는 내내 아무렇지 않은 척했다. 몰골은 흉측했지만 이게 뭐 별일이라는 듯, 나는 평소처럼 행동했다. 상처는 아물었고 두툼한 입술만 사라졌을 뿐 나는 아무렇지 않았다. 회사를 다니는 동안에는 그랬다. 자리를 지켜야 했으니 어쩔 수 없는 일이었다.

허나 나는 머리가 듬성듬성 빠지기 시작하는 마흔넷이었고,

장가도 못 간 노총각이었다. 친구도 없었고, 가족도 없었다. 회사를 나오고 나는 완벽하게 혼자라는 것을 알았다. 가끔 건강을 물어오는 필자들의 메일 말고는 나를 찾는 사람도 없었다. 간간이 들어오던 교정 일도 완전히 끊겼다. 수입도 없었고 미래도 없었다.

처음 죽으려고 마음먹은 것은 봄꽃이 완연하던 어느 날이었다. 때아닌 봄의 폭설로 도시가 마비됐던 하루였다. 수면제를 먹었다. 약을 먹기 전, 나는 일주일 내내 청소를 하고 물품을 정리했다. 가지런하게 책을 정돈하고, 빨래를 하고, 쓸고 닦았다. 냉장고를 비우고, 평소에 의미 있다고 여기던 아끼는 물건들을 내다 버렸다. 차도 팔았고, 핸드폰도 해지했다. 약을 모으는 데 꽤 오랜 시간이 걸렸다. 겨울 내내 수면제를 모았다. 얼마나 먹어야 죽을 수 있는지 알 방법이 없었다. 인터넷에 검색해보니 '그냥 한 주먹 정도 먹어보고, 안 죽으면 한 주먹 추가'라고 떴다.

나는 어렵게 모은 약을 옆에 놓고 유서를 썼다. 내 유일한 작품으로 남을 거라 생각하니 그냥 아무렇게나 쓸 수가 없었다. 책을 뒤적이며 문구를 찾아내고, 정리하기를 이틀이었다. 완벽하진 않았지만 그럴듯해 보였다. 깨끗하게 치웠던 집은 다시 난장판이 되었다. 부엌에는 설거지거리가 산더미처럼 쌓였고, 가지런했던 책장은 어수선해졌다. 다시 집을 치우길 이틀이었다. 어디라도 잠깐 다녀올까 생각하다 이틀을 더 보냈다. 세상이 점점 푸릇푸릇해졌다. 누군가 나를 발견해줘야 할 텐데, 고민하며 또 이틀이 걸렸다. 나는 차를 팔았던 딜러에게 새 차를 살 테니 이틀 후에 집으로 방문을 해달라고 메일을 보냈다. 비밀번호는 소방함 안에 적어두었으니 먼저 도착하면 안에서 기다려달라고 일렀다. 그렇게 적고 보니 문구가 이상했지만, 어쩔 수가 없었다.

사실은 죽기 싫었다. 예전으로 돌아가고 싶었다. 교정지에 파묻혀 설레는 마음으로 아직 세상에 없는 최초의 책을 기다리고, 만들어내고 싶었다. 작가들을 컨트롤할 수 있는 힘을 갖고 싶었다. 그러나 그럴 수 없으니 나는 죽어야만 했다. 오랫동안 만났던 여자에게 메일을 보냈다. 죽는다는 얘기는 하지 않았다. 결혼이라도 할 것을 후회가 됐다. 그녀가 메일을 확인하길 기다리며 하루를 보냈다. 그녀는 내 메일을 확인하지 않았다. 신변을 정리하기를 보름이 넘게 걸렸다. 아무도 보는 이가 없는데, 누군가 지켜보는 것처럼 창피했다. 넌, 아직도 죽지 않았냐고, 나무라는 것 같았다. 가끔은 벽이, 냉장고가, 샤워기 같은 것이 내게 말하는 것 같았다. 나는 약을 한 주먹 털어 넣었다. 그리고 반듯하게 침대에 누웠다. 금세 졸음이 밀려왔다.

나흘을 푹 잤다. 몸은 무거웠으나 깨어난 것이, 살아난 것이 기뻤다. 배가 고팠다. 나는 아무 일 없었던 듯 인터넷으로 중국요리를 시켰다. 자축이라도 하고 싶었다. 그나저나 자동차 딜러가 방문하지 않은 것이 화가 났는데, 메일을 열어보니 장모가 돌아가셔서 방문 일을 연기했으면 한다는 답장이 와 있었다. 배달 온 청년이 내 얼굴을 보며 겁을 먹었다. 음식 값을 말하는데 더듬거렸다. 요리는 거의 먹지 못했다. 면으로 된 음식은 입술이 사라지고 나서는 전혀 먹을 수 없었다. 입술이 있을 때는 몰랐다. 그래도 어쨌든 괜찮았다. 다시 살아난 것이 기분 좋았다.

나는 죽음에서 깨어나 내 입술을 가져간 사람이 누구인지 찾아야 했다. 이름을 메모하며 그들을 떠올렸다. 그들을 향해서 했던 말들이 떠오르지 않았다. 대부분은 평소 이유 없이 싫어했던 사람들이었다. 재능이 없어서, 유명하지 않아서, 내 권위에 도전해서 마음에 들지 않았던 이들이었다. 때론 재능이 넘쳐 내 손에 잡히지 않은 사람들도 미워했다. 누군가에게 들은 척, 사실인 척 사람과 사람 사이에 던져놓았던 말이 전혀 기억나지 않았다. 전혀 짐작조차 할 수 없었다. 너무 많은 사람들이 메모지를 채웠다. 이들 중 누가 내 입술을 도려낸 것인지 가늠도 되지 않았다. 어느새 궁금증은 분노로 바뀌었다. 내가 적고 있는 이름이 내 잘못으로 상처 입었을지도 모르는 사람들은 아니었다. 내가 입술을 도려내고 싶은 사람들 이름이었다. 내게 아무런 해코지도 하지 않은 사람이었고, 누군가는 사소한 말로 나를 불쾌하게 한 사람이었다. 작가이거나 같이 일했던 직원들이었다. 지적 허영이 넘치는 몇몇 교수들 이름도 넣었다.

나는 그들을 만나러 다녔다. 주머니 속에 커터 칼을 감춘
채, 우연을 가장해서 그들 앞에 나타났다 사라지는 게 고작이
었다. 그들의 표정을 살피는 게 전부였다. 범인으로 짐작되는
사람이건, 내가 입술을 훔치고 싶은 사람이건 그들은 나를 보
자 하나같이 측은한 표정을 지으며 따뜻한 위로를 건넸다. 어
떤 게 진심이고 그냥 하는 말인지 알 수 없었다. 막상 만나면
마음이 풀렸다.

한밤중에 불빛도 없는 호수공원을 질주했다. 심장이 터질
때까지 뛰었다. 봄이 소리 없이 지나가고 있었다. 분노로 가득
한 봄꽃은 순식간에 피었다가 졌다. 시간이 지날수록 누군가
에게는 내가 겪고 있는 이 고통을 전하고 싶었다. 봄이 다 가
기 전, 나는 다시 한 번 자살을 시도했다. 정말 죽고 싶은 게
아니었다. 꼭 죽지 않을 정도로만 자살을 해보고 싶었다. 목을
매려다가 그만두었다. 안 그래도 볼썽사나운 얼굴이 괴기스럽
게 일그러질 게 분명했다. 나는 여러 작가가 택했던 죽음들을
찾아봤다. 근사하고 멋지게 남을 수 있는 자살은 없는지 찾아
보며 봄을 보냈다. 무스탕을 타고 전속력으로 구불구불한 고
개를 질주한 작가도 있었고, 장총을 입에 물고 머리를 날려버
린 작가도 있었다. 가스 오븐에 머리를 박고 죽은 미국의 한
여자 시인과 할복한 일본 작가의 죽음을 머릿속으로 흉내 내
보기도 했다. 모두 번거로운 일이었다. 나는 그들의 작품을 꼼

꼼하게 읽으며 봄밤을 보내는 것으로 그들을 향한 존경을 대신했다.

두번째도 나는 약을 먹었다. '안 죽으면 한 주먹 더'라는 인터넷 문구가 떠올랐지만, 이번에도 나는 지난번과 같은 양의 약을 삼켰다. 그렇게 믿고 싶었지만 실제 삼킨 양은 처음의 반도 안 됐다. 이번에는 유서도 쓰지 않았고, 누군가에게 암시를 남기지도 않았다. 죽고 싶지 않았기 때문이었다. 나는 푹 자고 사흘 만에 다시 깨어났다. 수면제를 많이 먹으면 속을 다 버린다는데, 내겐 그런 부작용도 없었다. 아직 건강한 몸이 있어 다행이었다. 겨울과 봄 내내 호수공원을 전력 질주했던 효과가 있었다. 나는 누구보다 죽고 싶지 않았다. 두번째 자살을 시도하고선 죽는 것을 포기했다. 나는 살아서 내가 겪고 있는 이 고통을 누군가에게는 되돌려줘야만 했다. 열심히 권투 도장에 나갔다. 온종일 샌드백에 맨주먹을 박았고, 줄넘기를 했다.

여름에서 가을로 가는 동안 온종일 자전거를 타다가 해 질 무렵이 되어서야 집으로 돌아왔다. 방에는 아무것도 없었다. 비치되어 있는 가구 말고는 작은 선풍기가 내 유일한 물건이었다. 작은 트렁크에는 여름옷과 몇 권의 책이 전부였다. 여름의 끝은 언제나 모호했다. 끝날 것 같지만 더위가 여전했고, 더운가 싶으면 밤에는 제법 쌀쌀한 기운이 퍼졌다. 가을이 오고 필요한 게 많아졌지만, 나는 여름 그대로였다.

바다는 더 이상 뜨겁지 않았다. 내가 웅크리고 있는 작은 방은 피난처이고 은신처였다. 내가 이 작은 방에 있다는 것을 아는 사람은 아무도 없었다. 나는 누군가를 피해 하릴없이 작은 방에 앉아서 아주 작은 소리로 밀려왔다가 멀어지는 파도 소리에 귀 기울이는 것이 아니었다. 나는 누군가를 피해 둥근 달을 좇아 빠지고 들어오는 바닷물의 깊이를 엿보는 것이 아니었다. 나는 그저 혼자여서 작은 방에 있는 것뿐이었다.

집 근처에 작은 구멍가게가 있었는데, 여주인하고 유일하게 안면을 텄다. 나는 여름 내내 구멍가게에서 파는 것만 먹었다. 계란을 팔 때면 계란을 삶아 먹었고, 먹을 게 없으면 간이 의자에 앉아 맥주를 홀짝였다. 여주인은 내가 맥주를 마시는 모습이 신기한지 유심히 지켜보곤 했다. 나는 무슨 음식이든지 목을 뒤로 젖히고 먹었는데, 때마다 여주인은 오메, 오메 하며 옆에 붙어서 나를 지켜보았다. 어느 날인가는 택시 운전을 한다는 남편이 인사를 했다. 어느 날인가는 택시를 태워주겠다며 어디를 가보고 싶냐고 물었다.

"근디, 어쩌다 그랬대요?"

한참을 망설이다 남편이 물었다. 때론 말을 하지 못하는 게 편할 때도 있다. 여주인은 나를 보는 내내 그것이 가장 궁금했던 모양이었다. 나는 정중하게 고개를 숙이고 자리를 떴다. '어쩌다가 내가 이렇게 됐나.' 나도 알 수 없었다. 그들은 내가 측은했겠지만 기분이 상했다. 말을 못하니 바보 취급을 당하는 느낌이었다. 자전거를 타고 돌아서는 내 뒤에 대고 혀를 끌끌 찼다. 그 뒤로는 구멍가게에 가지 않았다. 어쩌다 마주쳐도 나는 알은체를 하지 않았다.

　나이 차이가 많이 났던 형은 내가 여덟 살인가 아홉 살 때 죽었다. 대아저수지라는 곳으로 물놀이를 갔다가 물에 빠져 죽었다고 했는데, 형에 대한 기억은 거의 없다. 키가 아주 컸다는 것 말고는 아무것도 기억나지 않았다. 형이 죽고 형이 지냈던 별채에 외삼촌이 살기 시작했다. 어렸을 적 살던 집은 아픈 기억이 묻힌 무덤 같았다. 음침했고 축축한 기운이 가득했다. 방에 있는 게 싫어서 나는 언제나 작은 정원에 나와 앉아 있고는 했는데, 별채에서 간혹 외삼촌이 튕기는 기타 소리가 들려오곤 했다. 외삼촌은 대학을 다니다 군대에 끌려가서 몸을 많이 다쳐 돌아왔는데, 자세한 내막은 알지 못했다. 가끔 동네를 깨울 듯이 한밤중에 비명을 지르곤 했다. 나는 외삼촌이 싫었는데, 별채에 놀러 가는 것은 좋아했다. 오래된 책 냄새와 먼지가 켜켜이 쌓인 책을 헤집고 노는 게 좋았다. 외삼촌 방에서 놀면 어른이 된 것 같았다. 외삼촌이 책을 읽는 것을 본 적은 없었다. 외삼촌도 얼마 되지 않아 죽었다. 아니, 사라졌을 것이다. 솔직히 잘 기억이 나질 않는다. 엄마와 같이 죽은 게 아니라면 같이 없어졌을 것이다. 어쨌든 언젠가부터 집에는 나와 아버지만 남겨졌다. 어찌된 일인지 아버지는 엄마와 외삼촌을 찾지 않았다.

아버지와 나는 군산을 떠나 서울로 왔다. 열 살인가 열한 살 때였다. 아버지는 내가 열다섯 때 새장가를 들었다. 그때 기억은 선명하다. 새엄마에게도 두 명의 아들이 있었는데, 그들은 아버지와 같이 살게 되었고, 나는 혼자 자취를 하며 중고등학교를 다녔다. 대학에 가면서부터는 아버지와 연락을 한 적이 없었다. 가끔 통장으로 돈이 들어왔는데 군대 가면서 그것도 끊겼다. 그 뒤로도 나는 단 한 번도 엄마나 외삼촌, 아버지를 찾은 적이 없었다. 별로 기억할 것이 없었다. 엄마 얼굴은 아예 기억도 나지 않았고, 아버지는 언제나 남 같았다. 그나마 병약했던 외삼촌이 가장 기억에 남았는데, 나와 생김새가 퍽 닮았다고 느꼈기 때문이었다. 어렸을 적엔 몰랐고 내가 성인이 되고 나서야 나와 외삼촌이 닮았다는 것을 알게 되었다.

군산으로 내려오기 전 나는 꼭 한 명의 입술을 훔치고 싶었다. 그가 내 입술을 도려낸 것이 분명하다고 확신했기 때문이다. 나는 입술을 오려내려고 그를 찾아갔다. 그는 한때 가장 친한 친구였다. 같은 과 동기였는데 졸업하고 그는 글을 썼고, 나는 출판사에 직장을 얻었다. 나는 친구가 그 하나뿐이었다. 그는 신춘문예로 데뷔를 하고 한동안은 꽤 주목받는 작가로 문단에서 활발하게 활동을 하기도 했다.

우리는 대학 신입생 때부터 10년 넘게 붙어 다녔다. 가족이 없던 나는 그를 굉장히 의지했다. 그가 미워지기 시작한 것은 내가 출판사에 다니기 시작한 지 3년쯤 지난 때였다. 그는 내

가 다니던 출판사에서 첫 책을 준비하고 있었는데, 내가 담당
자였다.

"너도 이참에 글을 써보면 어때? 언제까지 남의 책만 만들
거야."

그가 짐짓 심각하게 말했다.

"쓰려면 잘 써야지. 그만그만한 작가가 돼서 뭐해. 그런 작
가는 너로도 충분한 거 아냐?"

그 무렵 우리는 서른을 벗어나고 있었는데, 어떤 새로운 열
등감이 시작되던 때였다. 그의 정체를 나는 잘 알지 못했지만,
출판사에서 일을 하고부터 생긴 나의 열패감은 분명해지고 있
었다.

"너는 꼭 그런 식이더라. 못 한다고는 말하지 못하는 거
지?"

"대부분 다 그렇잖아. 우습지. 꼴 같지도 않은 작가 행세하
고 싶은 거 아냐. 자기가 뭘 써내고 있는지도 모르면서…… 글
은 뒷전이란 말이야."

"그게 네가 글을 쓰는 것하고 무슨 상관인데?"

"그런 작가는 안 되겠다는 거지."

"너, 웃기는 거 알지? 너는 그냥 주제에 맞게 남의 책이나
만들어라."

나는 입을 다물었다. 내게 말하는 그의 표정은 내가 비위를
맞춰가며 모시는 작가 선생님들의 그것이었다.

"하하, 너도 이제 진짜 작가 다 됐구나."

나는 멋쩍게 웃었다. 마음이 쓸쓸해졌다. 우리는 바쁘다는 핑계로 점점 만나는 횟수가 줄어들었다. 특별한 일이 아니고서는 볼 이유가 사라졌다. 1년쯤 지나고서 송년회 자리에서 우연히 마주쳤다. 송년회여서 많은 필자들이 모였다. 많은 사람들이 서로 자리를 옮겨 다니며 두루 친교를 도모하기도 하고 쌓였던 얘기를 풀기도 했다. 이미 그는 주목받는 신인작가여서 여러 필자들 중에서도 꽤 인기가 좋았다. 말주변도 좋아 선생님들부터 또래 친구들까지 그와 술을 하는 것을 즐겼다. 그와 같은 자리에 앉게 되자 자연스럽게 내가 화제가 되었다. 나는 불편해서 어서 자리를 뜨고만 싶었다. 이제 그 친구와는 같은 곳에 있는 것조차 싫었다. 나는 슬그머니 자리를 옮겼다. 술자리가 파하자 삼삼오오 차수를 챙기러 사람들이 흩어졌다. 술을 즐기지 않는 나는 집으로 가기 위해 택시를 기다리고 서 있었다.

"고지식한 게 꼭 좋은 게 아냐."

"네? 무슨 말씀이세요?"

사장이 나를 붙잡으며 한 무리의 술시중을 들으라고 했는데, 나는 늦었으니 집에 가겠다고 한 터였다.

"니 작가 친구 말야. 걔도 그러더라, 네가 고지식한 게 문제라고 말이야."

별말 아니었으나 중요한 말이었다. 말을 받았으니 나도 말을 주어야 했다. 나는 그에 대한 소문을 은밀하게 퍼뜨렸다. 말은 발이 빨라서 원하는 사람에게는 전속력의 속도를 내는 법이다. 그가 주목받자 그것을 시기하는 작가들이 꽤 있었다. 말은 돌고 돌아 내 귀에 다시 들어오기도 했다.

"아니, 소설을 애인이 모두 써줬다는데 진짜예요? 친한 친구니까 잘 알 거 아니에요."

"그걸 제가 어떻게 알겠어요. 아, 그 여자친구는 과 동기여서 잘 아는데, 그 친구야말로 대단했죠. 그 친구가 등단하지 않은 게 좀 의아하다고 생각하는 친구들이 꽤 있긴 해요."

나는 긍정도 부정도 하지 않았다. 말은 돌면 돌수록 사실에 가까워졌고, 오해는 오래되면 사실이 되었다. 소문 때문이었는지 아닌지는 모르지만 친구는 그 뒤로 절필하고 출판쟁이가 되었다. 뒤늦게 뛰어들었는데 꽤 성공한 사업가로 변신했다. 몇몇 실용서와 연예인 책을 끌어들여 제법 단단한 기반을 갖추었다. 홍대 근처에 빌딩을 샀다는 소문도 돌았다. 나는 그것이 또 마음에 들지 않았다. 친구가 하는 출판사와 일을 하는 필자와의 연도 끊어버렸다.

"네가 여기 웬일이냐?"

이제 여름이었다. 언제 봄이었던가 싶게 날은 더워져 있었다. 더운 날 마스크를 쓰고 나타난 날 보더니 친구는 의아한 표정을 지었다. 나는 주머니 속 커터 칼을 만지작거렸다. 가만히 서서 그를 노려보았다. 그는 무심히 나를 건너보았다.

"가던 길이면 그냥 가고, 날 보러 온 거면 들어가서 차라도 한잔하고."

그가 귀찮다는 듯 호주머니에 손을 찔러 넣으며 턱짓을 했다.

"얘기 들었어. 회사도 그만두었다며. 일 부탁하러 온 거 아냐? 들어가서 얘기해. 나 바빠."

그가 돌아서 건물 안으로 들어가려던 찰나, 나는 커터 칼을 꺼내 그의 얼굴을 향해 휘둘렀다. 나는 누구의 입술이라도 베어야만 했다. 그가 얼굴을 감싸 쥐며 주저앉았다.

"이런, 미친 새끼."

나는 전속력으로 뛰기 시작했다. 이제 입술은 필요 없다. 집에서 경찰을 기다렸지만 나를 찾아온 사람은 아무도 없었다. 여름이 되어도 친구나 경찰로부터 아무런 연락이 없었다. 철저히 혼자였다.

집은 탁 트인 곳에 서 있었다. 그렇게 찾아 헤매던 옛날 살던 집을 찾았다. 거의 매일 다니는 길이었지만 집 앞으로 큰 도로가 생겨서 알아보지 못했다. 큰길가에 옆으로 나 있던 대문도 없어졌고 담장도 허물고 없었다. 외관상 많이 바뀌었으나 집의 구조는 그대로였다. 'ㄷ'자의 본채와 'ㅣ'자의 별채가 마주 보고 있었고 작은 정원은 없어졌다. 삼나무는 여전했는데, 감나무는 베이고 없었다. 순전히 우연이었다. 커피가 너무 그리워서 아무 데나 찾아들어간 카페였다. 개보수를 해서 그런지 집은 굉장히 근사했다. 방을 모두 없애고 탁 트인 공간을 보니 원래 집이 이렇게 넓었나 싶었다. 나는 커피를 한 잔 마셨다. 아니, 시켜놓고 마시지는 않았다. 종업원이 와서 커피가 맛이 없냐고 물었다. 나는 고개를 절레절레 흔들었다. 나는 작은 정원이었던 곳에 놓인 테이블에 앉아 별채 쪽을 바라보았다. 별채는 세미나룸으로 이용되고 있었다. 외삼촌이 살았던 흔적은 아무것도 없었다. 내가 살았던 흔적도, 엄마나, 아버지가 살았던 흔적도 물론 없었다. 격자무늬 문은 다시 만들어 달아놓은 것인지 집과 여전히 잘 어울렸다. 꽤 사람들에게 알려진 카페인 듯 끊임없이 사람들이 들락거렸다. 나는 그새 자리가 또 불편해져서 자전거를 타고 이내 작은 내 방으로 돌아왔다.

밤이 되면 이제 추워서 창을 열어놓을 수 없었다. 비릿한 바다 냄새는 점점 옅어졌고, 파도 소리는 여름보다 커졌다. 귀 기울이지 않아도, 창을 열어놓지 않아도 철썩이는 소리가 들려왔다. 나는 작은 라디오를 하나 샀다. 주파수를 클래식 FM에 맞추어 놓고 매일 음악을 들었다. 군산에 내려오고, 가을이 되면서 처음으로 산 내 물건이었다. 가끔은 뭔가를 끼적였다.

밤이 무르익어 모든 소리가 잠잠해지면 나는 산책을 나섰다. 오래된 거리는 아주 천천히 늙고 있었고 마주치는 사람도 없었다. 얌전한 파도는 조용히 바닷가에 머물렀다 물러갔다. 나는 천천히 걸으며 오래전에 내가 살았던 집으로 향했다.

오래전에 사라진 가족들처럼 거대한 삼나무가 깜깜한 밤,
백 년 된 적산가옥을 묵묵히 지키고 서 있었다. 나는 마우스피
스를 입에 문 채 한참을 서서 그것들을 바라보기만 했다.

四 十 四

어둠이 서서히 물러가고 있었다. 세상의 모든 소음이 잠든 먹먹한 새벽이었다. 제민은 천천히 푸른빛으로 변해가는 창밖을 우두커니 바라보았다. 새벽에 깨는 날이 부쩍 많아졌다. 동틀 무렵 하늘빛은 수줍게 반짝였고, 싸늘한 얼굴을 한 추위가 바짝 다가와 앉았다. 그녀는 커튼을 젖히고 창문을 조금 열었다. 창밖, 까마득한 밑을 슬쩍 내려다보았다. 4년 전, 그녀는 33층으로 이사했다. 높은 곳에 산다는 것에 적응하기가 쉽지 않았다.

　"무서워서 창밖을 내다보지도 못하는 애가 어떻게 살 작정이야?"

　이사하던 날 큰오빠가 말했다.

　"하늘만 보고 살면 되지. ……나 이제 비행기도 잘 타잖아."

그녀는 무심한 척 구두를 정리했다. 밑을 내려다볼 때마다 아찔했고 창문을 열 때마다 어지러워서 눈을 감기 일쑤였다. 물론 비행기를 탈 때도 신경안정제를 먹어야만 했다. 오빠는 창가에 서서 까마득하게 보이는 거리를 우두커니 내려다보고 있었다.

"이제 마흔이야, 언제까지 그렇게 살 거야?"

그가 무덤덤하게 혼잣말을 뱉었다.

"여기서는 비가 내려도 잘 모르겠구나. 빗소리가 들리지를 않네."

입김이 창문에 어렸다가 사라졌다. 창밖으로 추적추적 겨울비가 내리고 있었다.

"비가 와? 눈이 내리는 게 아니고?"

큰오빠는 꼼짝하지 않고 얼어붙은 듯 서 있었다.

"……고양이라도 키울까 봐."

이삿짐을 나르느라 집 안은 분주했지만, 둘은 다른 시간에 서 있는 사람들 같았다. 그녀는 정리하던 신발을 내려놓고 오빠의 뒷모습을 바라보았다. 오빠는 허공에 서 있는 사람처럼 쓸쓸해 보였다. 그녀는 부쩍 좁아진 그의 어깨를 보면서 원래 사람이 저렇게 작았나 생각했다.

시간이 어떻게 흘렀는지 모르게 4년이 갔다. 그녀는 이불을 머리까지 덮어쓰고 무릎을 세워 앉았다. 한기로 금방 코끝이 싸해졌다. 우두커니 한참을 앉아 있었다. 한겨울, 아침을 여는 도로 위의 소음과 냄새가 고층에 위치한 그녀의 집 창으로도 들이닥쳤다. 마흔넷 생일이었다.

그녀가 일어나 냉장고 쪽으로 갔다. 냉동실 문을 열고 가만히 서 있었다. 한기가 밀려 나왔다. 딱히 무엇을 찾는 것이 아니었다. 새벽에 일찍 깬 탓에 몸이 무거웠다. 그녀는 침대로 돌아와 TV를 켰다. 활기 넘치는 리포터가 맛집을 소개하고 있었다. 보글보글 끓고 있는 뚝배기가 클로즈업된 화면을 그녀는 무심히 바라보았다.

마흔이 되면서부터는 생일을 한국에서 맞은 적이 없었다. 매년 생일 무렵이면 그녀는 외국으로 여행을 떠났다. 가을이 되면 가장 비싸고 럭셔리한 패키지여행 상품을 예약했다.

마흔이 되던 해엔 혼자서 보라카이에 다녀왔다. 풀장이 딸린 빌라를 빌려 일주일 내 있었다. 그녀를 빼곤 일행 모두 신혼여행객들이었다. 모두가 혼자 여행 온 그녀를 이상한 눈으로 힐끔거렸다. 사랑과 낭만에 취해 와인을 들고 비틀거리는 신혼여행객들 사이에서 그녀는 오직 맛있는 음식을 먹는 데 집중했다. 그들의 대화에도 끼지 않았고, 말을 걸어도 곁을 주지 않았다. 그들은 무안해져서 그녀를 모른 척했다. 그편이 서로에게 편했다. 그녀는 혼자인 게 조금도 쑥스럽거나 부끄럽지 않았다. 남들이 그녀를 어떻게 보거나 말거나 상관없었다.

하루 종일 풀에서 수영을 하고, 낮잠을 자고, 책을 읽었다. 스쿠버다이빙 같은 수상 레포츠를 쌍쌍의 신혼여행객들 사이에서 홀로 즐겼다. 혼자인 그녀가 부담스러워서 사람들은 어쩔 줄 몰랐다. 가이드도 난감하긴 마찬가지였는데, 혼자인 그녀를 위해 짝을 자청하는 것이 고작이었다. 막상 그녀는 시큰둥했다.

채널을 이리저리 돌리다가 손놀림을 멈추었다. 인기를 끄는 한 드라마가 방영되고 있었다. 이미 지난주에 본방송을 놓치지 않고 본 터였다. 그녀는 리모컨과 전화기를 항상 손에 쥐고 있었다. 이내 전화벨이 울렸고 그녀가 전화를 받았다.

상대방은 전화를 받은 줄 모르는지 아무 말이 없었다. 그녀도 잠자코 아무 말도 하지 않았다.

"언제 올 거니? 오빠가 데리러 갈까?"

한참 만에 오빠가 입을 뗐다.

"내가 무슨 애야? ……오후에 갈게, 오빠."

그녀는 TV를 보며 건성으로 대답했다. 드라마는 불륜을 소재로 다룬 것이었는데, 전개가 급작스럽고 억지스러웠다. 말도 되지 않는 그런 이야기가 그녀는 재미있었다. 모든 TV 드라마를 섭렵하는 것이 그녀의 취미이고 소일거리였다.

"그래도 생일인데 아침이라도 같이 먹어야지."

"됐소. 오빠, 그러지 좀 마. 저녁에 어차피 다 같이 볼 건데, 뭐."

가만히 생각해보니 큰오빠가 올해로 쉰여섯이었다. 요즘엔 부쩍 노인처럼 굴어서 통화를 하다 보면 그녀는 불쑥 짜증이 일었다.

"그러지 말고 건너와. 다리만 건너면 금방인데. 생일날 집에 있는 게 몇 년 만이야. 식구들 기다리고 있어."

TV 화면에선 아들의 여자친구를 아버지가 알아보고 충격을 받는 장면이 한창이었다. 며느리가 될 여자가 과거 술집에서 만난 여자라는 것을 기억해낸 남자의 아버지가 쓰러지고 있었다.

"오빠, 나 좀더 잘래. 끊어."

큰오빠가 다시 전화를 했지만 그녀는 받지 않았다.

보라카이에서의 마지막 밤, 가이드가 술에 취해 찾아왔었다.

"누나, 저 오늘 여기서 자고 가면 안 돼요?"

막 열두 시가 넘었고, 생일이었고, 마흔 살 첫날이었다. 그녀는 혼자서 와인을 홀짝이며 마흔을 자축하고 있었다. 멀리서 들려오는 파도 소리에 귀 기울이고 있었다.

"누나라니요?"

"누나지, 그럼, 뭐예요."

여중, 여고, 여대를 나온 그녀는 '누나' 같은 친근한 호칭이 낯설기만 했다. 가이드는 그녀보다 세 살 어린 범띠였는데, 큰 딸이 중학생이라고 했다. 아내와 사이가 좋지 않다고 했다.

"누나, 저 여기서 자고 가면 안 돼요?"

그가 다시 말했다. 심장이 터질 것처럼 뛰었지만 그녀는 당황함을 숨기고 빙긋 웃어주었다. 그녀는 낯선 사람의 관심이 조금 무서웠고, 남자의 관심이란 것에 조금 안도했다. 그녀는 가이드가 화장실에 간 사이에 조용히 방을 빠져나왔다. 해변을 한참 산책하고 돌아왔다. 살금살금 풀장을 통해 들어와 자기 방을 엿보았다. 가이드는 돌아가고 없었다. 불안해서 밤을 꼴딱 새웠다.

그녀는 돌아와 여행사에 항의했다. 애초부터 떠들썩하게 문제를 일으킬 심사는 없었는데, 여행사가 외려 호들갑을 떨었다. 사과의 의미로 여행사에서 3박 5일 태국 여행 상품을 주었고, 그녀는 더 이상 문제 삼지 않았다. 중간고사 기간에 혼자서 태국에 다녀왔다. 쇼핑을 하거나 마사지를 받았고, 저녁에는 근사한 식당에서 혼자 밥을 먹었다.

그 일로 일자리를 뺏겼을 그 가이드가 문득 생각나곤 했다. 지나가는 여중생을 보면 그랬다. 얼굴이 가물가물한 그 남자보다 한 번도 본 적 없는 교복 입은 여자애가 선명하게 그녀의 머릿속에서 맴돌았다.

그녀는 TV를 끄고 라디오를 켰다. 다시 침대에 누웠다. 눈이 올 모양인지 하늘은 잔뜩 흐렸고, 뿌옜다.

그녀가 물구나무선 채로 전화를 받았다.
"뭐해?"

"물구나무서 있어."

오전이면 그녀는 물구나무선 채로 TV를 봤다. 양 팔꿈치와 머리로 삼각형을 만들어 몸을 지탱하고 벽에 기대어 거꾸로 섰다. 그렇게 드라마 재방송을 보거나 철 지난 영화를 보았다. 한 시간이고 두 시간이고 그녀의 물구나무서기는 멈추지 않았다. 그러다 전화가 오면 물구나무선 채로 수다를 떨었다.

"아무래도 남편이 바람피우는 것 같아."

바닥에 떨어져 있는 머리카락이 신경에 거슬렸다. 매일 청소를 해도 끊임없이 나오는 머리카락을 보면 덜컥 겁이 났다. 늙고 있는 증거 같았다.

"당연하지. 그럴 때가 됐지. 밖에 어리고 예쁜 애들이 좀 많니. 그 애들하고 경쟁해서, 자리를 지켜야지. 니 남편 멋있잖아. 남자가 그러지 않길 바라기만 하는 것도 반칙이지."

"왜 어린 여자라고 생각해?"

"아니, 그럼, 늙은 여자야? 니 남편 취향도 이상하다."

오전, 일정한 시간이 되면 친구 혜진에게서 전화가 걸려왔다. 방학하고부터 오전 시간 대부분은 그녀와 전화로 수다를 떨며 시간을 보냈다. 지금까지 남은 그녀의 유일한 대학 친구였다.

"너 오늘 생일 아냐? 밥은 먹었어? 내가 가서 미역국이라도 끓여줄까?"

"아줌마 같은 소리 좀 그만해."

대학에 처음 자리를 잡았을 때에는 방학이면 밀린 공부를 하느라 시간이 모자랐었다. 몇 년이 지나지 않아서 그것은 정말 오래전의 일이 되어버렸다. 방학 동안 한 권의 책도 읽지 않을 때가 많았다. 대신 그녀는 여행을 다니거나 열정적으로 운동을 했다. 며칠씩 집 안에서 꼼짝도 하지 않고 드라마만 보기도 했다.

　"오빠네 가야 해."

　"그 사람 안 만나? 생일인데 만나자고 안 해?"

　겨울방학은 여행을 가지 않으면 꽤 지루하고 긴 시간이었다.

　"……"

　그녀는 이제까지 세 번의 연애를 했다. 이십대에 한 번, 삼십대에 두 번, 세 남자 모두 유부남이었다. 끝이 좋을 리 없었다. 그녀는 단 한 번도 남자와 대놓고 데이트를 한 적이 없었다. 두번째 남자는 작은오빠 친구였다. 원래부터 둘이 친구라는 것을 알았다면 달라졌을까, 그녀는 남자를 떠올릴 때마다 생각했다. 혜진이 말하는 그 남자는 두번째 남자였다. 지금도 한 달에 한 번은 만나곤 하는 10년이 넘은 사이였다. 그는 혜진이 알고 있는 그녀의 유일한 남자였다.

　"이제 안 만나, 그 사람."

　"정말? 지난여름에도 만났었잖아."

　"그게 마지막이었어."

　요즘 부쩍 혜진에게 거짓말이 늘었다.

제민은 운동 중독자였다. 매일 요가를 했고, 수영, 필라테스, 근력 운동은 이틀에 한 번, 거르는 날이 없었다. 꾸준히 운동했던 덕에 그녀의 몸은 나이에 비해 탄력 있었고, 얼굴은 어려 보였다. 그녀는 대학 시절처럼 여전히 44 사이즈를 입었다. 그런 그녀가 근래에는 오랫동안 해오던 운동을 그만두고, 외출을 삼갔다. 몸은 금세 허물어졌다. 군살이 늘었고, 얼굴은 푸석해졌다. 그녀는 어떤 일도 하고 싶지 않았고 아무 일도 하지 않았다. 몸은 관성에 민감했다. 운동을 하던 몸은 운동을 원했고, 아무것도 하지 않는 몸은 금세 그대로 가만히 있기를 원했다. 한 달 만에 6킬로그램이 늘었다. 두 달 만에 그녀는 이제 그 나이 또래처럼 보였다. 하지만 그녀는 그렇게 생각하지 않았다. 물구나무 운동만으로도 충분하다고 생각했다. 거울에 알몸을 이리저리 돌려보면 여전히 괜찮은 것만 같았다. 오히려 빈약했던 가슴이 커진 것 같아서 좋았다. 그러면서 친구에게는 이렇게 말했다.

"나 요즘 살쪘다. 이제 나도 아줌마로 살 거야. 가슴도 커졌어."

"얼마나 쪘는데? 그래 봤자 니가 어련하시겠네요."

그녀가 D여대 교수가 된 것은 삼십대 중반이었다. 영문학을 전공했는데 유학을 다녀오지 않고서 자리를 잡은 드문 케이스였다. 지도교수 덕분이었고, 운도 좋았다. 그녀의 두번째 남자, 변웅필은 당시 같은 학교 중문학과 강사였다. 둘은 학교에서 만났다. 그는 그녀 말고도 여자가 여럿이었다. 만난 지 얼마 되지 않아 알게 됐는데, 그는 그것을 부러 숨기려 하지도 않았다. 그것은 지금도 마찬가지였다. 당시에 그가 만나는 여자 중엔 그녀의 대학원생 제자도 있었다.

오래전 어느 날, 습한 날씨 때문에 더웠고, 아침부터 추적추적 비가 내리고 있었다. 그녀는 그의 차에서 내리는 제자를 우연히 보았다. 일부러 제자가 걸어오는 쪽으로 성큼성큼 걸어갔다. 마주친 제자는 공손하게 앞으로 손을 모으고 인사했다. 그녀는 그것이 너무 모욕적이라고 느꼈다. 그녀는 서른넷이었고 제자는 스물넷이었다. 남자를 두고 제자와 경쟁해야 한다는 것이 치욕스러웠다. 따귀라도 때려주고 싶었다. 제자는 아무것도 모르는 듯했다. 무엇보다 그 애는 너무 예쁘고 착했는데, 그녀는 그것이 더욱 참을 수 없었다.

그녀는 끊임없이 밀려드는 혜진의 수다를 건성으로 밀어내며 변웅필을 떠올렸다. 그는 모든 것이 나쁜, 사람이었다. 말하는 거의 모든 게 거짓말이거나 과장이었다. 위선으로 가득 찬 바람둥이었다. 그렇게 믿고 싶었지만 바람뿐이었고 그는 단지 솔직했을 뿐이었다. 그런 솔직함이 사람에게 얼마나 큰 상처가 되는지 그녀는 비로소 알게 되었다. 솔직하다는 것은 때에 따라선 뻔뻔하다는 얘기와도 같았다. 그녀는 한때 그런 그의 모습을 세련됐다고 느꼈다. 그가 밉지 않았던 이유였다.

"들어? 왜 대답이 없어?"

"나, 좀 씻을게. 이따가 통화하자."

제민이 일방적으로 전화를 끊었다. 온몸이 땀범벅이었다. 그녀는 옷을 모두 벗고, 알몸으로 청소기를 돌렸다. 그러다 현기증이 일어, 우두커니 한참을 앉아 있었다. 맥없이 눈물이 나려는 것을 가까스로 참았다. 그를 마지막으로 본 건 지난가을이었다.

"어떨 때는 말이야. 니가 와이프처럼 느껴져."

그녀는 알몸인 채로 여전히 침대에 있었고 그는 서둘러 옷을 입었다.

"무슨 말이야?"

둘은 매번 광장동의 한 호텔에서 만났다. 그에게도 그녀에게도 집과 학교에서 가장 먼 곳이었다. 만난 지 10년이나 되다 보니 그를 만나러 호텔에 갈 때면 오래전에 살던 집에 들어서는 기분이들곤 했다.

"아내하곤 잠을 자지 않지만 너하곤 한 달에 한 번은 만나잖아. 또 너한테는 숨기는 게 없고, 아내에겐 모든 게 비밀이니까."

그녀는 입술을 잘근 깨물었다.

"우리 벌써 10년째인 거 알아?"

변웅필은 이제 쉰 살이 되었다.

"재호는 잘 있어?"

그가 화제를 돌리며 되물었다.

"10년 동안 만난 횟수를 다 합쳐도 석 달이 안 되는 것도 알이?"

그는 모교에 자리를 잡았다. 그와 그녀는 아주, 가끔 만났다. 어떤 해에는 1년에 한두 번 본 적도 있었지만, 완전히 관계를 끊지는 못했다.

"본 지 꽤 됐네, 그 녀석."

그가 넥타이를 매며 무심히 말했다. 그와 작은오빠는 고등학교 동창이었다.

"잘 있겠지. 그런데, 넌 나한테 그렇게 할 말이 없니? 매번 똑같은 말만 해?"

그녀는 그를 만나며 작은오빠를 떠올리는 게 싫었다.

"오랜만이잖아, 매번."

그가 대수롭지 않게 대답했다. 물론 그녀가 그를 거부할 수 없는 이유는 그 뻔뻔함 때문이었다. 그의 그런 태도가 편했다. 둘은 만나면 거룩한 의식을 치르듯 잠자리를 가졌다. 그는 적절한 때가 되면 문자를 보냈다. 흔한 안부나 인사도 없었다. 장소는 언제나 같은 곳이었으니, 날짜와 시간만 간단히 적혀 있었다. 그녀는 답장을 하지도 않았고 무시해버리곤 했지만, 그가 통보한 날이 되면 어느새 호텔로 향하고 있었다.

아무 사이도 아니라는 것을 그는 일관되게 말과 행동으로 보여주곤 했다. 그는 그녀에게 무심했고, 무관심했다. 서로 많은 얘기를 쏟아내기도 했으나 그때뿐이었다. 둘은 서로에게 아무런 책임감이 없었다. 초기에는, 그녀도 그의 태도가 서운하고 화났으나, 언젠가부터 그녀도 그런 관계가 편했다. 처음에 가졌던 가책은 없어진 지 오래였다. 새로운 사람, 새로운 관계를 피하는 이유이기도 했다.

"우리 딸이 너네 과에 가고 싶어 한다."

처음 만났을 때 유치원에 다니던 그의 딸아이는 이제 고등학교 2학년이었다. 그가 코트를 입으면서 거울로 그녀를 건너보았다.

"미쳤구나? 말려야지."

그녀는 속으로 이제 정말 그를 만나지 말아야겠다고 다짐했다.

"너 요즘 살쪘어. 운동 좀 해."

눈물이 핑 돌았다. 그녀는 이불을 뒤집어쓰며 돌아누웠다.

"……계속 있을 거야?"

그가 잠시 그녀를 내려다보았고, 그녀는 아무 대답이 없었다.

"……나, 먼저 간다, 그럼."

그가 휑하니 나가버렸다. 쾅, 문이 닫히고, 철렁, 가슴이 내려앉았다.

"그대로거든? 알지도 못하면서."

그녀가 이불을 걷어내고 벌떡 일어나 앉았다.

"다신 연락하지 마, 개자식아."

그가 빠져나간 문에 대고 들릴 듯 말 듯 그녀가 말했다.

눈이 내리기 시작했다. 그녀는 알몸으로 창가에 서서 밖을 내다보았다. 손에는 청소기를 쥔 채였다. 어지러웠고 무서웠지만, 흩날리는 눈을 바라보았다. 일주일째, 그녀는 집 안에서 꼼짝도 하지 않았다. 일주일 만에 공들여 외출 준비를 시작했다.

평일임에도 세일 기간이라 백화점은 북새통이었다. 그녀는 꼭대기 층에 있는 초밥집에서 천천히 점심을 먹을 작정이었는데 에스컬레이터를 타고 올라가는 동안 다시 집으로 돌아갈까 망설였다.

부산스러운 사람들을 보면 왠지 모르게 불안해서 견딜 수가 없었다. 제민은 초밥집 맨 구석에 벽을 보고 앉았다. 참치 대뱃살, 광어지느러미살, 도미뱃살, 한우꽃등심살, 초밥 네 접시를 주문했다. 음식이 나오는 동안 그녀는 다이어리를 정리했다.

지난주 수요일, 그녀는 한 남자를 만났다. 그녀는 한창 SNS에 재미를 느껴 손에서 핸드폰을 내려놓지 못했다. 주로 페이스북을 이용했는데, 미지의 사람들을 조우하는 그곳이 너무 신기했다. 현실에서는 모든 친구가 사라지는 시기가 아니던가. 시작한 지 얼마 되지 않아 한 남자가 쪽지로 집요하게 만나자고 연락을 해왔다. 그는 소설가였는데, 그의 작품을 읽어본 적은 없었다. 알아보니 실제로 그렇게 유명한 작가는 아니었고, SNS상에서 꽤 유명한 사람이었다. 매일매일 그가 올리는 글과 사진을 염탐하는 날이 많아졌고, 지난주에는 못 이기는 척 약속을 잡고 그를 만났다. 그는 그녀와 동갑이고 이혼한 뒤 혼자였다. 구애하듯 날아오는 그의 쪽지가 그녀도 싫지 않았다. 만나서 간단히 저녁을 먹고 2차로 와인을 마셨다.

그는 상상했던 것보다 별로였다. 감성과 감정이 좀 과장돼 보였다. 그는 그녀가 잘 알지도 못하는 문단 이야기를 흥분해서 떠들었고, 그녀는 주로 들었다. 뭔가 단단히 꼬인 사람 같았다.

"좀 걸어야겠어요."

그녀가 일어서자, 술을 더 하고 싶어 하던 그도 함께 밖으로 나왔다. 한파가 몰아닥쳤음에도 홍대 인근은 젊은 열기로 가득했다. 그녀는 어지럼증이 일어 잠시 진정시켜야만 했다. 그의 팔을 의지하며 택시를 잡기 위해 조금 걸었다.

"오늘 즐거웠습니다. 다음에 또 뵈어요."

그녀는 인사를 하고 정차해 있는 택시에 올라탔다.

"그냥, 가시려고요?"

그가 택시 문을 잡고 놓지 않았다.

"네? 시간도 늦었고……"

"그럼, 제가 모셔다 드릴게요."

그가 옆자리에 올라타려고 했는데 그녀는 자리를 비켜주지 않고 문을 닫으려고 했다.

"에이, 뭐야, 진짜."

그가 버럭 고함을 질렀다.

"안 가실 거면 내리시고요."

택시기사가 짜증스러운 듯 말을 뱉었다. 창문을 내리며 룸 미러로 그녀를 건너보았다.

"이런, 거시기를 봤나. 너도 무슨 생각이 있으니까 나왔을 거 아냐. 이러고 그냥 가려고? 뭐, 이따위가 있어. 너만 나이 먹고 고고한 척하는 거야?"

"제, 제가, 무슨 잘못을……?"

"교수라고 할 때 알아봤어. 도도한 것 빼곤 쥐뿔도 없는 것들이!"

그녀는 몸을 벌벌 떨었다. 그가 무슨 말인가를 계속 쏟아부었지만 아무것도 들리지 않았다. 어떻게든 차 문을 닫으려고 애를 썼는데, 그는 문을 잡고 놓지 않았다. 사람들이 무슨 일인가 싶어 택시 주위로 모여들었다.

"제발, ……문 좀 닫게 해주세요. ……제가 잘못했어요."

그녀가 애원하듯 말했는데, 일순 말이 끝나자마자 그가 쾅, 세게 차 문을 닫아버렸다. 심장이 몸 밖으로 튀어나올 것만 같았다. 놀란 가슴이 진정되지 않았다.

"아저씨, 목동 좀 가주세요."

그녀가 떨리는 목소리로 말했고, 택시기사는 아무 대꾸도 없었다.

"따라오는 차 없죠?"

그녀는 불안해서 연신 뒤를 돌아보았다.

"저기, 아저씨, 따라오는 차 없죠?"

그녀가 반복해서 물었지만 기사는 앞만 바라보며 운전을 했다.

"……그러게 아줌마, 집에서 얌전히 살림이나 하지, 늦은 밤에 돌아다니고 그래요. 밤에 돌아다니니까 이런 일이 생기죠."

그녀는 무슨 말인가를 하려다가 꾹 참았다. 양화대교를 건너고 있었다. 창밖만 바라보았다. 택시기사가 무슨 말인가를 더 했지만, 그녀는 듣지 않았다. 뒤로 밀려나는 풍경을 보며 그녀는 조금 울었다.

집에 돌아와 샤워를 하며 그녀는 또 조금 울었다. 약을 먹고 일찍 잠자리에 들었다. 침대에 눕자 저절로 페이스북에 접속하게 됐다. 확인해보니 그가 이미 글을 올려놓았다. 저녁 먹은 게 체한 것 같았다. 속이 메슥거렸다. 내용에는 실제 있던 일은 아무것도 없었고, 그의 과장된 감정과 수식이 가득했다. 여자의 심리를 몰라서 상처받은 한 남자의 가련한 심정이 구구절절 적혀 있었다. 페이스북은 글이 좋거나 마음에 들면 '좋아요'를 누르게 되어 있는데 그가 올린 글에 3백여 명이 '좋아요'를 달아놓았다. 그녀는 그 모두가 무섭게 느껴졌다. 그게 아니라고 말하고 싶었으나 참았다. 그녀가 겪은 일은 모두 오프라인의 일이기 때문이었다. SNS는 실제가 아니었다. 그곳은 과장된 현실의 가상세계, 실제로 세상에는 존재하지 않는 세계였다. 그녀는 페이스북을 탈퇴할까 고민하다가 그만두었다. 누군가 갑자기 사라진 자기를 두고 뭐라고 할까 두려웠다. 잠들기 전 또 조금 울었다. 약 기운이 퍼지면서 곧 잠에 빠져들었다.

백화점 식당가는 주말 수산시장처럼 어수선하고 시끌벅적했다. 다이어리에 집중하려 애를 쓰면 쓸수록 어딘가에서 들려오는 사람들의 대화를 자신도 모르게 듣고 있었다. 비밀스럽게 소곤거리는 말들도 그녀에겐 또렷하게 들려왔다. 대부분 가정주부들인 터라 시시콜콜한 얘기들이었지만, 굉장히 중요한 말처럼 서로가 서로에게 마치 경쟁이라도 하듯 말 세례를 쏟아부었다.

그녀는 어지럼증이 일어 따뜻한 녹차를 한 잔 마셨다. 음식이 나오자 천천히 식사를 시작했다. 꼭 체할 것만 같은 불안감이 더해졌다. 그녀가 굳이 어수선한 백화점 식당가 초밥집을 찾는 이유는 익숙함 때문이었다. 나름 대학생 때부터 20년 가까운 단골이었다. 주인과 주방장은 여러 번 바뀌었겠지만, 초밥집은 언제나 백화점 식당가 한 귀퉁이를 오랜 시간 지켰고, 그녀는 가끔 혼자서 초밥을 먹었다. 그녀의 메뉴는 언제나 정해져 있었고, 먹는 순서도 정해져 있었다. 처음에 참치대뱃살을 먹었고, 한우꽃등심을 가장 나중에 먹었다.

"어, 맞구나, 한제민."

그녀가 참치대뱃살을 막 입에 넣고 우물거리던 참이었다.

그녀는 깜짝 놀라 뒤돌아보았다.

"긴가민가했네. 하도 오랜만이라, 말이야. 자기도 많이 변했구나."

그녀의 지도교수 윤종석이었다. 그녀는 아무 말도 하지 못하고 입을 우물거리며 눈만 끔벅였다. 그녀는 한 번에 그를 알아보지 못했다. 그새 모습이 많이 변했기 때문이었다. 그녀의 기억 속에 그는 언제나 마흔을 갓 넘긴 젊은 선생님의 모습이었다. 그는 여대생들의 마음을 흔들어놓고 설레게 만들던, 정말이지 매력적인 선생이었다.

"한 10년 만인가? 아니, 넘었구나. 학위 받을 무렵 보고 보지 못했으니까, 말이야. 너무 반갑다."

그가 자연스럽게 그녀 옆에 앉았다. 그녀는 얼른 입에 있는 음식을 삼켜야겠다는 생각밖에 없었다. 그녀가 급하게 참치대뱃살을 꾸역꾸역 목구멍으로 삼켰다.

"……여긴 어쩐 일이세요? 선생님. ……오랜만이에요."

"그러게 말이야. 나 정년 했어. 알고 있지? 소일 삼아 여기서 강의해. 아줌마들 데리고 일주일에 한 번 놀아. 그나저나 너무 반가워서 눈물이 다 나려고 한다 야."

그녀는 난감했다. 아무리 10년 만이라고 했지만, 한때 열렬하게 사랑했던 사람이 중늙은이가 되어 있었다. 그녀는 그를 힐끔거렸다.

"어쩌나, 한 선생이 나를 피해 다니는지 말이야. 만날 수가 있어야지."

그가 입가에 미소를 가득 머금고 볼멘소리를 했다. 그의 미소는 여전했다. 사람 좋아 보이는 웃음이 얼굴에 퍼졌다.

"……정말, 그리웠단 말이야."

그가 작게 소곤댔다. 눈가엔 어느새 눈물이 맺혀 있었다. 그녀는 오소소 소름이 돋았다. 멋있게 늙고 있지는 못한 듯 보였다. 마음 한구석이 짠했다.

그녀는 윤종석 교수와 오후 내 차를 마셨다. 교환하려고 들고 나온 구두는 여전히 쇼핑백 안에 있었다. 그녀는 그것이 신경 쓰여서 그가 하는 말이 제대로 들리지 않았다. 그녀의 얼굴은 점점 창백해졌는데 우려했던 대로 체하고 말았다. 그는 쉬지 않고 밀린 이야기를 내놓았다. 해 질 녘이 되어서야 그와 헤어질 수 있었다. 그녀는 다리에 힘이 풀려 걸음을 걷기 힘들었지만, 다시 번잡한 백화점으로 들어갔다.

"손님, 자꾸 이러시면 곤란해요."

벌써 석 달 새 세번째 교환이었다. 그녀는 구두를 꼭 신으려고 사는 것이 아니었다. 그녀의 신발장에는 신지도 않는 명품 구두가 백 켤레나 모셔져 있었다. 매장 매니저가 플로어 매니저를 데리고 왔다.

"돈으로 환불해달라는 게 아니잖아요. 한 번도 신지 않았고요."

그녀가 퉁명스럽게 말을 뱉었다. 서 있기도 힘들었지만 찬찬히 구두를 골랐다. 매니저 둘이 난감함을 숨기지 못하고 그녀 뒤만 졸졸 따라다녔다.

"백만 원짜리 구두를 사면서 마음에 들지도 않는 것을 살 순 없지 않겠어요?"

숨조차 쉬기가 힘들었다. 눈앞이 노래지면서 주저앉고 싶었지만, 그녀는 진열된 구두에서 눈을 떼지 않았다.

"규정에 없는 것을 무리하게 요구하는 것도 아니잖아요. 한 달 내, 마음에 안 들면 교환해주기로 되어 있는 것 아니에요?"

"……손님, 그게 아니라. 벌써 세번째여서요. 손님께서 처음 구두를 샀던 때가 석 달 전이라, 저희가 매출 마감을 하는 게 쉽지 않아요. ……손님, 이번에는 꼭 신중하게 고르셔서 다음에는 꼭……"

"알았다니까요. 저걸로 할게요. 한 사이즈 큰 거 있죠?"

그녀는 신경질적으로 매니저의 말을 잘랐다. 맨 처음 샀던 구두로 다시 교환했다. 그녀는 매번 그런 식이었다. 뭔가 꼭 필요해서 쇼핑을 하는 것은 아니었다. 지난번 구두보다 가격이 싸서 그녀는 남는 차액을 상품권으로 돌려받았다. 매장을 나서는 그녀에게 직원들이 일렬로 서서 인사를 했다. 그녀는 돌아보지 않았다.

택시를 타고 상암동에 있는 큰오빠네로 향했다. 속이 아파서 허리를 제대로 펴지도 못했다. 한강 다리를 건너며 자기가

차를 끌고 나왔다는 것을 그때서야 알아차렸다. 백화점으로
다시 돌아가야만 했지만 엄두가 나지 않았다. 가슴 전체를 옥
죄는 갑갑함에 그녀는 점점 패닉 상태가 됐다. 오빠 집에 도착
했을 때 그녀는 똑바로 서 있을 수조차 없었다. 그녀는 기다시
피 오빠 집에 들어섰다.

"무슨 일이야? 왜 그래, 너."

"급체했나 봐, 나 좀 누울게."

그녀가 겨우 목소리를 냈다. 오빠네 식구들은 음식을 준비
하느라 정신없었다. 식구들이 하던 일을 멈추고 모두 몰려나왔
다. 집 안에 가득 찬 음식 냄새 때문에 그녀는 더욱 힘들었다.

"이리 내, 손."

큰오빠가 바늘을 들고 왔다.

"됐어, 괜찮아. 조금 누워 있으면 괜찮아질 거야."

말은 그렇게 했지만 그녀는 오빠에게 차가운 손을 내밀었
다. 새까만 피가 엄지손톱 뿌리 밑에 맺혔다. 그녀의 기억에
열두 살 차이가 나는 큰오빠는 처음부터 어른이었다.

"우리 돼지띠들은 지가 정말 돼지인 줄 알고 너무 많이 먹
어."

"그게 무슨 말이야."

그녀가 피식 웃었다. 신기하게도 양쪽 손을 따자마자 체기
가 내려가기 시작했다. 창백했던 얼굴에 혈색이 돌았다.

막상 카페에 마주 앉자 윤종석은 그녀를 앞에 두고 쉬이 말을 꺼내지 못했다. 입이 바짝 마르는지 커피와 물을 연신 들이켰다.

　"……너를 떠올리면 있잖아. 내가 참, 못된 놈이었구나 생각된단 말이야. ……그러면서도 말이야, ……너무 이기적으로 말이야. 다시, 꼭 한 번만 너와 만날 수 있다면 얼마나 좋을까, 바라곤 했었단 말이지. ……이젠 가물거리는 기억을 더듬으면서 말이야, 하하하. 끊었던 담배가 이렇게 생각난 적이 없었는데 말이야. ……널 보니까, 그러네."

　그녀는 기억 속에 존재하는 그의 모습을 더는 찾을 수 없었다. 자신만만하고 호기로웠던 그는 이제 초조함과 불안을 숨길 수 없는 나이가 되어 있었다. 서울에 살았지만 이제껏 우연마저도 잘 피해오면서 미뤄왔던 그와의 마주침이었다. 자신도 모르게 안심이 되었다.

　"네가 많이 변했을 거라고 생각했는데, 아닌 것 같아. 여전한 걸 보니, 내가 너무 좋다. 예전으로 돌아간 것 같단 말이야."

　그녀는 찻잔을 내려다보며 그의 말을 듣기만 했다. 지난 시간이 찻잔 안에 가득 담겨 있었다. 새카만 커피는 쓴맛보다 신맛이 강했다.

　"……다시 내게 그런 기회가 온다면 말이야. ……그땐, 내 영혼도 내놓을 준비가 되어 있어. 제민아, 이거 진심이야."

그녀는 느릿느릿 그러면서 끊임없이 말하는 그가 견디기 힘들었다. 누군가 자기의 명치를 뾰족한 돌로 짓누르는 느낌이었다. 체기가 점점 더 심해졌다. 속이 아리고 꽉 막혀서 고통스러웠다. 그녀는 빨리 자리를 벗어나고 싶은 마음밖에 없었다. 해가 뉘엿뉘엿 넘어가고 있었다.

오빠는 방을 나가지 않고 그녀의 팔이며 다리를 연신 주물렀다. 그녀는 속이 좀 편해지자 긴장이 풀리며 진이 빠졌다. 경직된 몸이 풀어지며 팔다리가 떨어져나갈 것만 같았다. 몸이 물속으로 가라앉는 느낌이었다.

"무슨 일 있었어? 체한 것은 그렇다 치고, 얼굴 표정이 말이 아니야."

"무슨 일이 있긴. 아무 일도 없지."

"니 나이면 무슨 일이라도 일부러 만들고 그래야지. 아무 일도 없으면 어떡해. ……트림 안 나와?"

"뭐야, 도대체."

그녀가 희미하게 입가에 미소를 머금었다. 잠이 쏟아졌지만, 하루 동안 있었던 일들이 잠을 밀어냈다. 그녀가 길게 한숨을 쉬었다.

그녀가 중학생이 되던 해 큰오빠는 군대를 갔다. 남들보다 때늦은 입대였다. 첫 휴가를 나온 밤, 큰오빠가 그녀의 방에 들어왔다. 어두운 방, 우두커니 앉아서 자기를 내려다보고 있는 사람이 큰오빠라는 것을 그녀는 잠결이지만 알 수 있었다.

초경을 한 직후여서 세상의 모든 것이 낯설고 불안할 때였다. 살갑기만 했던 큰오빠가 낯설었다. 살짝 술 냄새가 풍겼다. 그가 한참을 내려다보더니 그녀의 머리를 쓰다듬었다. 천천히 이마에서 옆으로 머리를 쓸었다. 그녀는 잠에서 깼지만 그냥 가만히 있었다. 한 번도 느껴보지 못했던 이상한 기분이 들었다. 그녀는 오빠를 등지고 돌아누웠다. 괜스레 얼굴이 화끈거렸다. 큰오빠가 옆에 따라 누웠다. 그러더니 그녀를 뒤에서 꼭 껴안았다. 그녀는 심장이 터질 것처럼 요동치는 것을 다스리느라 죽을 것만 같았다. 오빠의 숨이 뒤통수에 닿을 때마다 몸이 조금씩 오그라드는 것 같았다. 뛰는 가슴을 진정시킬 방법을 그녀는 알지 못했다. 오빠는 잠깐 그렇게 있더니 그녀의 꼭뒤에 가볍게 입술을 묻고는 방을 나갔다. 수십 년이 지났어도 그녀는 그 밤에 일었던 묘한 기분이 여전히 생생했다.

속이 풀리자 긴장도 풀어지며 졸음이 쏟아졌다. 손을 딴 오빠가 방을 나가지 않고 아주 오래전 그때처럼 그녀를 내려다보고 있었다.

"뭘, 그렇게 자꾸, 봐. 평생을."

그녀가 피식 웃으며 눈을 감았다.

"나는, 니가 왜 그렇게 예쁘냐."

"오빠, 나 오늘부터 마흔넷이야. 정신 좀 차려."

"나이를 아무리 먹어도, 나이가 안 보여 나한테는. ……더

늙기 전에 얼른 좋은 남자 만나서……"

"또 시작이다. 오빠, 요즘 왜 그렇게 노인처럼 굴어? 짜증나."

그가 빙긋이 웃으며 그녀의 머리를 쓰다듬었다.

"피곤한 것 같은데, 좀 자. 상 차리려면 멀었어."

오빠가 조용히 방을 나갔다. 그녀가 그를 불러 세웠다.

"그거 쇼핑백, 언니 거야. 오늘 일당이니까, 전해줘. 우리 부모 제사상 차리는 데 돕지 못해 미안하다고도 말해주고."

그녀가 돌아누웠다. 오빠는 고개를 끄덕이고 조용히 문을 닫았다. 곧 거실에서 호들갑 떠는 소리가 들려왔다. 급하게 방문이 열렸지만, 그녀는 꼼짝하지 않았다. 조용히 문이 닫혔다. 하루가 길게 느껴졌다. 피곤이 몰려오며 잠이 쏟아졌다.

윤종석과의 관계는 그녀가 대학원에 진학하면서부터 시작됐다. 공부나 명성, 안정적인 직업 같은 이십대의 그녀가 꿈꾸던 미래의 모든 것을 그는 이미 이루고 있었다. 게다가 훤칠한 미남형이었다. 그녀는 혼자서 그를 오랫동안 마음에 두었다. 대학 신입생 때, 그를 강단에서 처음 본 순간부터 사랑했다. 강의실 안에서 그가 하는 말, 제스처는 황홀했다. 그는 딜런 토머스라는 시인을 좋아했는데, 창밖을 바라보며 영어로 낭송하는 그의 모습에 눈부신 햇빛이 내려앉곤 했다. 무작정 그녀는 사랑에 빠졌다. 그를 계속 보기 위해 그녀는 대학원에 진학했다. 그녀 자신도 자기의 진심을 알지 못하던 나이였다.

"요즘도 딜런 토머스 좋아하세요?"

그가 무슨 말이지 모르겠다는 듯, 눈을 가만가만 끔벅였다.

"아, 영국 시인 말하는 거야? ……젊었을 때는 시보다 시인들의 그런 광기를 좋아했지. 자기파괴나 몽환 같은 게 예술이라고 믿었으니까. ……이젠, 그런 것들이 불안해서 싫어."

그와의 시간이 쌓이며 그녀도 모든 것이 어긋나고 있다는 것을 깨달았다. 그러나 감정은 더욱 거대해져서, 어떻게 해야 하는지 그녀는 알 수 없었다. 그녀는 어렸고 그는 그녀의 첫 남자였다. 열심히 사랑만 하면 어떻게든 되겠지, 하는 막연한 생각밖에 없었다. 서른 즈음이 되어서야 현실적인 상황을 가늠하게 되었다. 그녀가 뭔가를 요구하면 할수록 그와의 관계는 더욱 틀어졌다. 그러다가도 마음이 정리가 될 즈음이면 그는 그녀를 다시 찾았다.

그녀는 한밤중이 될 때까지 꿈도 꾸지 않고 잠 속에 있었다.

"깜짝이야."

큰오빠가 그녀 곁에 우두커니 앉아 있었다.

"깼어? 이제 시작하자. 엄마, 아부지 기다리겠어."

"깨우지 그랬어, 그럼."

"얼른 나와."

윤종석에게서 여러 개의 문자가 와 있었다. 우연한 만남이 너무 즐거웠고, 다시 꼭 만나고 싶다는 내용들이었다. 전화번호를 괜히 알려준 것 같아 마음이 좋지 않았다. 그녀는 그의 번호를 거부 목록, 스팸으로 등록했다.

"계속 이렇게 지낼 수는 없잖아요, 선생님. 저도 이제 서른이에요. 선생님도 계속 늙을 거고. ……우리는 남들보다 시간이 많지 않아요. ……결혼해요."

윤종석의 표정이 순식간 싸늘하게 변했다. 그가 들고 있던 와인 잔을 가만히 내려놓았다. 손끝으로 가느다란 와인 잔의 목을 잡고 천천히 돌렸다.

"이혼이라도 하란 말이니? ……너, 나랑 놀자는 거야?"

날카로운 쇳소리가 그녀의 마음속 깊이 뚫고 들어왔다. 천천히 돌리는 잔 위로 와인이 튈 것만 같아서 그녀는 불안하고 두려웠다.

"네? ……놀자니요?"

그녀가 그를 똑바로 보지 못했다. 아슬아슬하게 잔 안에서 찰랑이는 검붉은 와인을 바라보기만 했다. 그가 대답했던가, 잘 떠오르질 않았다. 그의 말은 비수가 되어 그녀의 마음을 둘로 갈라놓았다. 그게 마지막이었던가, 뒤에 다시 만났던가, 그녀는 잘 기억이 나질 않았다. 이제 그녀도 어리지 않아서 기억보다 망각이 비대해진 나이가 되었다.

그녀의 부모님은 한날한시에 돌아가셨다. 누구는 그것이 호상이라고 말했지만, 동갑내기 부모님의 나이 겨우 일흔이었다. 9년 전이었고, 그녀의 서른다섯번째 생일이었다. 부모님은 그녀가 보내준 여행에서 사고를 당했다.

"아니, 세주도를 놔두고 왜 울릉도에 가겠다는 거예요?"

"보내줄 거면 그냥, 우리 가고 싶은 데 보내줘. 토 달지 말고."

"아니, 좀 멀어야지. 노인네들이 그냥, 자식들 하자는 대로 좀 따르면 안 돼요? 홍합밥을 먹으러 거기까지 간다는 게 말이 되냐고요, 아버지."

부모님은 평생 사소한 싸움도 없이 지낸 금슬 좋은 부부였다. 결혼한 지 47년 만에 떠나는 첫 여행에 부모님은 들떠 있었다. 부모님은 외국여행도 마다하고 제주도도 싫다면서 오로지 울릉도에 가겠다고 고집을 부렸다. 그녀는 긴 여정이 마음에 걸렸다. 울릉도에 가기 위해서는 비행기를 타고 포항으로 가서 하룻밤을 보내고, 다음 날 아침 일찍 배를 타고 다시 다섯 시간이나 가야 했다. 경비도 제주도보다 더 들었으니, 굳이 울릉도를 가겠다고 하는 부모님이 이해될 리 없었다.

그러나 결국 말릴 수 없었다. 울릉도에 잘 도착했다는 전화가 걸려온 지 한 시간도 되지 않아 비보가 전해졌다. 부모님이 탄 택시가 절벽 아래로 추락했다고 했다. 큰오빠와 그녀가 포항에 도착했을 땐 한밤중이었다. 다음 날, 날씨가 좋지 않아 울릉도로 들어가는 배가 뜨지 않았다. 그다음 날도 결항이었다. 둘은 망연자실 바다를 바라보며 울음을 토해냈다.

그녀가 부스스 잠에서 덜 깬 채 거실로 나왔다. 큰오빠 가족 모두가 그녀를 기다리고 있었다. 큰오빠는 딸만 둘이었다. 그녀와 조카들, 올케는 오빠 뒤에 섰고, 오빠 혼자서 제사를 지냈다.

"언니, 뭘 이렇게 많이 차렸대."

"아가씨 생일상이기도 하잖아요."

언니는 그녀보다 나이가 열 살이나 많았는데, 오랜 시간이 지났어도 꼭 존대를 했다. 올케의 얼굴에서 웃음이 가시질 않았다.

"엄마, 그만 좀 웃어. 할머니, 할아버지 화내겠어."

큰조카가 어른스럽게 말했다. 그녀는 갓 대학에 들어간 큰조카와 어깨동무를 하고 뒤에서 제사를 지켜보았다.

윤종석은 대머리는 아니었지만, 듬성듬성 머리가 빠져 젊은 시절 장발이었던 모습과 많이 달랐다. 훤칠했던 체격은 쪼그라든 것처럼 왜소했고, 등은 굽었다. 십수 년 만이라고 했지만, 그녀는 그의 달라진 모습에 적잖이 당황했다. 그를 향한 안쓰러움에서 좀체 빠져나오지 못했다. 그가 하는 말이 귓바퀴에서만 윙윙대고 잘 들리지 않았다. 그는 그녀의 손을 꼭 잡고 놓지 않았다. 그녀는 혹시 누군가 볼까 봐 주위를 두리번거렸다. 그의 손이 이렇게 따뜻했던가, 낯설기만 했다.

"우리, 나가서 술이나 한잔할까?"

화장실에 다녀온 그가 어딘지 모르게 멀끔해졌다.

"저녁 겸 어떠니?"

그가 아직도 로맨스를 꿈꾼다는 것을 그녀는 느꼈다. 술을

마시자는 것은, 술만 먹자는 밀이 아니라는 섯 정도는 알 나이
였다.

"선생님은 애인 없으세요?"

"애인? 너 별소리를 다 하는구나. 하하하하. 내 청춘은 너로
끝났어. 아름답지 않아?"

그녀는 억지로 웃어 보였다. 그렇게 말하는 그도, 앞에 앉아
듣고 있는 자기도 처연하게 느껴졌다.

"영혼은 바다를 건너지 못한다는데, 고모, 사실이야?"

그녀는 아무 말이 없었다. 오빠네 식구들은 모두 교회를 다
녔지만, 부모님 기일에는 제사를 지냈다. 오빠는 왠지 그래야
만 한다고 여겼다. 간단히 제사를 지내고 제사상을 끌어다 늦
은 밤, 식구들이 둘러앉았다.

"재호네도 거기서 제사를 드린대."

"할아버지, 할머니는 바쁘겠네, 오늘. 상암동 들렀다가 밴쿠
버까지 가야 하니."

작은조카의 말에 식구 모두 웃었다. 케이크가 상에 오르고
마흔네 개의 초에 불이 켜졌다.

"제민이는 올해 꼭 좋은 사람 만나서……"

"오빠, 제발 좀……"

"얼른, 초를 끄세요. 깜짝 놀랄 선물이 있어요."

조카들이 신이 나서 그녀를 부추겼다. 그녀가 온 힘을 다해

볼바람을 입에 모았다.

큰오빠와 그녀는 포항여객터미널 근처 모텔에서 사흘 밤을 보냈다. 밤낮없이 옆방, 아래위층에서 교성이 들려왔다. 큰오빠도 그녀를 찾지 않았고, 그녀도 방에서 꼼짝하지 않았다. 할 수 있는 일이라는 게 고작 항구에 묶여 있는 배를 바라보며 오열하는 것뿐이었다. 둘은 이른 아침 여객터미널에 나가서 울다 들어오기를 반복했다. 캐나다에 사는 작은오빠는 한국으로 오고 있는 중이었다.

나흘 만에 배가 떴다. 날이 눈부셨다. 갈매기들이 요란하게 항구 주변을 날았다. 그녀는 배를 타는 순간부터 목 놓아 울기 시작했다. 큰오빠도 마찬가지였다. 부모님도 이 배를 탔을 거라고 생각하니 감정이 복받쳐 올랐다. 하지만 잠시였다. 배가 속도를 내기 시작하자, 둘은 곧 뱃멀미를 하느라 바닥에 그대로 누워버렸다. 구토, 어지럼증과 두통에 큰오빠와 그녀는 정신을 차릴 수 없었다. 부모님을 잃은 슬픔보다 멀미를 이기기 힘들었다.

울릉도 도동항에 도착해서 부모님의 시신을 경찰로부터 인도받았다. 차가 절벽을 굴렀다고 했지만 시신은 깨끗했다. 평온하게 누워 있는 부모님의 모습을 보자 남매는 그나마 조금 안도했다. 타고 갔던 배에 부모님의 시신을 싣고 다시 포항으로 돌아왔다. 슬퍼할 겨를 없이 둘은 다시 멀미 때문에 녹초가 됐다. 울다 토하다 쓰러져 잠들었다. 포항을 떠난 지 열두 시간 만에 포항으로 되돌아왔다. 시신을 싣고 서울에 올라오니 다음 날, 새벽이었다. 부모님이 돌아가신 지 7일 만에 장례를 마쳤다.

그녀가 초를 끄자 조카들이 방에서 상자 하나를 들고 나왔다.

"우리가 정말 신중하게 골랐어."

상자를 열자 새끼고양이 한 마리가 있었다.

"얘가 나름 귀족 혈통이야, 러시안블루라고. 처음엔 눈이 노란색인데, 점점 초록색으로 바뀐대."

새끼고양이는 고운 잿빛 털에 눈동자는 짙은 노란색이었다.

"고모, 이름은 우리가 이미 지었어. 올해 생일을 기념해서, 사사."

새끼고양이가 막 잠에서 깨어 그녀를 올려다보았다. 눈이 마주치자 그녀는 울컥 울고 싶어졌다.

그녀는 일어서려 했지만, 윤종석은 점점 더 말이 많아졌다. 학교 얘기, 기억도 나지 않는 그녀의 동기들 얘기까지 쉬지 않고 말을 했다.

"저기 있잖아, 우리 근사한 데 가서 저녁이라도 먹자. …… 홍은동에 있는 H호텔 중식당이 아주 괜찮단 말이야. 중국음식 싫으면, 거기 와인 바도 좋구 말이야."

두서없는 얘기를 하다가도 그는 그녀에게 계속해서 저녁을 먹자고 졸라댔다.

"오늘은 안 돼요, 선생님. 부모님 기일이에요. 이제 일어나
봐야 해요."

"……아, 그렇구나. 가봐야지, 그럼. ……내가 주책없이 잡
고 있었네."

그는 그녀가 하는 말을 믿지 못하겠다는 표정이었다. 자기
를 거절하는 것이라고 여기는 듯, 얼굴이 벌겋게 달아올랐다.
그가 차가운 표정으로 서둘러 자리에서 일어섰다.

"선생님, 피하는 게 아니고요. ……정말이에요. 선생님도
장례식장에 오셨었어요. 저 이제, 애 아니에요. 싫으면 싫다고
말해요."

"하하하하. 그랬구나."

그가 무안한 듯 웃었다.

그는 아무것도 기억하지 못했다. 부모님 장례식장에서 그는
제자들과 밤새 술을 마셨었다. 그녀는 울다가도 퉁퉁 부은 눈
을 해가지고 오랜만에 보게 된 그를 먼발치에서 바라보곤 했
었다.

"……선생님. 저 임용될 때 애써주셔서 고마웠어요."

목도리를 두르던 그가 흐뭇하게 그녀를 바라보았다.

"참으로 인사성이 밝은 친구구만. 10년 만에 말이야."

"……선생님, 건강하게 오래오래 사세요."

자신도 모르게 튀어나온 말에 그녀는 당황했다. 억지로 그
를 보며 미소 지었다. 그는 가만히 고개를 끄덕였다. 카페에서

나와 둘은 비로 헤어졌다. 그녀가 먼저 돌아섰고, 그는 오래도록 사람들 사이로 사라지는 그녀의 뒷모습을 바라보았다. 그녀는 백화점으로 걸음을 재촉하며 이제 다시는 그를 우연이라도 만나지 않기를 바랐다. 그가 멋진 노인으로 늙길 진심으로 바랐다.

집으로 돌아오는 내내 그녀는 사사에게서 눈을 떼지 못했다. 새끼고양이 사사는 자꾸 그녀의 품을 파고들었다. 밤이 되자, 지독한 한파가 찾아왔다. 마흔넷 생일, 날은 다시 추워졌지만 처음 느끼는 설렘에 마음 한구석이 조금 따뜻해졌다. 그녀는 내일부터 다시 운동을 시작해야겠다고 마음먹었다.

네   친구

1

"꽤 아끼는 친구 아니었어? 요즘엔 왜 그렇게 그 아일 싫어해?"

혜진이 메뉴판을 훑어보며 물었고, 제민은 휴대전화로 뭔가를 하고 있었다. 남자가 서너 걸음 떨어져서 주문을 받기 위해 서 있었지만 두 사람은 알아채지 못했다. 반응이 없자 남자가 조용히 멀어졌다.

"걔는 나를 존경할 줄을 몰라. 여자가 서열을 세우면 더 무섭다는 걸 모르는 거지."

제민이 한참 만에 대답했고, 혜진은 콤팩트를 꺼내 화장을 고쳤다. 손가락으로 부르튼 입술을 만지작거렸다. 마주 앉은 제민은 휴대전화에서 눈을 떼지 않았다. 밖엔 가랑비가 내리기 시작했다. 아주 가는 입자들이 널찍한 창에 날아와 맺혔다.

평일 낮 이태원 거리는 한산했다.

"여자가 서열을 세우면 무서워?"

"여자가 권위를 갖게 되면 무섭단다. 끊임없이 복수하거든. 걔는 석사씩이나 하면서 말이야, 아는 게 없어. 여기저기 흘리고 다니는 것 말곤."

"너, 정말 많이 변했다. 아니? 재수 없는 마귀 여 교수 같아."

"그래? 그럼 어때. 주문이나 해. 너무 배고프다 야. 유명한 식당이라더니, 소박하고 그저 그런데? 어째 좀 촌스러운 게, 딱 네 분위기네."

"은수가 골랐다니까. 단골집이라고."

"그런데 은수 얘는 매번 이렇게 늦어. 지가 공주라도 되는 줄 아는 모양이야."

제민이 입을 비죽거리면서 외투를 벗어 의자에 걸쳐놓았다.

"이름도 촌스럽게 돌체가 뭐야. 걔는 여성지 기자를 20년씩이나 하면서도 수준이 나아지지를 않니."

"그래도 지난달에 네가 데려간 효자동 한정식집보다는 나은데? 거긴 뭐, 그냥 기사식당 분위기던데, 뭘."

제민이 휴대전화에서 눈을 뗐다. 혜진을 바라보곤 무슨 말을 하려다 말았다. 혜진은 메뉴판에 코를 박고 고개를 들지 않았다. 제민이 식당 안을 둘러보았다. 식당엔 테이블이 다섯 개밖에 없었는데, 한창 바쁠 점심시간이었지만 한산하기만 했다. 식당 안에 손님은 혜진과 제민이 전부였다. 둘이 나누는 대화가 식당 안을 꽉 채우고 남을 만큼 쩌렁쩌렁 울렸다.

"그래도 그 아이, 몇 년 동안이나 데리고 있지 않았어? 정들 만도 한데, 좀 예쁘게 봐주지. 싹싹하고 좋던데. 너한테도 잘했잖아."

혜진이 다시 화제를 돌렸다.

"……집에서 살림만 하는 니가 뭘 알겠어. 3년을 잘하면 뭐하니, 한 번에 망쳤는데."

혜진이 입술을 가만히 물었다.

"넌 도대체 뭘 그렇게 보는 거야? 무슨 일이라도 났어?"

"전화 때문에 요즘 더 바빠졌어. 할 게 너무 많거든. 그런데 너, 오늘 봉사활동 가는 날 아니야? 꽤 열심이더니 벌써 시큰둥해진 거야? 그러게, 마음에도 없는 일이 억지로 그렇게 되데?"

제민이 핸드폰에서 눈을 떼지 않은 채 말했다.

"넌 아무것도 모르면 가만히 있어. 그런 거 아니야. 사정이 좀 있어."

수요일은 혜진이 요양원에 가는 날이었다. 봉사활동을 가려고 집에서 나오긴 했지만 혜진은 이태원으로 향했다.

주방장이 다시 와서 서성였지만, 둘은 이번에도 알아채지 못했다. 그녀들이 식당에 들어온 지 30분이 지났다. 식당은 작고 구불구불한 골목길 안에 있었는데 골목은 작은 바와 술집이 언덕 위까지 간간이 이어졌다. 낮에 영업을 하는 집은 이곳, 돌체뿐이어서 골목을 오가는 사람이 아무도 없었다. 제민이 식당 안 여기저기를 사진 찍었다. 혜진은 제민을 빤히 바라보다가 이내 메뉴판으로 눈을 돌렸다.

"그저 그렇다면서 사진은 왜 찍어? 그만하고 네가 메뉴 좀 골라봐. 종류가 너무 많아."

"마음에 안 들어도 좋은 티를 내야지. 여기, 유명한 곳이라며. 아무거나 시켜. 많아 봐야 다 파스타 종류일거고."

"어디에 티를 내? 사진이라도 찍어서 사람들에게 보내주려고? 파스타 종류가 뭔지는 아는데. 뭔가 이해할 수 없는 메뉴가 많아. 작은 식당에 뭐 이렇게 메뉴가 많을까."

혜진은 열 페이지가 넘는 메뉴를 꼼꼼하게 눈으로 읽어 내려갔다.

"SNS 몰라? 트위터, 페이스북, 인스타그램, 요즘엔 밴드도 한다 야. 바빠, 정말. 괜히 이상한 것 시키지 말고 샐러드랑 파스타만 주문해."

"밴드도 해? 이 나이에 무슨 밴드야. 너 악기 못 다루잖아."

"밴드는 그런 게 아니야. 밴드는 그러니까 카카오톡하고 블로그를 섞어놓은 건데, ……설명하려면 길어. 넌, 모르는 게 낫겠다."

"그런 걸 하면 누가 보는데? 그런 거 애들이나 하는 거 아냐? 그러지 말고 이것 좀 봐. 뭔가를 선택하기엔 종류가 너무 많대도."

한 옥타브 솟은 혜진의 음성 때문에 와인 잔을 닦던 남자가 그녀들을 슬쩍 쳐다보았다. 그는 제민과 눈이 마주치자 슬며시 웃어 보였지만 제민은 그를 알아보지 못했다. 혜진은 메뉴판을 밀어놓고 고개를 창 쪽으로 돌렸다.

"누가 보긴, 모르는 사람들이 보지. 니가 SNS상에서 날 모르는 것처럼, 이곳에선 모르는 사람들이 날 알아. 그냥 크림 파스타나 봉골레 파스타 같은 거 시켜. 괜한 고민하지 말고."

제민은 여전히 휴대전화에서 눈을 떼지 않고 건성으로 말했다.

"니가 꼼꼼하게 읽은 게 와인 리스트 아냐? 이태리 식당에서 종류가 가장 많은 게 그것밖에 더 있겠어?"

"아니라니까! 내가 그것도 구분 못하는 천치 같아?"

혜진이 버럭 소리를 질렀다. 잔과 접시를 닦던 남자도, 휴대전화만 만지작거리던 제민도 깜짝 놀랐다. 남자가 하던 일을 멈추고 슬그머니 주방으로 사라졌다.

2

혜진이 여자를 처음 본 것은 지난주 수요일이었다.

"손 집사님은 정말 나를 기억 못 하시네요."

식당에서 음식을 준비하던 여신도들이 일제히 시선을 혜진에게 옮겼다. 수요일은 교회에서 운영하는 노인복지 시설에서 봉사를 하는 날이었다. 설거지를 하던 혜진의 얼굴이 귀까지 벌겋게 달아올랐다.

"……그렇죠? 우리가 예전에 만난 적 있었지요? 안 그래도 어딘가 낯이 익어서 물어보려던 참이었어요."

혜진이 주위를 살피며 둘러댔다. 여자의 얼굴을 아무리 찬찬히 훑어봐도 모르는 사람이었다. 매주 봉사를 오는 사람도 바뀌었고, 몇몇 친해지거나 잘 보이고 싶은 사람에게만 집중했던 터라, 다른 사람에게는 관심이 적은 그녀였다. 그녀의 머릿속에 빠르게 수십 년의 세월이 지나갔지만, 여자가 머문 시간은 없었다.

"괜찮아요. 저는 아무렇지도 않아요. 손 집사님, 벌써 다 용서했고, 지난 일이고, 예수 믿고 구원받았으니까. 같이 구원받고 천국 갈 거니까, 이젠 감정 없어요."

여자가 주방 안 모든 사람들이 들을 수 있을 만큼 큰 소리로 말했다. 앞니가 유독 솟아 발음이 새는 여자의 말을 혜진은 정확히 알아들을 수 없었다. 여자가 그러고는 휑하니 자리를 뜨는 바람에 혜진은 무안해졌다. 여신도들이 무슨 일인가 싶어 혜진을 힐끔거렸다.

혜진은 매주 일요일이면 교회에 나갔다. 결혼하고부터 다니기 시작했으니 햇수로 20년이 넘었다. 교회에 가는 것은 믿음 이전에 습관이었다. 교회에서 형성된 커뮤니티가 중요한 배경이 된다는 것을 알고 꽤 열심인 적도 있었다. 하지만 신앙적으로 그녀는 날라리 신도나 다름없었다. 모태 신앙을 가진 남편도 마찬가지였다. 교회로 결속되는 어떤 패밀리즘 같은 것에 익숙할 뿐이지, 그녀가 보기에 남편도 자기와 별로 다를 바 없었다. 다만 조명 사업을 하는 남편에게 교회 인맥은 무시할 수 없는 것이었다. 비즈니스를 위해서 없던 신앙과 믿음도 있는 척해야만 했다.

"김 집사하고 원래 아는 사이였어?"

남 권사가 어쩔 줄을 모르는 그녀에게 슬쩍 다가와서 물었다. 남 권사의 남편은 파주에서 큰 인쇄소를 운영했고 교회에서 굉장한 영향력이 있어서 혜진에겐 여러모로 쓸모 있는 표적 중 하나였다.

"제가 워낙 기억력이 없어서요."

"김 집사, 원래 좀 이상해. 안 그래도 말들이 많으니, 신경 쓰지 마."

남 권사가 혜진의 귀에 대고 속삭였다. 이상한 사람이라니 그나마 다행이었다.

얼마 전 혜진과 남편은 10년 동안이나 다니던 교회를 옮겼다. 이사를 하게 된 게 주된 이유였지만 강남의 대형 교회로 옮긴 속내는 다른 데 있었다. 교회가 크면 다양한 사람이 모이기 마련이었으니, 많은 옵션을 기대하는 것은 당연했다. 강북에 살 때부터 남편은 강남으로 교회를 다니길 원했지만, 혜진

네 친구 237

은 남편만큼 절실하지 않았다. 남편은 새로 옮긴 교회에서 열심히 활동했고, 혜진도 거들어야만 했다. 얼굴을 익히고 알려야만 교회 안에서 비즈니스도 가능했다.

"잘은 모르지만 오래전에 이혼하고 혼자 산다나 봐. 귀신 들렸다는 소문이 있어. 강원도에 있는 무슨 기도원에 오래 있었다는데, 여차여차 우리 교회 나온 지 몇 년 됐어. 특별한 벌이도 없고 사는 게 여의치 않아서 교회에서 도와주고 그러는데, 그래서 그런지 이런 일에 빠지지 않고 나와. 심성은 아주 착해. 봉사도 열심이고."

여자가 남기고 간 설거지를 남 권사가 마저 하며 혜진을 다독였다. 혜진은 가슴이 벌렁거려 제대로 서 있을 수 없었다. 근래 자주 있는 일이었다. 깜짝 놀랄 일이 아니어도, 느닷없이 요동치는 가슴 때문에 혜진은 걱정이었다. 심장에 무슨 문제가 있나 싶어 병원을 다녀온 것이 지난달이었다.

'얼굴이 붉어지고 갑자기 가슴도 막 뛰고 그러는 건 30년 넘게 여자로 살다가 이제 점점 아이가 되어간다는 신호예요. 혹시, 우울증이 있지는 않죠? 갑자기 화가 나거나, 우울해지거나 그러면 다시 병원에 오셔야 해요, 알았죠?'

언뜻 봐도 의사는 자기보다 어려 보였다. 어른스럽게 구는 게 마음에 들지 않았다. 조곤조곤 친절하게 구는 것도 싫었다. 심장에 문제가 있는 것은 아니었고, 여자들이 폐경기에 겪는 흔한 증상이라고 했다. 이후에도 얼굴이 달아오르고 심장이 요동치는 증상이 점점 심해졌다.

"권사님, 저 화장실 좀 다녀올게요."

남 권사가 걱정스런 듯 그녀의 뒷모습을 눈으로 좇았다. 쉰 가까운 나이에 새로운 환경에 적응한다는 것이, 각오는 했지만 쉽지 않았다. 교회에서 누가 실세인지를 파악해야 했고, 그들의 마음에 들기 위해 노력해야 했다. 진심을 들키지 않는 것이 무엇보다 중요했다. 혜진은 몇 달간 하루도 빠짐없이 얼굴을 알리러 여신도 모임을 따라 봉사와 사역을 다녔다. 남자들이 할 수 있는 일이라야 기껏 차를 마시거나 식사를 하는 정도였으니, 남편 대신 몸으로 때워야만 하는 혜진의 역할이 무엇보다 중요했다. 가난한 인상을 풍기면 안 됐고, 교양 없어 보이는 것도 안 됐다. 교회만큼 배경과 부에 따른 계급과 서열이 확실한 곳도 드물었다.

화장실을 가는데 어디선가 여자가 울부짖으며 기도를 하는 소리가 들렸다. 무슨 말을 하는지 또렷하게 알아들을 수는 없었다. 김 집사였다. 그녀는 말을 할 때마다 '아버지, 하나님'을 추임새처럼 붙여 넣었다. 혜진은 계단에 앉아서 그녀의 기도를 가만히 엿들었다. 아무리 떠올려보아도 전혀 기억이 나질 않았다. 여자 같은 사람을 자기가 상대했을 리가 없다는 확신이 들었다. 그러니 궁금증은 더해갔다.

3

"너, 무슨 일 있어? 왜 안 내던 화를 내고 그래?"

말은 그렇게 했지만 제민은 대수롭지 않은 듯 다시 휴대전화로 시선을 옮겼다.

"남편 또 바람피우니? 그 경리 보는 애랑은 정리된 거 아니었어? 나는 남편보다도 네가 더 문제라고 봐. 네 꼴을 봐라. 나라도 도망가겠다."

혜진이 메뉴판을 신경질적으로 테이블에 던졌다. 제민이 고개를 들어 혜진을 물끄러미 바라보았다. 혜진은 목 부분에 하얀색 리본이 크게 달려 있는 낡은 꽃무늬 원피스를 입고 있었다. 글래머러스한 몸매가 훤히 드러났다. 군살이 붙긴 했지만, 나이에 비해, 노력하지 않는 것에 비하면 준수한 외모를 유지하고 있었다.

"그러니까 옷 좀 사 입어. 몸매가 아깝다 야. ……여기 뭐가 맛있는지 인터넷으로 찾아볼까?"

둘은 식당에 들어온 내내 신경전을 벌였다. 큰 소리로 싸우지는 않았지만, 조금씩, 서서히 서로를 허물고 있었다. 혜진은 창밖으로 시선을 던졌다. 빗방울이 점점 굵어지고 있었다.

"옷이 그게 뭐니. 돈 좀 써. 그 정도는 되잖아. 나이가 아무리 어리다지만 심부름이나 하는 애한테 밀리면 되겠어?"

제민은 마흔아홉의 나이에도 꾸준히 운동한 덕에 완벽한 몸을 소유하고 있었다. 그녀는 오랫동안 운동 중독자였다. 요가는 매일 했고, 수영, 필라테스와 근력 운동은 이틀에 한 번씩, 거르는 날이 없었다. 꾸준히 운동했던 덕인지 나이에 비해 몸에 탄력이 넘쳤고, 얼굴은 어려 보였다. 그녀는 대학 시절처럼 여전히 44사이즈를 입었다. 언뜻 봐서는 마흔아홉이라는 나이를 가늠하기 힘들었다. 혜진보다도 네댓 살은 어려 보였다. 식당 안에 클래식 음악이 나지막하게 흘렀다.

"그런 거 아냐. 너는 헛짚지 좀 마. 결혼한 지 3년밖에 안 된 애가 부부에 대해 뭘 아니. 막말로 평생 학교만 다닌 니가 뭘 알아. 넌 세상을 정말 몰라."

혜진의 언성이 높아졌다. 서로의 비아냥거림은 한계에 다다랐다.

"……"

제민이 아무 대꾸를 하지 않아서 분위기는 더욱 어색해졌다. 둘은 대학 신입생 때부터 30년 친구였다. 매일 통화로 소소한 일상까지 수다를 떨었고 가족보다 서로를 잘 알았지만 시기하고 질투하는 마음도 그만큼 크기 마련이었다. 자신들이 정말 서로를 좋아해서 친구로 남았는가 곰곰 생각해볼 때가 많았지만, 세월이 그들을 여전히 친구로 묶어놓았다. 무엇보다 그녀들에겐 서로 말고는 친구가 아무도 없었다.

"……근데, 핸드폰에 여기 맛있는 메뉴도 나와 있다니?"

혜진이 좀 수그러진 목소리로 물었다.

"인터넷에 없는 건 세상에 존재하지 않는 것뿐이란다. 음, 여기 명란 파스타와 고등어 파스타가 유명하네. 소 내장으로 만든 수프도 좋단다. 이태리 음식에도 그런 게 들어가는구나. 배고파 죽겠어, 은수는 어디쯤인지 전화 좀 해봐."

혜진이 제민을 쩌려보았다. 제민은 그녀의 시선을 피하며 휴대전화를 만지작거렸다.

"네가 쥐고 있는 건 전화는 안 되는 전환 거니? SNS만 돼?"

짜증과 신경질은 한 걸음 나가고 멈춰 섰다 되돌아오기를 반복했다. 둘이 식당에 들어선 지 이미 한 시간여가 흘렀다. 그사이 식당에 들어온 손님은 아무도 없었고, 점심시간도 끝나가고 있었다. 둘은 식사를 주문하지도 않았고 늦는 은수에게 전화를 걸지도 않았다. 매일 전화로 통화를 해서 궁금한 것도 없는 사이지만 한 달에 한 번은 세 친구가 모여 모임을 가졌는데, 매번 싸우다 토라지고 헤어지기 일쑤였다.

"그런데 그 애가 뭘 그렇게 잘못한 거야? 그냥 실수한 거면 그렇게까지 할 거 없잖아. 네가 그러면 졸업도 못 하는 거 아냐?"

"넌 신경 쓰지 마. 그 애가 네 딸이라도 돼? 그렇게 할 만하니까 그런 거지."

잠시 망설이던 제민이 말을 이었다.

"용서가 안 돼. 같이 있는 꼰대가 곧 정년이거든. 말년이라 그런지 이것저것 부탁하는 게 많다, 아주. 그냥 좀 조용히 마무리했으면 좋겠는데 자꾸 일을 만들어, 귀찮게 말이야."

"마지막인데 잘 좀 해드리지그래."

"물론 그러고 싶기야 하지. 그런데 나도 교수잖아. 학생들 시킬 것도 꼭 나를 시켜먹어. 마지막 강의를 좀 화려하게 하고 싶었는지, 몇 번씩 전화를 하고 그래서 피해 다녔는데, 딱 걸렸어. 이런저런 핑계를 대고 빠져나갔는데 꼰대가 다시 걔한테 확인했나 봐. 심각하게 묻지 않으니 걔가 사실대로 말한 거야. 꼰대가 나한테 화를 내진 않았지만 말속에 경멸이 숨어 있더라니까. 난감해서 죽는 줄 알았다."

"그러니까 그 애가 사실대로 말해서 그런 거네? 너를 위해서 거짓말을 해주지 않아서 그 애를 괴롭히는 거란 말이지?"

"말하자면 그렇지만, 난 교수잖니? 그것도 지도교수."

"너 좀 이상해진 거, 알고는 있니?"

"그래서 어쩌란 거야? 넌 누구 편이야, 도대체? 왜 걔 때문에 네가 화를 내는데? 내가 너한테 혼나야 하는 거야?"

"너 정말……"

"여기, 주문받으세요."

제민은 혜진의 말을 자르고 신경질적으로 주방장을 불렀다. 주방장이 친절한 웃음을 머금고 그녀들에게 다가왔다. 그제야 제민은 남자의 얼굴을 처음 똑바로 보았다. 제민이 난감한 듯 눈으로 혜진을 불렀지만 그녀는 창에 날아와 흐르는 빗방울을 멍하니 바라보기만 했다.

"오, 오랜만이네요?"

제민의 말에 남자가 빙긋이 미소 지었다. 뒤늦게 남자를 본 혜진의 얼굴이 벌게졌다.

"잘 지냈어요? 그렇게 제 전화를 피하더니, 스스로 찾아왔네요?"

남자는 웃었고, 혜진은 대답을 하지 못한 채 제민을 힐끔 쳐다보았다.

"아, 이태원, 식당 한다는 곳이 여기였어요?"

제민이 더듬더듬 얘기를 꺼냈지만 어색한 분위기는 여전했다.

"언제쯤이면 절 알아볼까 기대하고 있었어요."

남자는 제민의 말에는 대답을 하지 않고 혜진을 물끄러미 응시했다. 혜진이 자신도 인사를 해야 하나 싶어 고개를 들어 남자를 바라보았다. 딸랑, 문에 달린 종이 울리며 은수가 들어섰다.

"무슨 봄비가 이렇게 거칠다냐."

우산도 없이 비를 흠뻑 맞은 은수가 입구에 서서 손으로 젖은 옷을 툭툭 털었다. 혜진, 제민, 남자가 그녀를 멀뚱히 쳐다보았다.

시간은 지나가면 사라지는 것이 아니라 차곡차곡 쌓여 사람 마음속 깊숙한 곳에 탑을 쌓는다. 기억 속에 가라앉은 시간의 끝은 뾰족한 바늘처럼 생겨서 복원해내면 따끔하게 마음의 가장자리를 찌르곤 한다. 그래서 사람들은 날카로운 시간의 기억을 다시 찾지 않을 만큼 깊숙한 곳에 숨겨놓는다. 그러곤 어디에 그 시간을 두었는지 잊어버리고선 우왕좌왕한다. 서로 사랑할수록, 함께한 시간이 많이 쌓일수록 그 끝은 버려진 바늘과 같아진다. 그 끝을 기억하지 못해서 서로가 서로에게 왜 상처받고 상처 주는지 모른 채 시간은 계속하여 흘러만 간다. 깊은 시간을 나눈 우정도 비슷하다. 우정은 시기와 질투 같은 다른 감정으로 얽히기 쉽다. 가족끼리 대화가 안 되는 이유는 대개 서로에 대한 감정이 먼저 튀어나와서인데, 친구 사이에도 그런 경우가 종종 있었다.

"그냥 나가자, 얼른."

남자가 주방으로 사라지자 혜진이 급하게 가방을 챙겼다. 두 친구는 느긋하기만 했다. 은수는 젖은 머리를 수건으로 털었고, 제민은 의자 끝에 겨우 엉덩이를 걸치고 비스듬히 기대 앉아서 휴대전화를 만지작거렸다.

"뭐 그럴 것까지 있어. 애들인가?"

은수가 수건을 내려놓고 와인 리스트를 훑으며 말했다. 제민은 여전히 휴대전화만 만지작거리고 있었다.

"너, 나가서 봐. 하여튼 못돼먹은 년."

혜진은 자리를 박차고 일어섰지만 두 친구는 여전히 혜진을 멀뚱 쳐다볼 뿐 자리에 그냥 앉아 있었다.

"아, 지루해. 왜 이렇게 우리는 달라지는 게 없니. 낼모레면

쉰인데.”

제민이 휴대전화를 내려놓으며 창밖으로 시선을 던졌다.

“그러니까 친구가 우리 셋밖에 안 남은 거야.”

은수는 담배를 꺼내 입에 물었다.

“여기도 금연이겠지?”

은수는 담배와 라이터를 만지작거렸다.

“그냥 있을 거지? 나, 간다, 그럼.”

혜진이 토라져서 문 쪽으로 걸어갔지만 두 친구 모두 잡지 않았다. 혜진은 문 앞에까지 갔지만 성큼 밖으로 나가지 못하고 망설였다. 그새 빗방울은 더욱 굵어져서 장대비가 쏟아지고 있었다.

“먼저 가시려고요?”

남자가 큼지막한 접시를 든 채 혜진에게 다가왔다. 혜진이 난감한 듯 남자와 밖을 번갈아 바라보았다. 남자의 등 뒤로 낄낄대는 친구들의 모습이 눈에 들어왔다.

“비가 좀 잠잠해지면 가세요. 저 때문에 불편해서 그런 거면 안 그러셔도 돼요.”

남자의 이름이 뭐였더라, 아무리 떠올려보아도 기억나지 않았다. 최민석이라고 했던가, 최민우였던가, 혜진은 남자의 얼굴을 보며 그에게 이름을 하나씩 붙여보았지만 생각나지 않았다.

지난달 은수의 생일에 세 친구는 저녁을 먹고 일산에 있는

나이트클럽에 갔다. 혜진은 마흔아홉에 나이트클럽을 처음 가
보았다. 나이트클럽은 젊은 애들이 춤추고 술 마시며 노는 곳
인 줄만 알았지 중년들의 해방구일 줄은 생각지 못했다. 혜진
은 간만에 마신 술에 취해서 정신이 없었다. 이십대로 돌아간
것만 같았다. 가슴을 울리는 음악 소리에 취기가 더해갔다. 그
녀는 웨이터의 손에 이끌려 여러 자리를 돌았다. 많은 남자들
을 만났다는 것 말고 기억나는 것이 없었다. 자리에 앉을 때마
다 남자들은 어떻게든 혜진을 자리에 오래 남겨두려 애를 썼
고, 혜진은 취한 와중에도 어떻게든 자리에서 벗어나려고 노
력했다. 경험이 있었다면 좀 수월했겠지만, 혜진은 어떻게 해
야 하는지 난감하기만 했다. 두 친구는 어디에 있는지 보이지
않았다. 자기를 버려둔 그녀들이 원망스러웠다. 정신을 차렸
을 땐 한 남자와 함께 차에 있었다.

셰프는 아예 가게 문을 닫았다. 쏟아지는 비는 위용을 더했
고, 식당으로 들어서는 손님도 없었다. 셰프는 지난달 나이트
클럽에 합석했던 남자들 중 하나였고, 혜진의 파트너였다.

4

혜진은 여자가 기도하는 소리를 들으며 우두커니 서 있었다. 여자는 울부짖다가도 때때로 대화를 나누는 것처럼 기도했다. 혜진은 하마터면 '저에게 그러는 거예요?' 하고 대답을 할 뻔했다. 여자의 기도는 섬뜩한 느낌이 들었는데 중간에 하나님에게 원망과 저주를 퍼부으며 화를 냈기 때문이었다. 기도가 끝나기를 기다려 과거의 인연을 물어볼 생각이었지만, 여자의 기도는 마무리되는 듯싶다가도 다시 상승세를 타길 반복했다. 신에게 바치는 간절한 기도를 엿듣는 것이 무섭게 느껴지긴 처음이었다.

교회를 다니는 사람들끼리 형제와 자매 같은 용어를 써가며 남다른 친밀감을 갖는 이유는 하나님께 드리는 간절한 기도의 비밀을 공유하기 때문이라고 혜진은 믿었다. 고요한 새벽에 옆 사람의 기도를 가만히 듣고 있으면 마치 자기가 신이라도 된 것처럼 상대방의 고민과 걱정을 고스란히 알아들을 수 있기 때문이었다. 그래서 혜진은 절대로 소리 내어 기도하지 않았다. 혹시라도 남들이 자기의 기도를 엿들을까 하는 걱정 때문이었다. 실은 그렇게 간절하게 뭔가를 빌 만큼 신앙이 있는 것도 아니어서, 그저 중얼중얼 기도하는 흉내를 내는 것이 고작이었다.

여자의 기도는 30분 넘게 이어졌다. 혜진은 남편과의 이혼을 심각하게 고려했다. 오래전 남편이 어린 애인을, 그것도 몇 개월마다 갈아치우며 바람을 피운다는 것을 알게 된 다음부터였다. 친구들에게 고민을 얘기했더니 위로는 잠깐이었고, 내동 비아냥거림을 감수해야만 했다. 결국 자기의 허물이 됐다. 친구들이 남편 얘기를 꺼낼 때마다 혜진은 수치스러움을 참기 힘들었다. 마치 자기가 큰 실수라도 한 것처럼 느껴졌다. 이혼을 한다고 해도 얻을 게 아무것도 없었다. 남편의 사업은 사람들이 알고 있는 것과는 달리 10여 년째 빚으로 겨우 유지하는 정도였고, 아이들은 한창 예민한 고등학생이었다. 아이들이 대학에 들어가면 어떻게든 정리하려고 마음을 먹은 게 벌써 몇 년 전이었다. 처음엔 분에 못 이겨 억울한 마음뿐이었으나, 시간이 지나고 남편에게 남은 애정마저 사라지자 남의 일처럼 느껴졌다. 이혼도 감정이 있을 때에야 가능한 일이었다. 물론 처음에는 혜진에게도 이혼은 삶에 대한 포기와 같았다. 대학을 졸업하고 일찍 한 결혼이 삶의 전부였다. 가족은 인생의 굴레이자 모든 것이었다. 바꿀 수 있는 것은 아무것도 없었다. 어떻게든 아이들을 보살펴야 한다는 것만이 인생의 목표였다. 남편이 무얼 하든 상관하지 않았다. 그녀의 무관심은 남편을 집으로 돌아오게 만들었으나, 남편이 여자를 끊은 것은 아니었다. 그러거나 말거나 혜진은 남편에게 아무 관심이 없었다. 요즘 남편의 사업을 돕기 위해 거의 매일 교회 일에 매달렸지만, 그것도 남편을 위해서가 아니라 가족을 위해서였다.

"손 집사님, 여기서 뭐해요?"

여자였다. 상념에 빠져 있던 혜진이 귀신이라도 본 것처럼 놀라서 뒤로 넘어졌다. 여자가 손을 내밀었지만 선뜻 잡을 수가 없었다.

"아직도 저, 기억 안 나죠? 그럴 거예요. 시간이 너무 많이 흘렀으니까."

혜진이 여자의 손을 잡고 일어서며 그녀의 얼굴을 찬찬히 훑어보았다. 여전히 낯설었다.

"우리가 학교를 같이 다녔었지요?"

혜진이 슬쩍 떠봤지만 여자는 빙긋이 미소만 지으며 대답이 없었다.

"괜찮아요, 괜찮아요, 아멘. 원래 그렇잖아요. 상처 준 사람은 아무 기억 못하고, 상처 입은 사람만 못 잊는 거죠, 뭐. 저는 손 집사님 다 이해해요. 아멘, 하나님이 이미 다 용서했어요. 저는 다 잊고 기쁜 삶을 살고 있어요. 하나님이 그렇게 해주셨어요. 할렐루야."

여자가 아멘, 할렐루야를 말할 때마다 혜진은 오금이 저렸다. 자신에게 내리는 저주처럼 들렸다. 혜진이 뭔가를 계속 물었지만 여자는 속 시원하게 대답하지 않았다.

"저기 그러지 말고, 김 집사님, 얘기 좀 해주세요. 정말, 기억이 안 나서 그래요."

여자는 매달리는 혜진을 뿌리치고 식당으로 돌아갔다. 여자의 뒷모습을 보자 혜진은 화가 나서 참을 수가 없었다.

"시팔, 진짜."

혜진이 입술만 움직여 욕을 했다.

5

아무도 말을 하는 사람이 없었다. 혜진은 지난달 나이트클럽에서 있었던 일을 떠올리기조차 싫었다. 은수가 아무렇지도 않게 행동하는 것에 화가 나서 참을 수가 없었다. 혜진이 먼저 입을 뗐다.

"나는 가끔 정말, 우리가 정말 친한 사이인지 의심이 들 때가 있어. 우리 친한 친구 맞잖아. 그런데 왜 서로 괴롭혀?"

"넌 안 그런 거 같애?"

혜진은 은수를 보며 물었고, 제민은 혜진을 보며 물었다. 혜진이 제민을 바라보았다.

"내가 뭘? 너한테 뭘 잘못했는데?"

"내가 이 나이에 아이를 원하는 게 무리인 줄은 알지만, 그게 그렇게 흉이니? 은수에겐 뭐하러 그런 말을 했어?"

혜진이 뭔가 말하려다 참았다. 말문이 막혔다. 제민은 3년 전에 늦은 결혼을 했다. 남편은 다섯 살 많은 이혼남이었다. 제민은 줄곧 아이를 원해서 여러 노력을 기울였는데 번번이 실패했다. 그녀도 남편도 아이를 갖기엔 많은 나이여서 기대하지 않는다고 했지만 불가능할수록 더욱 간절해지는 것이 있기 마련이었다.

"아니, 나는 네가 걱정되고 안타까워 그랬지. 남편이 이미 정관수술한 것도 모르고 애쓰는 니가 불쌍해서 그런 거잖아."

제민이 혜진을 노려보았다.

"아니, ……은수만 모르는 것도 그렇잖아."

"니들은 재밌지?"

"너도 나보고 헤프다고 했다며. 나이 쉰에 그 말이 가당키나 하니? 너희 다 있는 남편도 없이 사는 내가 이 남자, 저 남자 만나는 게 문제야? 그럼, 한 놈만 만나 사랑이라도 할까?"

제민이 당황하며 혜진을 바라보았다. 혜진이 슬며시 고개를 돌렸다.

"우린 통화를 너무 자주 하는 게 문제야."

은수가 냉수를 벌컥 들이켰고, 남자가 돌아오자 세 친구는 하던 말을 멈추었다.

"그새 또 무슨 일 있었어요?"

제민이 슬쩍 일어났다. 그녀의 뒷모습을 혜진과 은수가 바라보았다.

"오늘은 제가 근사하게 대접할게요. 부담 없이 마음껏 즐기세요. 대신 저도 끼워주시고."

남자는 순식간에 여러 요리를 접시에 담아 왔다. 혜진은 여전히 남자가 불편했다. 하지만 지난번에는 미처 느끼시 못했던 자상함에 남자가 다르게 보이기도 했다.

"그런데 몇 살이라고 했죠?"

"돼지띠예요. 그때도 물었는데, 편하게 반말하세요. 계속 반말해놓고."

"그럼 몇 살이야? 마흔넷?"

은수가 혜진을 쳐다보며 눈으로 물었다. 혜진은 대답이 없었다.

"누님들은 말띠죠?"

"어후, 징그럽게."

은수가 억지로 웃으며 가볍게 남자의 어깨를 툭 쳤다. 남자가 혜진에게 와인을 따라주었다. 화장실에 갔던 제민이 돌아와 자리에 앉았다. 혜진과 은수는 슬쩍 제민의 눈치를 보았다. 제민은 아무렇지 않은 듯 남자가 따라주는 와인을 마셨다.

"좀 괜찮냐?"

"우리가 뭐 언제는 안 그랬어?"

제민이 혜진을 보며 눈을 흘겼다. 와인이 한두 잔 돌자 금세 분위기가 무르익었다. 주로 남자가 화제를 주도했고, 제민과 은수는 남자가 무슨 말을 할 때마다 자지러지게 웃었다. 혜진도 간간이 웃음을 참지 못하고 피식거렸다.

혜진은 그날 밤을 떠올렸다. 기억이 날 듯 말 듯했다. 여러 자리를 돌아다니며 남자들이 따라주는 술을 마신 탓에 그녀는 엉망으로 취했다. 얼마나 시간이 지났을까. 정신을 차려보니 주차장이었다. 낯선 남자와 차에 있었다. 그녀의 팬티는 발목에 걸려 있었고, 원피스는 풀어헤쳐져 허리에 걸쳐 있었다. 남자는 바지만 내린 채였다. 혜진이 남자를 슬며시 밀어냈다. 취기가 사라지며 정신이 번쩍 들었다. 꼭 자다 깬 기분이었는데, 어떻게 그 상황에서 자연스럽게 빠져나가야 할지 난감했다. 머리가 어지럽고, 아팠다.

"미안해요. 좀 토해야겠어요."

혜진이 한 손으론 팬티를 끌어올리고, 다른 손으로는 원피스를 가슴 위로 올리며 말했다. 브래지어는 어디 갔는지 찾을 수가 없었다. 차 안을 두리번거렸다.

"우리, 한 건 아니죠?"

혜진이 옷을 추스르며 말했다. 남자가 피식 웃었다. 브래지어는 보이지 않았다.

"하하하, 귀여운 거 알아요? 했으면 어떻고, 안 했으면 어때요. 두 시간이나 같이 있었던 것치고는 성과가 너무 없는데요?"

"……네?"

혜진의 얼굴이 붉어졌다.

"내내 반말하고 욕하고, 또 적극적으로 그러다가 갑자기 존댓말을 하니, 다른 사람 같아요. 저기, 나중에 기억 안 난다고 할까 봐 하는 말인데, 주차장으로 제가 가자고 한 거 아닙니다. 꼭 기억해야 해요. 그쪽이 저를 끌고 왔어요."

혜진은 전혀 기억이 나지 않았다. 아무리 취했다고는 하지만 아무것도 기억이 나질 않았다. 그저 방금 꾸었던 꿈, 느낌만 있고 내용은 기억나지 않는 꿈 같았다. 찬찬히 훑어보니 남자는 꽤 근사했다. 혹시 벌써 전화번호를 주고받았던가, 혜진은 서둘러 자리를 피하려고 했지만, 남자는 서두르지 않았다. 남자가 두 친구가 있는 자리로 데려다주었다. 뒤로 낯선 번호가 뜨면 혜진은 전화를 받지 않았다.

"우리 춤출까? 자기, 신나는 음악 좀 틀어봐요."

은수가 남자를 재촉하자, 빗소리와 어울리는 블루스 음악이 흘러나왔다. 은수는 자리에서 일어나 와인 잔을 들고 음악에 맞춰 몸을 흔들었다. 밝은 밤이 되려면 멀었지만 다른 날보다 어둑했다. 비는 기세 좋게 쏟아졌다. 혜진과 제민은 춤을 추는 은수를 바라보았다.

"쟤, 정말 많이 변하지 않았어? 쉰이 가까워서야 가장 출중한 외모를 갖게 되다니."

은수는 여러 번에 걸친 성형수술로 예전의 모습을 거의 찾아볼 수 없을 만큼 바뀌었다. 은수의 몸 중에서 그대로 남아 있는 곳을 찾기는 힘들었다. 철마다 얼굴이 바뀌고 해마다 몸이 다른 사람처럼 변했다.

"옛날 얼굴이 전혀 생각이 안 나. 대학 때 떠올리면 그냥, 못생겼다는 기억만 있고, 정확히 얼굴은 안 떠오른다, 야. 우리라도 은수의 과거를 기억해야만 하는데."

"근데, 다른 거 다 고쳐도 저 어깨는 어쩔 수 없나 봐."

"어깨 좁히는 수술만 있다면 완벽해지는 건데."

혜진과 제민이 깔깔대며 웃었다. 남자가 은수와 함께 몸을 흔들었다.

"너네 둘이 사귀냐?"

제민이 큰 소리로 물었다. 은수가 와인을 홀짝이며 고개를 끄덕였다. 혜진의 안색이 순식간에 굳어졌다.

6

"너 정말, 왜 그래? 어떻게 그럴 수가 있어?"

"뭐, 별일도 없었다며. 그리고 무슨 일이 있었대도 우리만 상관없으면 되는 거지. 왜 네가 성을 내고 그래?"

남자가 잠시 주방에 들어간 사이 혜진은 은수를 몰아붙였다.

"둘 다 그만하고 와인이나 마셔. 술 잘 마시다가 갑자기 왜 그래. 니들은 아직도 스무 살이니? 나이가 몇인데 남자 때문에 싸우고 그래."

"남자 때문이 아니잖아."

"남자 때문은 아니지."

혜진과 은수가 동시에 각자 대답을 했다. 제민은 둘의 싸움을 말렸지만 적극적이지 않았다. 그녀도 답답한 듯 와인을 연신 홀짝였다.

"너, 정말 웃긴다. 나하고 지난달에 그런 일이 있었던 거 뻔히 알면서 아무렇지 않아?"

"아무렇지 않아. 네 애인도 아니고, 남편도 아니잖아. 도대체 너 왜 그래?"

"나는 정말 너를 이해할 수가 없다."

혜진이 와인을 마시자 은수도 와인을 벌컥벌컥 들이켰다. 혜진의 얼굴이 벌겋게 달아올랐다. 심장이 터질 것처럼 뛰었고 가슴은 답답했다. 순간 눈앞이 어지러워서 일어서려던 그녀는 의자에 털썩 주저앉았다.

"넌 네 남편이나 신경 써, 제발."

은수가 빈 잔에 와인을 채우더니 한 번에 잔을 비웠다. 혜진은 요동치는 가슴이 진정이 되지 않았다. 자꾸 눈물이 나오려는 것을 가까스로 참았다.

김 집사는 주방 안에서 안절부절못했다. 설거지를 하다가 소리 내어 기도를 했고, 쌀을 씻다가 팽개치고 냉장고 청소를 했다. 조금 진정되는가 싶다가도 갑자기 발작하는 그녀 때문에 주방 안은 내내 불안했다. 수요일 봉사는 결국 엉망이 됐다.

김 집사는 노인들에게 반찬 배급을 하다가 결국엔 울음을 터뜨렸다. 식판을 들고 서 있던 치매를 앓는 할머니가 큰 소리로 따라 울었다. 남 권사가 얼른 여자를 데리고 나갔다. 모든 시선이 혜진에게 쏠렸다. 잘못한 게 없는데도 큰 잘못을 저지른 것 같았다. 아무리 골똘히 생각해보아도 기억의 어느 틈에도 그녀의 모습은 없었다. 등에서 식은땀이 흘러내렸다. 등 뒤에서 여신도들이 쑥덕거리는 것만 같았다. 혜진은 고개를 푹 숙이고 식판에 밥을 담았다.

"저기, 손 집사, 그러다 밥 모자라겠어."

남 권사가 어느새 다가와 말했다. 언뜻 봐도 너무 많은 밥을 식판에 퍼 담고 있었다. 혜진이 황급히 밥을 덜어냈다.

여자는 주방에서 나간 뒤로 다시 돌아오지 않았다. 처음엔 그런가 보다 했는데 시간이 흘러도 나타나지 않자 걱정이 되기 시작했다. 혜진은 없어진 여자가 은근히 신경이 쓰였다. 요양원 구석구석 찾아보았으나 찾을 수 없었다.

"먼저 갔나 봐. 좀 전까지 나랑 같이 있었으니 괜찮을 거야."

남 권사가 걱정하는 혜진을 달랬다. 혜진은 가만히 고개를 끄덕였다.

"왜 기억이 안 나는 걸까요. 제가 누구에게 해코지 하고 살만한 사람도 못 되는데, 답답해죽겠어요. 혹시 다른 사람과 착각하거나 저를 잘못 알아본 게 아닐까요? 딱히 연고도 없고, 출신 학교 같은 것을 말해주지도 않으니……"

혜진은 주방에 모여 있는 여신도들 때문에 일부러 좀 크게 말을 했다. 혜진의 말을 엿듣던 몇몇 여신도들이 고개를 끄덕였다. 남 권사도 고개를 끄덕이며 수긍을 했다.

"자기, A여대 나왔다며. 김 집사가 그 대학을 나왔을 리도 없고. 그러니까, 아마 자기 말대로 김 집사가 착각한 걸 거야. 조금 이상하다고 했잖아."

그 뒤로 여자를 본 사람은 아무도 없었다. 봉사활동이 끝나고 주방 뒷마무리를 다할 때까지도 여자는 돌아오지 않았다. 열 명 남짓 되는 여신도들과 요양원 직원들까지 나서서 김 집사를 찾았지만 그녀는 어디에도 없었다.

"아무래도 아까 먼저 간 그분 신발 같아요."

요양원을 나서는데 직원이 굽 낮은 구두 한 켤레를 들고 따라 나왔다.

"그럼, 김 집사가 맨발로 간 거야?"

"설마, 누구 것하고 바꿔 신고 갔겠지."

"아무도 신발이 없어진 사람이 없는데 누구 신발을 신고 갔을까?"

여신도들이 신고 있는 서로의 신발을 쳐다보았다. 직원이 검정 비닐에 담긴 낡은 구두를 혜진에게 건넸다. 혜진은 얼떨결에 신발을 받아들었다.

"그래, 오늘 일도 있고 하니까 챙겼다가 주일날 전해주면 되겠네. 오해도 풀고."

남 권사가 말하자 여신도들은 고개를 끄덕였고, 혜진도 거부할 수가 없었다.

"……그럼, 제가 잘 가지고 있다가 일요일에 전해드릴게
요."

지난주 수요일, 여자는 자기가 신고 왔던 낡고 굽 낮은 구두
를 남기고 사라졌고, 혜진은 검은 비닐봉지에 담긴 구두를 가
지고 집으로 돌아왔다.

7

"너한테는 자주 있는 일인 줄 모르지만, 난 처음이야. 너희
들은 비웃겠지만, 아무 일도 아니라고 하지만, 나는 처음 있는
일이었다고. 남편 말고는 처음이었어. 아니, 무슨 일이 있었던
게 아니니까…… 끝까지 간 건 아니지만…… 나한테는 별일
아닌 게 아니란 말이야."

"그게 나하고 저 사람하고 무슨 상관이 있다는 거니? 너도
저 사람한테 아무 감정 없잖아. 손혜진, 네가 느끼는 감정은
너와 네 남편의 문제야. 나하고 저 남자하고는 그냥 가벼운 관
계야. 그냥, 좀 시간을 의미 있게 허비하는 정도라고. 넌, 꼭
아무 문제가 없는 것을 네 문제로 받아들이더라. 넌 그게 문제
야."

"네가 여러 남자에게 상처 입고, 방황할 때도 나는 언제나

네 편이었어. 제민이가 스물몇 살부터 유부남들 만날 때도 난 항상 걱정하면서 제민이 입장만 생각했고. 니들은 도대체 나한테 뭐니? 남편 문제도 그렇고 이번 일도 마찬가지야. 너희들은 날 언제나 수치스럽게 만들어."

혜진이 자리에서 벌떡 일어났다. 눈에 눈물이 그렁그렁 고여 있었다. 의자가 뒤로 밀리며 넘어졌고, 비틀거리던 와인 잔이 바닥에 떨어졌다. 눈물이 볼을 타고 주르륵 흘러내렸다. 검붉은 와인과 유리 조각이 사방으로 튀었다. 혜진은 아랑곳하지 않고 가방을 챙겼다. 가방에 구겨 넣은 짐들이 부스럭거렸다.

"대화도 안 되는 데다가 너 말이 너무 심하다, 정말. 왜 너만 아무 문제 없다고 생각해?"

제민이 혜진을 막아섰지만 그녀는 뿌리치고 문 쪽으로 걸어갔다. 비는 여전히 무서운 기세로 쏟아져 내리고 있었다.

"그냥 둘 거야?"

제민이 은수를 내려다보며 읊조렸다.

"내버려둬."

혜진이 문을 열기 전에 멈칫했다.

"그렇게 갈 거면 너, 나한테 전화하지 마."

등 뒤로 제민과 은수의 목소리가 엉겨 붙었다.

혜진은 일요일 내내 교회에서 김 집사를 기다렸다. 그녀는 나타나지 않았다. 교회 구석구석 여자를 찾아다녔지만 그녀를 봤다는 사람은 없었다.

혜진은 집에서 종종 여자의 구두를 꺼내놓고 바라보았다. 신발 주인을 떠올렸다. 기억이 닿는 맨 처음부터 망각 속에 가라앉은 시간을 모조리 꺼내놓아도 그녀는 없었다. 누굴까, 어디에서 여자를 만난 것일까, 무슨 말을 했던 것일까, 무슨 잘못을 저지른 것일까, 아무리 골똘히 생각해봐도 아무것도 얻지 못했다. 혜진은 일요일이 오길 손꼽아 기다렸다. 궁금해서 참을 수가 없었다. 교회에 그녀의 연락처를 물었지만 알 수 없었다. 일요일에도 여자를 만나지 못하고 수요일이 됐다. 궁금함은 어떤 공포가 되었다. 여자의 말대로 기억나지 않는 어떤 때에 자신이 큰 실수나 상처를 상대에게 안겼을지도 모른다고 생각하니 한편으로 이제는 아무것도 알고 싶지 않아졌다.

봉사활동이 있는 수요일, 혜진은 여자의 구두를 챙겨 나왔다. 요양원으로 향하는 발걸음은 더뎠고, 한 걸음 뗄 때마다 자꾸 여자의 얼굴이 길을 가로막았다. 가방 안에서 여자의 구두가 이리저리 부딪히며 덜그럭거렸다.

결국 혜진은 우산도 없이 쏟아지는 장대비 속으로 뛰쳐나갔다. 밖으로 나오자마자 온몸이 젖었다. 몸은 금세 한기에 휩싸였다. 좁은 골목길을 걸어 내려오며 마음속에 가득한 정체 모를 모멸감과 치욕스러움을 원망했다. 빗줄기가 거세게 혜진의 몸을 때렸다. 젖은 원피스가 몸에 달라붙었다. 옷에 수놓인 커다란 해바라기가 쏟아지는 폭우에 그 빛깔을 잃고 시들해졌다. 혜진은 인적 없는 골목을 천천히 걸어 내려갔다. 빗물이 뿌옇게 눈앞을 가렸다.

8

혜진이 갑자기 앞으로 고꾸라졌다. 툭, 한쪽 발목이 꺾이는 소리가 났다. 그녀가 신은 하이힐이 빗물 배수구 구멍에 박혔다. 발은 꺾인 채로 구두에 걸려 있었다. 어린아이 같은 울음이 터졌다. 그녀는 주저앉아 터진 울음을 내버려두었다. 하염없이 쏟아지는 비를 맞으며 신발에서 천천히 발을 뺐다. 금세 하이힐 안에 빗물이 고였다. 혜진이 가장 아끼는, 유일한 명품 구두였다. 마흔 되던 생일에 남편한테 선물 받은 것이었다. 애지중지 아끼느라 친구들 만날 때 빼고는 몇 번 신지도 않은 구두였다. 그녀는 배수구 구멍에 단단히 박힌 구두를 가까스로 빼냈다. 툭, 굽이 부러졌다. 그녀는 가만히 신발 한 짝을 가슴에 안았다. 접질린 발목보다 부러진 굽이 더 아렸다.

화려한 봄의 나날, 세 친구는 학교 잔디밭에서 햇볕을 쬐고 있었다. 제민은 눈을 가늘게 뜨고 누워서 하늘을 올려다보았고, 은수는 혜진의 손톱에 매니큐어를 발라주고 있었다. 혜진은 제민의 무릎을 베고 누워 눈처럼 어지럽게 흩날리는 벚

꽃을 바라보았다. 우리도 나중엔 늙겠지? 우리만 그대로면 좋겠다. 우리는 좀 다르잖아. 세 친구가 돌아가며 말했다. 부서지는 햇살을 바라보았다. 우리 학교에도 남학생이 있으면 좋을 텐데. 있으면 뭐가 좋은데? 그냥, 수업도 같이 듣고, 도서관에서 공부도 같이 하고, 밥도 같이 먹고…… 그리고? 음, 술도 같이 마시고. 그리고 또? 또 뭘 하려고? 세 친구는 자지러졌다. 무슨 말을 하든 우스웠고, 무슨 일이든 즐거웠다. 눈부신 스무 살의 봄이 살랑거리며 멀어져갔다. 그녀들의 환한 웃음소리가 흩날리는 벚꽃에 실려 날아갔다.

혜진은 비를 흠뻑 맞으며 한참을 그대로 앉아 있었다. 배수구로 쓸려 내려가는 빗물과 멀리 도망가 뒤집어진 가방을 번갈아 우두커니 바라보았다. 그녀가 더듬더듬 흩어진 여자의 낡은 구두를 가지런하게 모았다. 앞부리의 굵은 주름이 만져졌다. 한 번도 닦아 신지 않은 듯 보이는 구두. 먼지와 때가 굳어 가죽의 일부가 되어버린 구두를 그녀가 가슴에 움켜쥐었다. 그녀는 여자의 낡고 굽 낮은 구두를 신고 절뚝이며 골목길을 내려갔다. 굽이 나간 하이힐이 가방 안에서 서로 부딪히며 덜그럭거렸다. 여자의 신발은 혜진의 발에 너무 커서 금방 빗물이 스며들었다. 발가락 사이로 철벅거리는 느낌이 나쁘지 않았다.

사 라 진   이 웃

1

경배가 천천히 목장갑을 꼈다. 겨울의 끝자락, 그리 추운 날씨가 아닌데도 그의 몸이 자꾸 떨렸다. 마음을 가라앉히려 애썼지만, 별 소용없었다. 초조하게 거울에 비친 자기 모습을 바라보았다. 마스크 위로 드러난 눈꼬리가 힘없이 처져 있었다.

밖은 이미 소란스러웠다. 대치가 시작된 모양이었다. 세탁소 김 씨 부인의 악다구니가 들려왔다. 절규에 가까운 욕설과 고함이 이른 새벽의 미명을 갈랐다. 밖은 아직 어둑했다. 아침 7시가 넘었지만 아직도 깜깜했다. 경배는 독하게 마음을 먹어보았지만, 발걸음이 떨어지지 않았다. 맥없이 목장갑 손목 부분을 잡아당기며 한참을 거울 앞에 서 있었다. 오래전, 한동네에서 살던 사람들의 피맺힌 고함을 들을 때마다 그는 안 그래도 작은 키가 더 작아지는 느낌이 들었다. 밖에서 자기를 찾는 소리가 들려왔지만, 그는 거울 앞에 서서 꼼짝하지 않았다.

"아, 진짜. 안 그래도 사람 모자라 죽겠는데, 도대체 유 씨는 어디로 숨은 거야? 야, 꼬맹아, 가서 좀 찾아와. 마음이 그렇게 약해가지고 뭘 하겠다는 거야? 오늘 일진 안 할 거면 내일부터 나올 생각 말라고 해."

주 실장이 고함을 질렀다. 그가 쇠파이프를 움켜쥐며 거울 안의 자신을 똑바로 노려보았다.

"아, 여기 있으면서 안 나오고 뭐해요? 실장 난리 났어요. 다 들으셨죠?"

유 씨와 가장 친하게 지내는 아르바이트생 승규였다. 승규는 그와 스물네 살 차이가 나는 띠동갑이었다. 딸아이와 나이가 같았다. 얼마 전 까지만 해도 승규 말고도 회사에는 아르바이트하는 대학생들이 꽤 있었지만, 지금은 승규뿐이었다. 학생들은 마음이 약해서 대치하는 사람들을 잘 다루지 못했다. 승규는 예외였는데, 용역 일을 10년씩 한 사람도 승규의 당돌함에 혀를 내둘렀다.

"계속 그러고 있을 거예요?"

"……나가잖아. 나가서, 이걸로 개 잡듯, 사람들 때려잡으면 될 거 아냐."

승규가 그를 보며 찡긋 윙크를 했다. 말은 그렇게 했지만, 그는 여전히 멈칫거렸다.

그의 아내는 많이 배우지는 못했지만, 얌전한 여자였다. 경

배는 아내를 경기도의 한 공장에서 만났다. 열아홉 아내는, 봄
날 화사한 벚꽃보다도 더 눈부셨다. 생김새가 화려하지는 않
았지만 어디에 있어도 빛이 났다. 그는 1년을 기다렸다, 아내
가 스물이 되자마자 결혼했다. 이듬해, 희선이 태어났다.

　그가 꽃띠 아내를 맞을 수 있었던 이유는 다니고 있던 탄탄
한 회사 덕분이었다. 누구나 그러했듯이, IMF가 터지기 전까
지는 괜찮았다. 그도 소박하고 화목한 가정의 가장이었다. 가
난했지만, 그도 아내도 욕심이 없어서 부족함이 없었다.

　"승규야, 너는, 나중에, 정말, 잘, 될 거다."

　고개를 숙인 채 목장갑을 다시 당기며 그가 힘없이 말을 뱉
었다.

2

　"어떻게 할 거야? 같이 나갈 거야, 말 거야?"

　희선은 술에 취해 점점 멀어지는 의식을 붙잡으려 애를 썼
다. 상대방의 말소리는 점점 멀어져 아득한 잠 속으로 사라지
고 있었다.

　"잠깐만……"

　꾸벅꾸벅 졸던 희선이 고개를 들어 주위를 두리번거렸다.
새벽 다섯 시가 다 됐지만 실내포장마차 안은 젊은 열기로 북

새통이었다. 주변 클럽이 끝날 무렵이었다. 그곳에서 몰려나온 젊은이들로 술집 안은 더욱 혼잡했다. 술집 안은 클럽에서 미처 분출하지 못한 욕망을 어필하느라, 모두 정신이 없었다. 안에 자리를 잡지 못한 사람들은 실내포장마차 밖까지 발 디딜 틈 없이 북적였다.

"주희야, ……홍주희?"

그녀가 같이 왔던 친구를 찾았다. 취기에 몸을 가누기 힘들었다. 소란스러운 술집 안에서 가녀린 그녀의 음성은 자신이 앉아 있는 테이블마저도 벗어나지 못했다.

"친구 찾아? 저기 앉아 있잖아. 니 친구 신났다, 야."

옆에 앉은 남자가 화장실 쪽을 가리켰다. 그녀의 친구는 남자들에 둘러싸여 술을 마시고 있었다. 테이블마다 비슷한 광경이었다. 희선이 비틀거리며 그녀에게 다가갔다.

"주희야, 나, 취했어. 가야겠어."

"쟤랑, 나가려고?"

"아니, 집에."

"집에?"

주희가 별일이라는 듯, 게슴츠레한 눈으로 희선을 쳐다보았다. 테이블에 합석한 남자들은 둘의 대화에는 관심이 없었다. 둘러앉은 남자 셋은 일행이 아니었다. 모두 주희를 놓고 만난 초면들이었는데, 그새 친해져서 자기들끼리 왁자지껄 술을 마시고 있었다. 누가 여자와 나가게 될 것인지를 놓고 대놓고 술값 내기를 하고 있었다.

"나 오늘 쟤랑 잘 거야."

주희가 슬쩍 한 남자를 가리키며 희선에게 귓속말을 했다.

"……나 술값이 없어."

희선이 힘없이 말했다.

"나도 돈 없는데. 쟤 귀엽다며, 그냥 같이 나가."

주희가 멀찍이 떨어져 앉아 있는 남자를 턱으로 가리켰다.

"……오늘은 싫어. 아침 일찍 아르바이트하러 가야 돼."

"칫, 뭐야. 어차피 그러려고 온 거잖아. 너가 찜한 것 같아서 기껏 양보했더니. 그냥 자고 아르바이트 가. 어차피 돈도 없는데. 벌써 다섯 시야."

희선이 난감한 듯 고개를 떨궜다.

"여기서 그냥, 같이 놀아요. 저희가 재밌게 놀아드릴게요."

주희가 지목했던 남자애가 그녀에게 말을 걸었다. 그녀가 말이 없자, 주희는 그녀를 놓아둔 채 합석한 남자들이 나누는 대화에 다시 끼어들었다. 남자들은 무슨 얘긴가를 끊임없이 하고 있었지만, 시끄러운 소음에 묻혔다. 서로 그냥, 가끔 고개만 끄덕였다. 희선이 자리에서 힘겹게 일어났다. 아무도 그녀를 붙잡는 사람이 없었다. 흐느적거리며 자기 테이블로 돌아갔다. 젊음이 술에 취해 쏟아내는 소리가 거대한 동물 울음소리처럼 귓가에 울렸다. 원래 앉았던 테이블로 돌아가는 중에도 두 명이나 되는 남자애들이 그녀에게 합석을 제안했다.

남자는 그녀가 돌아올 때까지 가만히 자리에 앉아 있었다. 그녀가 비틀거리며 다가오자 부축하려고 일어섰다.

"어떻게 할 거야? 이제, 곧 여기도 파장인데."

남자가 일어선 채로 조금 짜증난 듯이 말했다. 시끄러운 음악 소리와 술에 취해 떠드는 사람들 소리 때문에 바로 옆에서 말하는데도 그녀는 무슨 말인지 그의 말이 잘 들리지 않았다. 그녀가 길게 한숨을 내쉬었다.

"……이름이 뭐라고, 그랬지?"

"승규라니까. 한승규."

그가 그녀의 귀에 대고 소리쳤다.

"……좋아, 승규야. 나가자, 그럼."

남자가 테이블의 계산서를 들고 그녀를 부축했다. 둘은 소란스러운 술집을 나왔다. 길거리는 클럽에서 쏟아져 나온 수많은 인파로 북적였다. 이른 새벽, 하루가 채 끝나지도 않고 다시 시작되는 듯 거리에 활기가 넘쳐났다. 희선이 승규의 팔에 안겼다.

3

"요즘, 엄마 만난 적 없어?"

경배가 자고 있는 딸을 흔들어 깨웠지만, 희선은 쉬 잠에서 헤어나오지 못했다.

자동차 부품을 만드는 회사에 다니던 그에게 해직 통보가 내려진 것은 그해 가장 추운 날이었다. 회사를 나가곤 있었지만, 딱히 일감이 없어 사람들은 삼삼오오 모여 잡담을 나누는 날이 많았다. 할 일이 없었지만, 누구 하나 회사를 나오지 않는 사람은 없었다. 월급이 밀리기 시작한 것이 반년을 넘었지만, 혹시 회사에서 쫓겨날까 봐 대놓고 불만을 제기하는 사람도 없었다. 회사가 어려우면, 그 정도는 참는 게 도리라고 사람들은 믿었다. 힘들 때도 있었지만, 그러다 사정이 나아지곤 했으니, 직원들은 묵묵히 참고 기다렸다.

갑자기 회사가 직원들에게 희망퇴직을 권고했다. 곧 문을 닫을 것 같다는 얘기가 돌았다. 이미 중국에 새 공장이 지어졌다는 소문도 있었다. 그때서야 사람들은 불안해졌다. 퇴직 조건은 밀린 월급에다가 백만 원씩 얹혀진 것이었다. 복직의 약속은 없었다. 반은 밀린 월급과 퇴직금을 받고 회사를 떠났고, 나머지는 밀린 월급을 받지 못하고 회사에 남았다. 퇴사한 몇몇이 남은 사람들에게 삼겹살에 소주를 사고, 각자의 길로 헤어졌다.

"도대체 너는, 요즘 뭘 하고 다니는 거냐?"

희선이 돌아누우며 이불을 머리 위로 뒤집어썼다. 경배는 더 이상 말을 잇지 못하고 자고 있는 딸 앞에 멀뚱히 앉아 있었다. 용역 일이 시작되면 집에 자주 들어오지 못했다. 딸아이도 밤샘 아르바이트 때문에 바빠서 집에서 마주치는 일이 드물었다. 딸이 무슨 일을 하는지 알지 못했다. 딸은 그에게 아무것도 알려주지 않았다.

벌써 오래전 일이었다. 15년 전이었다. 작은아이가 네 살, 큰아이가 아홉 살이었다. 아내는 잠든 아이들을 물끄러미 바라보기만 했다. 울지 않았다. 다른 날처럼 그와 다툼을 하지도 않았다. 그는 아무것도 묻지 않았다. 돌이킬 수 없다는 것을 그도 알고 있기 때문이었다. '작은아이는 아직 엄마가 필요할 나이니, 데리고 갈게요.' 아내는 자고 있는 아홉 살 희선의 머리를 쓰다듬기만 했다. 그는 맥주 컵에 소주를 가득 부어 마셨다.

그는 라면을 끓이고 희선이 일어나길 기다렸다. 둘 다 집에 거의 있질 못하니, 냉장고 안에 변변한 찬거리가 없었다. 그가 조심스럽게 딸을 흔들어 깨웠지만, 딸은 일어나지 않았다. 라면이 불었다. 자고 있는 딸아이 옆에서 그가 불어터진 라면을 먹기 시작했다.

"그렇게, 쩝쩝대면서 먹을 거면, 부엌에서 좀 먹던지."

희선이 벌떡 일어나더니, 덮고 있던 이불을 들고 작은방으로 가버렸다.

딸 몫까지 끓였던 두 개의 라면이 불어 냄비 한가득이었다. 설거지를 하려다 그만두었다. 대신 싱크대 위, 잘 보이는 곳에 10만 원을 놓아두고 집을 나섰다.

사흘 만에 집에 돌아왔을 때, 개수대 안에 던져놓은 그릇,

라면 찌꺼기에 파란 곰팡이가 피어 있었다. 싱크내에 올려두었던 돈도 그대로였다. 그는 밀린 설거지를 했다. 딸애의 방은 텅 비어 있었다. 아니, 누구도 살지 않았던 것 같았다. 실은 잘 알 수가 없었다. 집을 나간 것인지, 어제만 들어오지 않은 것인지 알 방법이 없었다. 그는 밀린 설거지를 하고 희선을 기다렸다. 그녀는 집에 들어오지 않았다. 처음엔 자기가 너무 가끔 집에 들러 희선과 마주치지 못하는 것이라고 여겼지만 그게 아니라는 것을 곧 알게 되었다. 며칠 후에 집에 다시 들렀을 때도, 집은 그대로였다. 희선이 집을 나갔다는 것을 한 달이 다 되어서야 알았다. 결국 그는 혼자 집에 남겨졌다.

4

"오늘은 모두, 다 뒤로 빠져 있어."

주 실장을 빙 둘러싸고 서 있는 용역들이 무슨 일인가 싶어, 서로의 눈치를 보았다.

"어이, 유 씨, 오늘은 당신이 알아서 다해. 그렇게 머릿수만 채워서, 날로 일당을 쳐드시면, 되겠어, 안 되겠어?"

이른 아침, 대치 상황에서 시작되는 조회는 그에게 가장 두려운 시간이었다.

"……안 되겠죠."

그가 잔뜩 주눅이 들어 대답했다.

"내 보기에, 당신은 여기 왜 있는지 모르는 것 같아."

"……네?"

"여기서 하는 일이 뭔지 모르는 것 같다고."

실장이 거칠게 숨을 내뿜었다. 마스크를 뚫고 허연 입김이 새어 나왔다. 철거 용역은 스무 명 남짓이었다. 모두 마스크를 쓰고 쇠파이프를 쥐고 주 실장을 중심으로 빙 둘러서 있었다.

"그야, ……철거를 하려고."

"봐봐, 그게 아니라니까. 무조건, 사람들을 두들겨 패서 쫓아낸다고 생각하면 이 일은 못하는 거야. 그래서 당신이 안 되는 거라니까."

"……"

마을 사람들은 돌이며 버려진 가구들이며 가져다가 바리케이드를 만들고 마을 입구를 막았다. 이제 마을에 남은 사람은 스물 정도였는데, 젊은 축은 기껏 여섯 가구뿐이었고 나머지는 모두 혼자 사는 노인들이었다.

"일을 하려면, 무슨 일이든 철학이 있어야 되는데, 당신은 그게 없어. 그러니, 사명감이 없는 거야. 사명감이 없으니, 책임을 지려 하지 않는 거고."

"무슨 말씀이신지……"

"무조건 겁줘서 쫓아만 내려고 하니까, 저 사람들이 버티는 거라고, 이 양반아."

그가 작고 처진 눈을 크게 뜨고, 무슨 말인가 싶어 실장을
올려다보았다.

"쇠파이프만 휘두른다고 해서 저 사람들, 안 나간단 말이야.
일깨움을 줘야 한다고, 왜, 쫓겨날 수밖에 없는 것인가에 대해
말이야."

조회시간이 길어지자, 마을 주민들은 더욱 초조해져서인지,
용역들을 향한 고함을 높였다.

"그야, 개발을 해야 하니까……"

"아니지, 그게 아니지. 그게 잘못됐다는 거야. 왜 이곳에서
더 살 수 없는 것인지, 이해시켜야 한다고. 왜 이곳에 꼭 골프
장을 지어야 하는지, 스스로 느끼고 공감하게 해야 한다는 말
이야."

"그럼, 말로 설득을……"

"어이, 유 씨. 지금, 나랑 말장난해?"

"……"

주 실장이 말없이 그를 노려보았다. 침묵이 길어졌다. 주 실
장은 그보다 여덟 살이 어렸다.

"저 사람들은 자기가 버텨야 하는 뚜렷한 철학을 가지고 있
는 사람들이야. 힘으로만 이기려고 해서는 저 인간들을 이길
수가 없다는 말이야. 그 철학을 깨부수지 않으면, 이길 수가
없다고, 이 사람아."

"……"

그는 실장이 내뱉는 말을 도무지 알아들을 수 없었다. 딱히 대답할 말이 없었다. 대화라기보다 어차피 그가 일방적으로 혼나고 말 일이라는 생각에, 주 실장이 하는 말을 한 귀로 흘려 내보내고 있는지도 몰랐다.

"진짜, 모르겠지? 유 씨, 당신이 그걸 이해 못 하고 이 일을 하고 있으니, 일이 되겠냐고. ……어이, 꼬맹이. 너는 알아?"

승규만 마스크를 쓰고 있지 않았다. 추운 날씨 탓에 코가 빨갰다.

"제 생각에는 바로, 인간이 모두 평등한 것은 아니라는 걸 일깨워줘야 한다고……"

그가 비죽거리며 대답했고, 주 실장이 말을 잘랐다.

"봤어? 나이는 곱절이나 처먹어서. 애만큼도 삶의 철학이라는 게 없어. 바로 그거야, 차이. 저들이 버티는 이유, 인간으로써 권리 어쩌고 하는 거 말이야. 그런데 아니거든, 세상은. 시바, 이런 차이를 인정해야 하는 거잖아. 시바, 이 세상은 원래 졸라, 불평등하거든. 그걸, 아니까 민주주의 하자고 난리인 거 아니야. 민주주의 그건 언제나, 미래의 일이란 얘기야. 자본주의에서 무슨 평등이야, 시바. 자본주의에서는 자본만 평등한 거야. 알겠어?"

실장의 일장연설에는 비장함마저 섞여 있었다.

"박수들 안 치냐?"

용역들이 들고 있던 쇠파이프로 땅을 쿵쿵, 쿵쿵 두드렸다.

그만 목장갑 낀 손으로 연신 박수를 쳤다.

"내가 시바, 좋은 대학 나와서 직장 때려치우고, 이 짓 하고 있는 이유가 그거거든. 자본의 평등. 그게 당신이 여기, 지금 있는 이유야. 어이, 유 씨. 뭐 좀, 감이 와? 시바, 우리는 졸라 잘못된 신념, 그걸 깨부수는 거야, 알겠냐고?"

그가 과장되게 고개를 끄덕였다. 당장에 무슨 일이라도 낼 것처럼 눈에 살기가 서는 것 같았다.

"오늘은, 10-33호. 한 건만 한다. 유 씨 혼자 할 테니 나머지 들어가는 길 서브만 해. 날도 추우니 오전만 하고 접자."

"넵."

용역들이 우렁차게 대답을 했다. 그가 앞장섰다. 좀 전에 사기충천했던 용기는 그새 사내들의 기운 센 기합 소리에 주눅이 들었는지 사라져버리고, 다리가 후들거려서 제대로 걸을 수조차 없었다.

5

"나, 방 하나만 얻어주면 안 돼? 너, 돈 많다며."

"같이 살자는 말이야? 너무 빠른 거 아냐? 난 좀, 부담스러운데."

승규가 검정 작업복을 입으며 건성으로 대답했다. 승규와 희선은 처음 실내포장마차에서 만난 후, 세번째였다.

"그건 아니야. 같이 사는 건 나도 싫어. 가끔 들르면 되잖아. 일주일에 두 번? 세 번? 나쁜 조건 아닌데."

희선은 핸드폰으로 게임을 하고 있었다. 목이 늘어난 헐렁한 면 티에 팬티 차림이었다.

"하기야, 너 데리고 일주일에 두세 번 모텔 가는 돈이면, 어디 허름한 원룸은 얻겠다. 한번 고민해볼게."

"고민하라는 얘기 아닌데. 나, 집 나올 거야. 방 얻어주는 남자하고 만날 거야."

"생활비는 어쩌려고?"

"벌어야지."

"뭐 해서?"

"정 할 일 없으면, 예전에 아르바이트 하던 바라도 나가지 뭐."

"술집?"

희선이 잠깐 게임하던 손을 멈추고 승규를 바라보며 눈을 흘겼다.

"술집, 아니야. 바라니까."

"뭐가 다른데?"

"술집은 몸도 팔고, 웃음도 파는 거고, 바는 남자들 이야기에 고개만 끄덕여주면 돼."

"뭐, 그게 그거지."

"다르다니까."

희선이 게임을 멈추고 출근을 서두르는 승규를 바라보았다.

"넌 그런데, 왜 나에 대해 아무것도 안 물어?"

"뭘?"

"가족이라든가, 학교라든가, 뭐 그런 거."

"그걸, 내가 알아서 뭐해."

"넌 내가 안 궁금해?"

"서로 좋은 걸 취하면 되는 거 아냐?"

"그게 뭔데?"

"너는 방이 필요하고, 나는 네 몸이 필요하고."

"너는 나랑 잠만 자고 싶어?"

"그럼 뭘 하고 싶은데? 어차피 우린 연애하긴 틀렸잖아. 적당히 감추고 수준도 맞추고 그래야 하는데. 언제까지 갈지 기약도 없고. 몸이 질리면 굿바이, 아냐? 넌, 포차에서 남자 만나 사랑이란 것도 하니?"

머리를 손질하던 승규가 손을 멈추고 거울에 비친 희선을 뻔히 쳐다보았다.

"뭐, 꼭 나도 다르지 않지만, 그렇다고 제한을 두지도 않지."

승규가 바쁘게 손을 다시 움직였다. 지난밤에 입고 왔던 옷은 큼지막한 가방에 구겨지지 않게 개어 넣었다.

"……오늘 같이 있기로 했잖아."

"미안, 갑자기 연락이 왔어. 오늘, 마무리할 집이 있다고.

내가 안 가면 일이 안 돼."

"집을 마무리하다니? 무슨 아르바이트 하는데?"

"그냥, 노가다 같은 거야. 아르바이트 아냐. 돈 벌려고 하는
건 아니거든. 살아가야 하는 데 적합한 것들을 습득 중이야."

"……어쨌든 나, 방 알아본다."

"오늘?"

승규가 운동화를 신으며, 신고 왔던 명품 구두를 신문지로
싸서 가방에 담았다.

"아니, 오늘은 모텔에 밤 될 때까지 있을 거야."

"맘대로 해."

"전화해."

"오늘은 못 해. 바빠."

말이 끝나기 무섭게 문이 쾅 하고 닫혔다. 희선이 터덜터덜
걸어가 문의 자물쇠를 걸었다. 커튼을 치자, 방 안은 완벽한
어둠이 되었다. 그녀는 침대에 누워 가만히 깜깜한 방 안을 두
리번거렸다.

"원래 그렇죠, 뭐."

"아니, 요즘 애들은, 사랑도 그렇게 간단한 거야?"

승규와 경배는 늘 짝을 이루어 야간 경비를 섰다. 승규가 근
래에 만난 여자 얘기로 지루하기만 한 겨울의 한밤이 지나가
고 있었다. 야간 경비는 딱히 하는 일은 없었고, 드럼통에 불

을 지피고 서서 밤을 나면 되었다. 철거민들에게, 자신들의 주위에 항상 용역이 있다는 것을 알게 해주려는 의도였다.

"아저씨 세대랑 다른 거죠. 사랑도 어쨌든 이익이 있어야죠. 주는 게 있으면 받는 게 있어야 하니까."

"사랑은 주는 거지, 받는 거 아니야."

야간 경비를 서는 동안 꼭 해야 하는 일이 있다면, 마을을 순찰하는 것이었다. 용역들은 마을 사람들이 모두 잠든 한밤중, 마을을 돌아다니며 두려움을 주어야만 했다. 그들은 간만에 찾은 마을 사람들의 잠을 쫓기 위해 철거된 집에 불을 지르거나, 철거를 거부하는 집의 장독이나 유리창을 깨곤 했다.

"요즘이 어떤 세상인데, 그런 말을 하는 거예요? 저는 아저씨가 싫지 않지만, 가끔은 정말 답답해요."

용역들의 이런 행동을 막기 위해 마을 사람들도 돌아가며 철야 경비를 섰지만 역부족이었다. 마을 경비를 서는 대부분이 노인들이었다. 용역들이 노리는 것은 바로, 마을 사람들이 잠깐 누리는 휴식을 불안으로 바꿔놓는 것이었다. 마을 사람들은 매일 밤, 속수무책 당할 수밖에 없었다.

"그래서, 어쩔 생각이야?"

"고민 중이에요. 예쁘긴 한데, 가난한 애들은 받아야 할 것 이상을 바라거든요."

"그런데 줄곧 궁금했는데 말이야. 사는 게 힘든 것도 아니고 넌, 도대체 이 일을 왜 하냐?"

"아저씨는 힘드시죠?"

승규가 슬슬 야간 순찰을 돌 준비를 했다.

"넌, 안 힘들어?"

경배가 마지못해 복장을 착용하며 물었다.

"네, 안 힘들어요. 저는 아저씨가 왜 힘들어하는지 알아요. 자기 일도 아닌데, 감정을 이입하기 때문이에요."

비니를 푹 눌러쓰고 마스크를 착용하니, 경배의 아주 가느 다란 눈매만 모닥불에 어른거렸다.

"결국 제가 다루어야 할 사람들은 저런 부류예요. 졸업하면, 바로 부모님 사업 현장에 뛰어들어야 하는데, 시간이 별로 없 어요."

"니가 부럽기도 한데, 안쓰러워."

"봐요. 아저씨는 또 제 입장을 고려하고 처지를……"

"그냥, 그 여자애가 불쌍해서 그래."

승규가 컨테이너에서 화염병을 챙겨 나왔다.

"여자애 얘기가 아니잖아요. 그리고 솔직히 아저씨가 그 애 에게 그런 동정을 보내는 것 자체가 웃긴 일이라고요. 사람은 날 때부터 계급이 정해져 있잖아요. 조금 심하게 얘기하면 동 일한 계급에서 동정과 연민은 웃긴 일이라구요. 상위계급에서 만 그런 것들을 보낼 수가 있는 거죠."

그가 쉴 새 없이 말을 퍼붓는 승규를 올려다보았다.

"아니, 여자애는 너랑 연애하고 있다고 생각할 수도 있는 거잖아."

"하하하, 우리한텐 이렇게 조건을 맞추는 게 방식이라니까요. 그나저나, 이 일은 언제 끝날까요? 슬슬 지겨워지기 시작했어요."

"……글쎄다. 영원히 안 끝날 수도 있지."

"아, 빨리 끝내야 하는데…… 고립감을 들게 하는 게 최곤데, 아무도 도와줄 사람이 없고, 한편이라고 생각했던 사람들도 결국, 자기를 지켜줄 수 없다는 것을 알려주는 거요."

승규가 앞장섰다. 경배는 그 뒤를 터덜터덜 따랐다.

"나는 대학을 안 나와서 잘 모르겠다만, 그런 것도 대학에서 배우는 거냐?"

"수업에서 배우는 것은 아니지만, 대학을 다녀보면 자연스럽게 배우는 것들이에요. 그런데 이번에 이 일을 하면서 더 배운 게 많아요. 기다리는 것 말이에요. 쉽지 않다는 것을 사람들이 알아차릴 때까지 기다리는 거죠. 적절한 압박을 통해서 말이에요."

"넌, 어째 그렇게 똑떨어지냐."

승규가 골목 어귀에서 멀리 떨어지지 않은 빈집에 화염병을 던졌다. 순식간에 불이 타오르면서 집으로 옮겨 붙었다.

회사에서 나온 뒤, 경배는 근근이 막일을 나갔지만, 그마저도 쉽지 않았다. 하루 일하고 며칠 쉬기를 반복했다. 일이 없는 날, 술을 마시기 시작했다. 원래 술을 그다지 즐기지 않는 그였지만, 마시다 보니 주량도 늘고 시간도 잘 갔다. 그저 식구들을 보면 괴로운 마음뿐이었다. 괴로워서 술을 마시기 시작했다. 잠이 안 오는 밤에 소주를 홀짝였다. 그러다가 어떤 날은 아침부터 마시기 시작했고, 이후론 시도 때도 없이 술을 마셨다. 술에서 깨기 전에 술을 마셨고, 한 번 술을 마시기 시작하면 사흘은 쉬지 않고 마셨다. 이젠 일이 있어도 술 때문에 나갈 수 없었다. 아내가 잡역부로 일해서 벌어온 일당으로 네 식구가 겨우 며칠을 견뎠다. 그나마도 아내가 벌어온 일당의 반은 그가 술을 마시는 데 썼다. 점점 아이들이 굶는 날이 많아졌다.

그러다가 아내가 낮에는 아이들을 돌보고 밤에는 식당에 나가기 시작했다. 한 달에 150만 원을 받았는데, 그나마 고정 수입이 있으니 한두 달은 살 만했다. 그는 아내가 밤에 일을 나가니, 아예 일을 할 생각을 잊었다. 줄창 술만 마셨다. 점점 아이들이 그를 피했다. 술에 취해 잠들었다 깨보면 집 안은 온통 난장판이었다. 살림이 남아나는 게 없었다. 누군가 와서 행패를 부리고 사라진 것 것처럼, 그는 자기가 한 일에 대해 아무 기억이 없었다. 일어나 보면 아이들과 아내가 보이지 않는 날이 많았다. 술에 취해 있을 때고 술에서 잠깐 깨 맨 정신일 때고, 조금만 지나도 아무 기억이 없었다. 숨어 있던 다른 본성이 튀어나오는 것 같았다. 술에 취할 때면 그는 집요했고, 악랄했다. 아내가 없을 땐 아이들을 괴롭혔다. 아이들은 아빠를 피해 집 안 어딘가에 숨죽이며 숨어 있었다. 아이들은 엄마가 일을 마치고 돌아올 때까지 잠들지 못하고 기다렸다. 아내는 그의 매질을 피해 아이들을 데리고 집 근처를 떠돌았다. 하루 이틀 집에 돌아오지 않는 날이 많아졌다.

경배는 술만 취하면 다른 사람이 되었다. 아니, 매일 술에 취해 있었으니, 이미 다른 사람이었다. 원래 성격이 그렇게 난폭했던 것인지, 시간이 지날수록 그 광폭함은 말을 잊게 만들었다. 아내가 아이들을 데리고 집을 나갔다 들어온 날이면, 그는 더욱 길길이 날뛰었다. 그러고는 다시 아무것도 기억할 수 없었다. 이웃들이 경찰을 부르는 날이 잦았다. 동네에서 유명 인사가 되었다. 그나마 다행인 것은, 술주정을 자기 가족에게만 한다는 것이었다. 술에 취한 와중에도 그는 이웃들 앞에서는 예의 바르고 친절했다. 난동을 부리고 있다가도 이웃이나 경찰이 그의 집 문을 두드리면, 언제 그랬냐는 듯 고개를 숙이고 잘못을 빌었다. 아내가 떠난 날은 그가 강제로 병원에 끌려갔다가, 한 달 만에 돌아온 날이었다.

6

"최근에 엄마가, 결혼을 했대. 남동생이 하나 있는데, 입대한다고 찾아왔더라고. 동생은 아빠를 보러 왔는데, 아무리 기다려도 아빠가 와야 말이지."

승규는 발톱을 깎고 있었다. 여기저기 튀는 발톱을 손으로 쓸어 담았다.

"정말, 우리 아빠는 한심해, 무능하고. 나쁜 사람은 아닌데, 하여튼 그래. ……내 말 들어?"

"……응, 그럼."

"불쌍하고 안쓰럽거든. 마음은 안 그런데, 막상 보면 화가 먼저 나. 왜, 그런지 모르겠어."

"……"

희선이 얻은 원룸에 가구라고는 매트리스 하나가 전부였다. 크지 않은 방이었지만, 가구가 없다 보니 제법 널찍했다.

"밥상 하나 살까 봐. 방이 너무 휑한 것 같지 않아?"

희선이 방을 둘러보며 말했다. 승규는 대답 없이 발톱 깎은 자리를 정리했다.

"나, 다음 주부터 아르바이트하기로 했어."

"아르바이트는 계속 했잖아."

승규가 건성으로 말했다.

"카페는 너무 일도 고되고, 시급도 작아서. 그냥, 바에서 일할까 봐."

"그런다며, 오늘은 말이 많네."

"듣기 싫어?"

"아냐. 그럼, 밤에 일하는 거네?"

"아마 그렇겠지?"

"자주 못 보겠네, 그럼."

"그래서 하는 말인데, 이참에 본격적으로 우리 합칠래? 만난 지 한 달이나 됐는데……"

매트리스에 누워 핸드폰을 만지작거리는 희선을 승규가 빤히 쳐다보았다.

경배는 다리가 후들거려서 제대로 걸음을 걸을 수 없었다. 아주 천천히 앞으로 나아갔다. 다가오는 경배를 향해 온갖 욕설이 날아들었다. 대부분은 안면이 있는 사람들이었다. 그러니까 경배가 잠깐 행복했던 시절, 그리고 아내가 집을 나갈 때까지 함께 살았던 이웃들이었다.

경배는 겁이 날수록 쇠파이프를 꽉 움켜쥐었다. 그가 다가가자, 마을 사람들은 돌을 던지기 시작했다. 경배는 더 이상 아무것도 들을 수 없었고, 아무것도 볼 수 없었다. 그의 뒤로 바짝 용역들이 붙어 따라왔다. 마을 주민들이 쳐놓은 바리케이드에 가까워질수록 경배는 심장이 터질 것만 같았다.

"뭣들 하는 거야? 기어가냐?"

주 실장의 악다구니가 등 뒤로 따라붙었다. 여기서부턴 경배 혼자 마을 주민과 대치해야만 했다. 경배는 철거 용역 일을 하고는 있었지만, 그저 뒤에서 바람이나 잡는 정도였다. 일이

터질 때마다 슬슬 눈치를 보며 적절하게 빠지곤 했다. 사람을 해하는 것이 쉽지 않았고, 가난한 사람들을 향해 벌이는 일들이 양심적으로 마음에 걸렸다. 오늘마저 일을 그르친다면 일자리를 잃을 게 확실했지만, 경배는 용기가 나지 않았다. 그는 결국 우뚝 멈춰 섰다. 머릿속에 칼 같은 겨울바람 소리만 우우, 울었다.

"도와주지 말고, 그냥 나둬, 시바. 오늘 일만 그르쳐 봐. 내가 가만두나."

주 실장의 화난 목소리가 주민들의 욕설과 뒤섞였다. 그냥, 떳떳하게 일을 그만두고 자리를 떠나고 싶었다. 하지만 그는 그럴 용기도 없었다. 따라오던 용역들과 점점 멀어졌다. 경배가 어정쩡하게 서 있자, 마을 사람들도 조금 잠잠해졌다. 왜, 저러고 있나 그들도 경배를 지켜보고 있었다.

그는 아내와 아들을 가끔 찾아갔다. 술만 끊으면 아내가 다시 돌아올 거라 믿었는데 낭패였다. 아내는 아내대로 자리를 잡고 잘 살았다. 아내는 경배와 상관없이 집으로 돌아올 마음이 없었다. 별거 3년 만에 아내가 원하는 대로 이혼을 해줬다.

뒤에서 재촉하는 동료들의 말에도 불구하고 경배는 뭐에 홀린 사람처럼 가만히 서 있었다. 바람잡이 역할을 맡아 마을 사람들의 기를 눌러놔야 했지만, 이미 실패한 듯 보였다. 대부분은 돌아가면서 그 일을 맡았는데, 한겨울임에도 웃통을 벗고 겁을 주거나, 특정한 사람만을 노리고 폭행해서 사람들을 겁먹게 만들었다. 갈수록 용역들은 악랄한 방법을 썼다. 성적인 비하나 욕설은 일반적인 축에 속했다.

경배는 마을 사람들에게 다가가지도 못하고, 용역들의 무리로 돌아오지 못한 채 한가운데 우두커니 서 있었다. 그는 어디에도 낄 수 없는 경계에 걸려 있었다. 순간 강한 요의를 느꼈다. 아랫배도 살살 아파왔다.

"안 되겠다, 그냥. 밀어버려. 저런 빙신을 믿고, 시바."

주 실장이 고함치자, 뒤로 빠져 멀찍이 서 있던 용역들이 욕을 하고, 쇠파이프로 땅을 두드리며 전진해왔다. 경배는 깜짝 놀라 뒷걸음질 쳤다. 잠잠했던 마을 사람들도 겁에 질려 격앙되기 시작했다. 경배는 꼭 용역들이 자기를 향해 달려드는 것 같았다. 오금이 저리고 겁이 났다. 이번에는 마을 사람들이 경배를 향해 돌을 던졌다. 승규가 쇠파이프를 들고 자신을 향해 뛰어오고 있었다. 용역들이 거의 바리케이드에 근접했을 때, 그는 바지 엉덩이 부분을 움켜쥐며 발끝을 세웠다. 그 모습은 정말이지 극적이었다. 얼굴을 잔뜩 찡그렸다. 뭔가 다급하고 겁에 질려 당황한 표정이었다. 용역들이 마을 사람들을 향해 달려들던 걸음을 멈추었다. 그가 곧 쓰러질 듯 휘청거렸기 때문이었다. 마을 사람들도 바리케이드 너머 그를 걱정스럽게 바라보았다. 자신들이 던진 돌에 맞은 것은 아닌지 흥분을 멈추고 바라보았다.

경배는 다리를 꼬며 고통스러운 표정을 지었다.

"뭐예요, 아저씨. 똥 싼 거예요?"

무슨 일인가 싶어 얼른 다가온 승규가 코를 움켜쥐었다. 그
제야 사람들은 그가 겁에 질려 바지에 변을 지린 것을 알아차
렸다. 그가 그렇게 고통에 겨워한 표정은 변을 참느라 그런 것
임을 알게 되었다. 여기저기서 웃음이 터져 나왔다. 용역들도
웃었고, 바리케이드 안에 진을 치고 겁에 질려 있던 마을 사람
들도 웃었다. 화가 난 주 실장만이 더욱 길길이 날뛰었다.

"오늘은 날이 아닌 것 같은데. 그만하시죠."

누군가 주 실장에게 말했다. 다가온 주 실장도 어이가 없다
는 표정을 지었다.

"……오늘은 접자. 어이, 유 씨, 내일부턴 나오지 마. 집에
가서 기저귀 차고 잠이나 실컷 자."

철거 용역과 마을 주민들이 대치가 시작되고 처음으로 아무
일도 일어나지 않은 유일한 날이었다.

집은 텅 빈 그대로였다. 그는 딸의 방문을 열어보았다. 자신
이 며칠 만에 집에 들어온 것인지 기억도 나질 않았다. 텅 빈
집에 들어서고서야 희선이 걱정되었다. 그는 몸을 대충 씻고,
쭈그려 앉아 입었던 바지를 빨았다. 딸을 본 지 얼마나 되었
는지 가늠해보았지만, 정확하게 알 수가 없었다. 새삼, 딸에게
미안한 마음이 들었다. 그러면서 사고를 당한 것만 아니라면,
차라리 집을 나가 어딘가에 잘 있으면 좋겠다는 바람이 들었

다. 그간 한 번 연락이 없던 것이 야속하게 느껴지기도 했다.

빨래를 널고 있는데, 희선이 집으로 들어섰다. 그는 마치 헛것을 본 사람처럼 집으로 들어오는 희선을 멀뚱히 바라보기만 했다.

"……어딜 다녀오는 거냐?"

"그냥, 어디 좀 다녀왔어."

"도대체, 뭘 하고 다니는 거냐?"

"일하지. 뭘 하고 다니긴."

큼지막한 트렁크를 그가 받아들었다. 희선이 피곤하다는 듯 경배의 시선을 피했다.

"어디 멀리, 다녀오는 거냐?"

"아, 몰라. 피곤해."

"여행 다녀왔어? 외국?"

희선이 대답 없이 자기 방으로 들어가버렸다. 그가 방문 앞까지 갔다가 돌아섰다. 가스레인지 위에 물을 올렸다.

"밥 먹었냐? 라면 먹을 건데, 네 것도 끓여?"

"안 먹어."

닫힌 방문 안쪽에서 퉁명스런 희선의 목소리가 들려왔다. 그가 냄비 안 물을 덜어냈다. 가만히 물이 끓기 시작하는 것을 내려다보았다.

희선이 한가득 빨랫감을 가지고 거실로 나왔다.

"라면 끓여?"

"안 먹는 다니까."

희선이 세탁기에 빨래를 넣으며 귀찮다는 듯이 말했다.

"엄마, 결혼했대."

"……"

그가 무슨 말인가 싶어 희선을 바라보았다. 그녀는 경배에게 시선을 주지 않았다.

"희주는 군대 갔고."

"……걔가 벌써 그렇게 컸구나."

그가 씁쓸한 듯 마른 입맛을 다시며, 끓고 있는 라면을 휘휘 저었다.

"배고파."

희선이 다가와 상을 폈고, 그는 끓인 라면 한 개를 두 그릇에 나누어 담았다. 그녀는 아무 말 없이 라면을 먹기만 했다. 그는 가만히 그런 딸을 바라보았다.

"라면 더 끓일까?"

희선은 대답 없이 고개만 가만히 끄덕였다. 그가 자기 몫의 라면을 희선에게 내밀고 새로 물을 올렸다. 후루룩거리는 소리가 정겹게 들렸다.

메테오라에서 외치다

1

총성 한 발이 일시에 신타그마 광장의 소란스러움을 잠재운 것은 일요일 오전 예배가 시작된 직후였다.

모처럼 햇볕 쨍쨍한 일요일이었다. 신타그마 광장은 관광객과 오후에 있을 시위를 준비하는 사람들이 뒤섞여 아침부터 북적였다. 서울에서 온 이경섭, 그만이 광장과 국회의사당 사이 계단에 한가로이 앉아 있었다. 부산을 뜨는 사람들을 구경하며 예배당의 종소리를 듣고 있었다. 교회 종소리가 참으로 신기하기만 했다. 갑자기 잊고 있었던 친구를 만난 듯 반가움마저 들었다.

그는 지그시 눈을 감고 소란스러움 속에서도 은은하게 퍼지는 종소리를 감상하고 있었다. 마지막 종소리의 여운이 길게 가슴속으로 들어왔다.

탕!

사람들의 비명이 들린 것도 잠시, 신타그마 광장은 그 많던 사람이 한꺼번에 증발이라도 한 것처럼 일순 침묵 속에 휩싸였다. 그가 놀라서 번쩍 눈을 떴을 때, 눈앞에서 한 남자가 쓰러지고 있었다. 계단 바로 앞이었다. 쓰러지며 눈을 감는 남자와 그는 눈이 마주쳤다. 남자는 바닥에 철퍼덕 쓰러졌고, 검붉은 피가 바닥에 번지기 시작했다. 이경섭, 그는 겁에 질려 뒷걸음질 치며 허겁지겁 뛰기 시작했다. 등 뒤로 사람들의 소란이 따라붙었다.

오모니아 광장 근처에 그가 묵고 있는 선교원이 있었다. 꽤먼 거리였지만 그는 쉬지 않고 내달렸다. 번잡한 거리를 그는 전속력을 다해 뛰었다. 좁은 인도에 관광객들과 상점 주인들이 붐볐지만, 개의치 않았다. 사람들은 화들짝 놀라 뛰어오는 그를 피해 비켜섰다. 그러다가 아예 그가 사람들을 피해 차가 다니는 도로 한가운데로 달리기 시작했다. 마주 오는 차와 지나치는 차들이 놀라서 클랙슨을 울려댔다. 그는 무서웠다. 아주 오래전의 기억이 그를 다급하게 만들었다. 마음과 달리 생생한 과거의 편린이 그의 발을 자꾸 붙잡는 것 같았다.

숨이 턱밑까지 차올랐지만 그는 멈추지 않았다. 중국인 거리에 들어서자 안도감이 들었다. 하지만 그는 멈추지 않았다. 사람들이 이상한 눈으로 그를 바라보았다.

다급하게 초인종을 누르면서도 그는 자꾸 뒤를 돌아보았다.

선교원 맞은편에는 중국 식료품을 파는 상점이 있었다. 어주인이 밖으로 나와 그를 바라보았다. 그녀를 바라보는 그의 낯빛도 벌겋게 상기되어 있었다. 그녀가 중국말과 히브리어로 무슨 말인가를 했다. 그는 괜찮다는 듯이 손을 내저었다. 한참만에 문이 열리고, 그는 마지막 힘을 다해 계단을 올랐다.

"저, 전쟁이 났어요. 빨리 피해야 해요."

선교원에 들어서자마자 그가 외쳤다. 점심을 준비하고 있던 사람들이 빤히 그를 쳐다보았다. 일요일은 난민들에게 점심을 나누어 주는 날이어서, 작은 교회 안은 부산했다. 교회는 두 개 층을 세내어 사용했는데, 아래층엔 예배당 겸 식당이, 위층에는 사람들이 묵는 숙소가 있었다. 예배당은 많은 사람이 둘러앉아 밥을 먹어야 했기 때문에 흔히 있는 교회 안의 장식 같은 것이 없었다. 오픈되어 있는 주방의 안쪽 예배당에는 긴 식탁과 의자가 놓여 있었고, 낮은 단상이 있는 벽 쪽에 십자가 하나가 덩그러니 걸려 있었다.

"이 집사, 도대체 어디를 다녀온 거요? 안 그래도 손이 모자라서 어려움이 많은데, 여기 관광하러 온 것도 아니고. 너무하는 거 아뇨?"

마음이 급한 와중에도 그는 자신을 꾸짖는 박 장로를 째려보았다. 눈을 흘기며 땀을 닦았다.

"아니 무슨 말이에요? 전쟁이라니?"

여자 집사들이 눈이 휘둥그레져서 그 주변으로 몰려들었다.

"방금, 한 남자가 총에 맞아 죽었다구요. 저기 의사당 앞 광장 있잖아요. 내 바로 앞에서 총에 맞았다니까. 경찰하고 군대가 시민들을 진압하기 위해 총을 쏘기 시작했다구요. 난리가 났어요. 여기까지 단 한 번도 쉬지 않고 달려왔다니까. 얼른 이 도시를 빠져나가야 해요."

그가 발을 동동 구르면서 고함을 쳤다. 사람들은 무슨 연극을 보는 양 그를 바라보기만 했다. 박 장로만 그의 말을 무시하고 하던 일, 닭을 기름에 튀겨내는 일을 했다.

"아니 그게 무슨 말이에요? 여기가, 무슨 80년 광주도 아니고. 군대가 시민들에게 총을 쏘다니."

"바로 앞에서 죽었다잖아요. 설마 이 집사가 거짓말을…… 왜, 하겠어요?"

"알아보긴 알아봐야 하는 거 아니에요?"

"김 목사님은 어디 가셨어요? 얼른, 알려야 할 텐데?"

"그렇다고 해도 먼저, 하던 일은 마저 합시다. 이제, 시간이 30분도 남지 않았어요. 곧 사람들이 물밀 듯이 몰려들 텐데, 얼른 음식을 장만해야지요."

박 장로가 뜰채로 기름에서 치킨을 건져내며 말했다. 사람들이 조용히 하던 일을 마무리 짓기 위해 주방으로 돌아갔다.

"이봐요. 박 장로. 여기서 다 총에 맞아 죽으면 당신이 책임질 거요?"

고함 때문에 사람들은 깜짝 놀라서 손을 멈추었다. 박 장로는 미동이 없었고 그를 쳐다보지도 않았다.

"당신, 어제 내가 한 일 때문에 아직도 심술이 나서 그러는 모양인데, 지금 그런 거 염두에 둘 때가 아니라니까. ……어서 이곳을 떠나야 한다니까."

"그보다 이게 더 중요해요. 이곳에 들를 대부분의 사람들은 아마도 사흘 만에 음식을 처음 먹는 걸 거요. 핵폭탄이 떨어졌다고 해도, 우리는 그들에게 음식을 대접해야만 해요. 여러분들 자, 어서 서둘러요."

박 장로가 불안한 마음에 미적대는 사람들을 채근했다. 하지만 이경섭이 벌인 소란에 사람들은 손을 부리면서도 불안한 마음을 완전히 떨칠 수는 없었다.

"아니, 그 이교도들에게 밥을 먹이는 게 그렇게 중요하다는 말이오? 우리 목숨보다 더? 그들은 더 굶어야 해. 고통받아야 한다는 말이오. 자기들이 믿고 있는 신이 허상이라는 것을 알아야 한다고. 그게 우리 주님이 바라는 일이란 말이야. 당신도 지금 사탄에 홀려 그러는 거야."

박 장로는 꿈쩍도 하지 않았고, 사람들은 그의 눈치를 보며 불안한 마음을 감추었다. 이경섭은 어쩔 수 없다는 듯, 위층으로 올라가 허겁지겁 짐을 꾸리기 시작했다. 김 목사가 아이들에게 나누어줄 쿠키를 가슴에 한가득 안고 예배당에 나타났다.

"난리가 났대요. 목사님."

신도들이 몰려나가 다급하게 그에게 소식을 알렸다. 턱수염을 멋지게 기른 김 목사가 그들을 바라보며 빙긋이 웃었다. 김 목사는 이제 막 칠순이 되었는데, 나이보다는 훨씬 젊고 생기 있었다. 가방을 둘러멘 이경섭이 내려오자, 작은 예배당은 다시 소란스러워졌다. 그는 고함을 지르고 발까지 굴러가며 자기가 보았던 상황을 과장되게 얘기했다.

"이 집사님, 진정하세요. 저도 오면서 속보를 들었는데, 한 노인이 신타그마 광장에서 권총으로 자살을 한 모양이에요. 긴축재정 때문에 많은 사람이 고통받고 있는 것, 아시지요?"

"아, 그런 거예요? 전쟁이 난 게 아니구요?"

사람들이 그럴 줄 알았다는 듯 안도하며 주방으로 흩어졌다.

"신타그마 광장으로 흥분한 시위대가 집결할 거라니까. 오늘은 밖에 돌아다니지 마시고, ……아셨지요?"

김 목사가 누구랄 것 없이 주방 쪽을 향해 말했다. 이경섭이 당황한 표정으로 슬그머니 메고 있던 가방을 내려놓았다. 주방에서 일하던 사람들이 그를 힐긋거렸다.

"참, 자살한 사람이 마지막으로 외친 말이 이렇다네요. '마지막 내 존엄을 지킬 수 있는 유일한 방법이다.' 참 안된 일이지만, 좀 멋지지 않아요? 그의 마지막 외침을 독일이 들어야 할 텐데."

김 목사가 마치 배우처럼 손짓을 하며 말했고, 히브리어로 다시 한 번 외쳤다.

"목사님, 자살은 어쨌든 씻을 수 없는 죄를 짓는 겁니다. 그렇게 미화하시면 안 돼요. 목사님은 자살한 사람이 지옥의 불구덩이에 떨어진다는 것을 모르고 하시는 말씀이세요?"

이경섭이 아직도 벌겋게 상기된 표정으로, 자신의 무안함을 씻어내고자 과장되게 말했다.

"아이고, 죄송합니다. 그렇지요, 죄고말고요. 제가 실수했습니다. 이 집사님이 용서를 하세요. 허허허허. 그나저나 우리 식구들, 오늘은 식사 시간이 짧을 테니 다른 날보다 조금 서둘러주세요."

2

수요일과 일요일 점심을 먹으러 오는 사람들 대부분은 아제르바이잔, 알바니아, 아프가니스탄 등지에서 탈출한 난민들이었다. 이들은 주로 이슬람교인이었는데, 이경섭은 선교원에서 그들을 돕는 이유를 알 수 없었다. 이경섭은 이곳에 있는 사람들이 믿는 신이 자기가 믿는 신과 같은지 의심스러웠다. 밥을 주었으면 개종을 유도하고 전도를 해야 할 텐데, 김 목사는 그런 것에는 별로 관심이 없어 보였기 때문이었다. 오히려 그들이 믿는 종교를 인정하고, 신앙생활을 독려하는 것처럼 느껴져 그리스에 선교체험을 온 이후 그는 불만이 많았다. 그의 종교관으로는 이교도들은 적이고, 사탄이기 때문이었다.

이경섭은 지난밤, 김 목사와 박 장로 몰래 일행 몇을 데리고 특별한 일을 하기 위해 선교원을 몰래 빠져나갔었다.

　"기도하는 중에 제게 계시가 있었어요. 저는 특별한 사명을 위해 이곳에 온 겁니다. 그분이 제게, 여러분들의 힘을 빌려주신 겁니다. 거부하는 이들은 분명 죽어서 지옥에 가게 될 겁니다. 여러분은 선택받은 자들이니 기뻐해야 해요."

　바쁜 걸음을 걸으면서 그는 쉬지 않고 말했다. 20여 분을 걸어 도착한 곳은 제우스 신전이었다. 이른바 이 세상 모든 것은 유일신의 것이라, 그는 제우스 신전에 '땅 밟기'라고 하는 쇠말뚝 박는 일을 하러 간 것이었다. 따라 나온 사람들은 남의 나라에 와서 귀중한 문화유산에 흠집을 내는 것이 마음에 걸렸지만, 그의 엄포에 어쩔 수 없었다.

　그들은 몰래 제우스 신전으로 들어가 남아 있는 여덟 개의 기둥이 하루 빨리 무너지게 해달라고 기도했다. 이경섭 무리는 손을 맞잡아 기둥을 둘러싸고 4천 년 동안이나 서 있는 우상의 기둥을 무너지게 해달라고 자기가 믿는 신께 애원했다. 각 여덟 개 기둥에 여덟 번의 기도를 마친 뒤, 준비해 간 쇠말뚝을 기둥 옆에 박기 시작했다. 막 첫번째 망치질을 하려던 찰나, 순찰 중이던 경찰에게 발각되어 그들은 경찰서로 끌려갔다. 다만 그들이 무슨 일을 하려 했는지 경찰이 알지 못한 게 다행이었다.

　한밤중 김 목사가 급하게 달려왔다. 김 목사는 10년 넘게 시

내 한복판에서 난민들에게 밥을 나누어 주고 있었기에 현지인들도 모르는 사람이 없었다. 경찰이 김 목사의 사정을 봐서 이경섭과 그 무리를 풀어주었다. 따라 나간 사람들은 창피함에 고개를 들지 못했지만, 이경섭은 떳떳했다. 진심으로 자기가 믿는 신이 자신의 몸을 통하여 시킨 일이라고 믿었기 때문이었다.

돌아오는 길에, 차 안에서 김 목사가 조용히 말을 꺼냈다.

"저기, 물론 기독교인들만이 고대의 찬란한 유물을 파괴한 것은 아니지만, 역사적으로도 우리 기독교인들은 이곳, 그리스의 모든 유물을 없애려고 시도한 적이 있었어요. 그들 모두가 우상이라는 생각에서였어요. 하지만 역사적 유물에 그러는 것은 어리석은 짓이에요."

이경섭은 생각이 달랐다. 성전 밖에 있는 모든 것은 우상이라고 믿었기에 김 목사가 하는 말을 건성으로 흘려버렸다. 오히려 마음먹었던 일을 시도했다는 생각에 가슴이 벅차올라, 뒤로 밀려나는 고대 도시의 풍경을 그저 흐뭇하게 바라보았다.

무료 급식이 시작되자 이경섭은 김 목사의 말을 무시하고 슬쩍 선교원을 빠져나왔다. 이교도들에게 무료 급식을 하는 것이 영 못마땅했고, 도와주고 싶은 마음도 없었다. 김 목사와 박 장로를 비롯해 같이 선교체험을 하러 온 신도들이 자기를 은근히 따돌린다고 생각했다.

어린아이, 노인을 포함해 백여 명이 넘는 난민들이 모여들었다. 점심 메뉴는 치킨과 빵이 전부였지만, 난민들은 먹을 수 있다는 것에 자신들의 신께 감사기도를 올렸다. 그리스가 국가 부도 사태에 직면하자 가장 먼저 큰 타격을 입은 계층은 난민을 비롯한 이민자들이었다. 그들은 소소한 일거리마저도 얻기 힘들어졌고, 끼니를 해결하는 일도 쉽지 않게 되었다.

예배당 안에는 히잡을 두른 여인들도 많았는데, 그는 마치 마귀와 마주한 것처럼 그들이 두려웠다. 슬쩍 선교원을 빠져나와 오모니아에서 신타그마로 이어지는 파네피스티뮤 거리를 터덜터덜 걸었다. 멀리서 군중들의 함성이 들려왔다. 그는 방향을 아크로폴리스 언덕 쪽으로 바꾸어 번화한 쇼핑 거리인 에르무 거리를 걸었다. 시위 때문인지, 오전에 있었던 사건 때문인지 거리는 다른 날보다 한산했다. 군데군데 이미 문을 닫은 식당과 상점도 꽤 있었다.

광장에 들어서자 보이지 않던 엄청난 사람들이 발 디딜 틈 없이 모여 있었다. 군중은 국회의사당을 마주 보고 모여 있었는데, 오전에 그가 한가로이 앉아 종소리를 들었던 계단에서 한 노인이 연설을 하고 있었다. 그 아래에서 오전에 누군가가 권총 자살을 했다는 것이 믿기지 않았다.

그는 군중과 섞이는 것이 싫었다. 그저 구경꾼이었으므로 사람들을 밀치며 앞으로, 앞으로 나아갔다. 목 좋은 곳에 자리를 잡고 앉아 사람들이나 구경할 요량이었다. 그는 기어이 맨 앞까지 간 다음, 광장이 한눈에 보이는 오른쪽 모서리, 트람 역 근처에 자리를 잡고 앉았다. 이로써 자신은 이 시위와 무관하고 구경꾼에 불과하다는 것이 증명이라도 된 것처럼 느껴져서 그제야 마음이 홀가분해졌다. 위에서 내려다보니 어마어마한 사람들이 모여 있었다. 그는 그렇게 모여 있는 사람들이 한심해 보였다. 그는 데모 같은 것을 해서 얻어지는 것은 아무것도 없다고 믿는 사람이었으니 당연했다. 그 옆으로 아프리카 출신 이민자 몇이 있었다. 눈이 마주치자 그들이 미소를 지었다. 그는 이내 고개를 돌렸다. 국가 부도 사태에 직면해서 구제 금융을 받는 처지라면 국민들이 모두 허리띠를 졸라매고 서로서로 희생해야 할 상황에 시위를 한다는 게 그는 전혀 이해가 되지 않았다. IMF 때 한국 사람들이 보여주었던 금 모으기 운동 같은 것을 알려주고 싶어서 입안이 간질간질했다. 새삼 고국이 자랑스러웠다.

시위 양상이 바뀐 것은 그가 막, 자리에서 일어난 후였다. 어디선가 복면을 두른 청년들이 광장 위, 국회의사당과 신타그마 광장 사이의 대로를 점거했다. 화염병을 들고 경찰과 대치했다.

맨 처음 곡선을 그리며 날아가는 화염병은 아름다웠다. 그러나 곧이어 군중이 동요하기 시작하며 웅성거렸다. 어디선가 숨어 있던 긴장감과 흥분이 온몸에 급속도로 퍼지는 것을 느꼈다. 곡선을 그리던 화염병이 떨어진 순간, 그가 느꼈던 감흥은 환상이었음을 알게 되었다. 화염병이 땅에 떨어지자 거대한 불기둥이 일었다. 그는 겁을 먹고 땅에 바짝 엎드렸다. 한국의 화염병과는 달랐다. 소주병의 거의 두 배 크기인 와인병이었고, 내용물도 폭발력을 보니 대부분이 시너인 것 같았다.

엄청난 군중이 한꺼번에 우왕좌왕 흩어지기 시작했다. 연이어 경찰이 군중들을 향해 최루탄을 쐈다. 코를 쏘는 매캐한 냄새가 순식간에 광장을 뒤덮었다. 스피커에선 다급한 목소리로 무엇인가를 알리고 있었다.

그도 군중을 따라 뛰기 시작했다. 집회 현장은 아수라장으로 변했다. 상점 주인들은 급하게 문을 닫았다. 뒤에서 최루탄을 쏘는 소리가 연이어 들려왔다. 오금이 저리기 시작했다. 선교원으로 돌아가려면 시위대가 경찰과 대치하고 있는 대로를 따라가거나 광장을 가로질러 에르무 거리로 가야 했지만, 그는 군중에 휩쓸려 반대쪽인 픽스 역 쪽으로 떠밀렸다. 대열에서 이탈하자 곧 그는 길을 잃었다. 시위대에 섞이는 것이 싫었던 그는 슬그머니 골목으로 빠졌는데, 그곳에서 한 무리의 청년들과 마주쳤다. 그는 겁이 나기 시작했다.

3

지난밤, 김 목사에게 들었던 얘기 때문에 그는 두려움이 밀려왔다. 자주 일어나는 일은 아니었지만 이민자들과 유색인종에 대한 테러가 종종 발생한다는 얘기도 떠올랐다. 그는 그리스 청년들에게 가진 것 모두를 빼앗겼다.

청년들에게서 풀려난 뒤에도 정신을 차리지 못했다. 방향감을 상실해서 오모니아 광장으로 돌아가려면 어느 쪽으로 가야 하는지 전혀 알 수 없었다. 시위 양상은 더욱 과격해지고 있었고, 거리를 배회하는 동양인은 그가 유일했다. 도심 전역을 헤매다가 선교원으로 돌아온 것은 어둑해질 무렵이었다.

돌아와 보니 선교원은 그 때문에 난리가 나 있었다.

"도대체, 당신 왜 그러는 거요? 이곳에 왜 왔느냔 말이오?"

안 그래도 온종일 뜻하지 않은 상황에 휘말려 고생고생은 다 했던 터라 눈물이 날 지경이었는데, 반기기는커녕 보자마자 혼을 내는 박 장로 때문에 쌓였던 분노가 치밀어 올랐다. 화를 내려는데 빙긋이 웃고 있는 김 목사와 눈이 마주쳤다.

"별일 없으셨어요?"

김 목사가 나긋하게 물었고, 그는 아무 말 못 하고 고개를 푹 숙였다.

"갑자기 시위대가 난동을 일으켜가지고……"

"시위대가 난동을? 설마."

"네, 돈도 없고, 차도 지하철도 다니지 않으니 걸을 수밖에 없었는데, 이곳으로 오는 길이 막혀서, 걷다 보니 길을 잃었는데, 어떤 청년들이 내 물건을 모두 빼앗고……"

그가 울먹이며 말하자, 모두 측은한 눈빛으로 그를 바라보았다.

"그러게 왜 이런 날 나가셔서는……"

사람들이 그래도 다행이라며, 그를 위로했다.

"아니, 이놈들이 데모를 과격하게 해도 정도가 있지. 화염병이 무슨 폭탄 터지듯이 터지더라니까."

사람들이 다독이자 그는 신이 나서 얘기를 과장하기 시작했다.

"아니, 지금 이 나라가 어떤 상황인데, 데모를 하냐 이 말이에요. 나라가 위기에 처했으면 서로 합심해서 이겨낼 궁리는 않고 데모는 무슨 데모야."

사람들은 그가 얘기하게 내버려두었다. 박 장로가 슬그머니 자리를 떴지만, 김 목사를 비롯한 나머지 신도들은 그 주변으로 자리를 잡고 앉았다.

"우리 기억 안 나요? 금 모으기 운동했던 거? 그때 세계가 얼마나 놀랐어. 자식들 돌반지, 결혼반지 할 거 없이 죄다 들고 나왔잖아. 그런 마음이 있어야 이런 국가의 고난을 뚫고 전진할 수 있는 거지, 데모한다고 해결되겠어? 아, 그리고 멀쩡한 은행은 왜 다 때려 부수고 말이야. 불을 지르고, 지랄발광들을. 아주 신이 났어, 정말. 숨어 있던 빨갱이들이 이때다 싶어 다 몰려나와서 선동하는 거라고."

"에이, 말이 심해요. 이 집사님. 여기 사정 잘 모르잖아요."

"뭘 몰라, 모르긴. 뻔하지."

"제가 보기에, 이곳은 한국하고는 다르죠. ……이들은 아는 겁니다. 후에는 돌이킬 수 없다는 것을 알고 있어요. 이 집사님이 우리가 시련을 극복했다고 하셨으니까 하는 말인데, 잘 돌아보면 정말, 극복한 거 맞을까요? 빈부 격차는 더 커졌고, 중산 계급들은 모조리 무너졌죠. 외국 자본이 민영화란 이름으로 국가 기간산업을 모두 먹어치웠죠. 이전으로 되돌리기 힘들다는 것을 알기 때문에 저들은 시위를 하는 거예요. 간단해요. 이제 의료, 교육에 마구잡이로 손대려 하니 막으려는 거예요. 금 모으기 운동? 그거는 국민들 상대로 국가와 미디어가 사기 친 거고요……"

"아니, 어떻게 목사님께서 금 모으기 운동을 사기 운운합니까?

그가 발끈하며 소리를 질렀다.

"목사님이 말하시는 논리, 그거 전부 다 빨갱이들이 하는 얘기라구요. 그런 논리에 현혹되면 주님이 절대로 용서하지 않으실 겁니다. 우리 교회에서도 그렇게 물든 사람들이 늘어나서, 걱정이 이만저만이 아니었어요. 담임목사님이 색출해서 교회에서 내쫓고 그랬다니까요. 그런데 어떻게 선교를 하신다는 분이 그런 생각을 하실 수 있는 겁니까. 목사님을 어떻게 믿고 교회를 다니겠습니까."

그가 벌떡 자리를 벅차고 일어나 나가버렸다. 사람들은 아무 말도 할 수 없었다. 김 목사도 무안해져서 그가 사라진 문을 멀뚱히 쳐다보았다. 몇몇은 일어나서 주방으로 들어갔다.

김 목사가 창가로 가서 밖을 내다보았다. 군데군데 켜진 홍등이 밤을 은은히 비추고 있었다. 이른 저녁부터 사창가를 서성이는 청년들이 보였다. 아테네에 온 지 10년이 넘었지만, 종종 실감이 나지 않는 것이 많았다. 그가 바라보고 있는 사창가도 3천 년의 세월을 견딘 것이라 했다. 이 거리를 지나쳐간 남자와 여자와 시간들이 너무 막막하게 느껴졌다. 고대의 시간으로부터 유일하게 변하지 않은, 신의 형상도 막막한 건 마찬가지였다.

"새벽에 북부로 떠날 테니까, 오늘은 일찍 잠자리에 드세요. 모두 수고하셨습니다. 꽤 추울 테니 따뜻한 옷들 많이 챙기시고요."

사람들은 사흘에 한 번 백 인분이 넘는 밥을 차려내느라 시내 관광도 변변히 하지 못한 터였다. 김 목사는 사람들을 데리고 중부에 있는 메테오라에 다녀올 생각이었다. 마지막 남은 일주일 동안의 일정이 이경섭 때문에 조금 걱정되었다.

소방차와 구급차의 사이렌 소리에 그는 화들짝 놀라 잠에서 깼다. 간헐적으로 멀리서 타다다닥, 콩 볶는 소리가 들려왔다. 그가 벌떡 일어나서 김 목사에게 달려갔다.

"설마, 지금 저 소리가 총소리는 아니겠죠?"

김 목사가 그를 뻔히 쳐다보았다.

4

그가 본 것은 방 안의 작은 창과, 창밖으로 내려앉은 어둠과, 그것을 밤새 환하게 비추던 눈이 전부였다.

그는 한새벽, 잠에서 깼다. 누군가 뒤에서 자기를 살포시 껴안고 있는 것을 느꼈기 때문이었다. 눈이 번쩍 뜨였다. 물론 그의 등 뒤에는 아무도 없었다. 자면서 느꼈던 포근한 온기는 사라졌다. 창밖이 훤했다. 그는 눈을 끔벅이며 작은 창을 오래도록 바라보다가, 일어나 앉았다. 밤새 추위에 뒤척이느라, 몸이 무거웠다. 천천히 일어나서 커튼을 젖혔다. 하얀 눈이 밤을 환하게 밝히고 있어 조금 당황했다. 밤새 내린 눈은 산의 형체를 감싸고, 그가 묵고 있는 로지를 품속에 안고 있었다. 등 뒤에서 자신을 포근히 안아주던 것이 세상을 덮고 있는 하얀 눈 같았다. 몽환적인 풍경에 자신이 아직도 잠 속에 있는 것 같았다. 시계를 보니 막 세 시가 되고 있었다. 그는 작은 창 앞에 서서 창밖을 바라보았다. 잠은 멀리 달아나버렸다. 하염없이 쏟아지는 가는 눈발을 바라보았다. 눈이 비처럼 내리고 있었다. 한국으로 돌아가기 나흘 전이었고, 그리스에 온 지 한 달 여가 지나고 있었다.

그가 갑자기 찬 바닥에 무릎을 꿇고 앉아 기도하기 시작했다. 너무 일찍 잠이 깬 탓에 달리 할 일이 없기도 했지만, 창밖에 그려진 신성함 가득한 풍경이 그를 경건하게 만들었다. 작은 소리로 중얼거리다가 이내 소리 내어 큰 소리로 기도했다. 고함치다시피, 그렇게 얘기하지 않으면 신께서 듣지 못할 거라는 듯, 눈 내리는 고요한 새벽을 뚫고 하늘에 닿을 듯, 그는 큰 소리로 기도했다.

고즈넉하던 창밖의 풍경이 그의 기도 소리에 깨어나는 듯했다. 몇 분 지나지 않아, 그가 몸을 비틀기 시작했다. 차디찬 바닥에 무릎을 꿇고 기도하는 일이 쉽지 않았다. 몸이 불편해지자 자기가 무엇을 위해 기도하고 있었는지 금세 까먹었다.

"아버지, ……우리 효은이, 아버지, ……등록금이 없어, 아버지, ……그리스의 상황이 어렵습니다."

딸 얘기로 시작해서 그리스 국가 부도 상황을 우려하는 기도로 흘러가고 있었다.

창밖의 풍경이 평온한 위안을 주는 것 같았지만, 실제로는 불안함이 커졌다. 사람은 자기 자신의 마음을 가장 잘 모르는 법이다. 그는 의미 없이 했던 말을 반복하고, 하던 말을 잊어버리곤, 두서없이 엉뚱한 말을 이었다.

아침이 오려면 아직도 먼 새벽이었다. 밤에 더 가까운 새벽이었다. 그가 신께 비는 기도는 갈피를 잡지 못하고 차디찬 바닥을 굴러다녔다. 그가 벌떡 일어났다가 중심을 잃고 휘영청도로 주저앉았다. 발이 저려 마음대로 움직일 수가 없었다. 타일이 깔려 있는 바닥은 얼음보다 더 차가웠다. 그가 겨우 침대 위로 올라가, 다시 무릎을 꿇었다. 그러는 동안에도 그는 무엇인지 알 수 없는 말들을 중얼중얼 쏟아냈다.

침대 위에서도 한기가 가시지 않았다. 마음을 잡고 집중해보려 했지만 추위 때문에 아무것도 생각할 수가 없었다. 한 번도 흔들림이 없었던 신앙에 균열이 생긴 것 같았다. 그렇지 않다는 듯 열심히 기도하고 싶었지만, 몰입을 할 수가 없었다. 자꾸 다른 생각이 났다. 추워서 몸이 벌벌 떨렸다. 그가 재빠르게 침낭 안으로 들어갔다. 누운 채로 눈을 감고 기도를 했다. 같은 말만 되풀이했다. 자신이 무슨 말을 하고 있는지 스스로도 알지 못했지만, 그는 멈추지 않았다. 곧, 그는 기도하는 것을 잊고 이런저런 생각에 빠졌다. 한국에 있는 가족 생각이 나자, 눈물이 조금 흘렀다. 하루라도 빨리 돌아가고 싶었다. 그러다 어느새 잠에 스르륵 빠져들었다.

잠에 막 빠져든 순간 따뜻한 온기가 다시 찾아왔다. 누군가 뒤에서 그를 꼭 껴안았다. 추위에 떨었던 터라 그는 그 느낌이 반가웠다. 그는 뒤에 있는 무엇에게 온전히 몸을 맡겼다. 포근한 느낌이 들었다. 등 뒤 그 무엇은 가만히 목을 끌어안았고, 스윽 그의 다리를 꼬아 움직이지 못하게 했다. 그는 옴짝달싹할 수 없었다. 점점 숨이 막혔다. 이젠 뒤에서 안고 있는 그 무엇을 떼어내고 싶었지만, 그는 손끝 하나 움직일 수 없었다. 한마디 어떤 말도 할 수 없었다. 두렵고 무서웠다. 현실에서의 강인한 그는 온데간데없고 잠 속에서의 나약한 그만이 남았다. 그가 겨우 더듬더듬 말을 뱉어냈다.

'사, 살려주세요. 푸, 풀어주면 시, 시키는 대로 다, 다 할게
요.'

신기하게도 마비된 몸이 풀리기 시작했다. 맨 먼저 발끝에
느낌이 오고, 무릎, 배, 손끝, 손목, 어깨, 목, 목소리가 서서히
가위에서 풀려났다.

이미 몸은 식은땀으로 흠뻑 젖어 있었다. 마음이 뒤숭숭했
다. 편치 않았다. 낭패였다. 수십 년간 믿어왔던 신에 대한 믿
음이, 자신의 신앙이 부족한 것만 같았다. 신을 제외한 다른
영적인 존재가 실재하는 것 같아 두려웠다.

무엇인지 모르는 정체불명의 그 무엇, 뒤에서 자기의 몸을
조르고 있던 그 무엇에게 살려달라고 애원하며, 풀어주기만 하
면 무슨 일이든지 하겠다고 말한 것이 생경하게 떠올랐다. 떠
오른 생생한 기억은 보이지 않는 존재가 보내는 메시지 같았
다. 기억을 지배하는 어떤 존재가 있다고 생각하니 두려웠다.

그가 빙, 방 안을 둘러보았다. 등골이 오싹해졌다. 그의 믿
음은 오직 신에게로만 향하는 것이었기에, 두려웠다. 그는 신
께 죄스러웠다.

그에게는 신을 제외한 모든 영적인 존재는 귀신이거나 마
귀였다. 두려움과 불안함은 다시 잠을 멀리 물러나게 했다.
그는 침낭 안에 누워서 창밖으로 쏟아지는 가는 눈을 멀뚱멀
뚱 쳐다보았다.

겨울에 그리스를 여행하는 것은 그리 낭만적인 일이 아니었다. 한국에서 상상했던 것과는 딴판이었다. 장렬한 지중해의 태양을 맘껏 안으리라 고대했건만, 볕은 잠깐 얼굴을 내밀었다가 금세 사라져버리곤 했다. 일주일에 나흘은 비가 왔다. 사흘 정도는 비가 오지 않았지만 대개 흐리거나 잠깐 해가 났다. 한국보다 분명 따뜻한 날씨였지만, 체감은 훨씬 추웠다. 뼛속까지 추위가 밀려들어오는 것만 같았다. 한국에서 가져온 옷은 대부분 여름옷이나 긴팔 셔츠뿐이어서 그는 여름옷을 여러 겹 껴입어야만 했다. 한국의 따뜻한 온돌이 가장 그리웠다. 고작 한 달이었지만, 한국을 떠나온 날이 아주 먼 과거처럼 까마득했다.

그리스에서의 지난 한 달여가 아주 오래전의 일처럼 아련하기만 했다. 그는 이번 선교체험을 오기 위해 2년간 적금을 넣었다. 빠듯한 형편이었지만, 올해에는 기필코 선교체험을 하러 가리라 마음먹었던 터였다. 가족들의 반대에도 불구하고 그는 홀로 짐을 꾸렸다. 무엇보다 딸애의 부탁을 뿌리치고 온 것이 마음에 걸려 그는 그리스에 온 뒤 내내 불편한 마음이었다.

"아빠, 이번 학기만 등록하고, 내가 아르바이트해서 내년에 그리스 보내줄게."

문제가 터진 건, 그가 가족들 몰래 선교체험을 하기 위해 2년간 적금을 부은 것이 들통 나고부터였다.

"안 돼. 이건 신이 내게 준 사명이야. 힘들겠지만, 효은이 너도 받아들여야 한다."

딸아이와는 대학에 입학할 때 한 번만 등록금을 내주기로 약속했었다. 그는 약속한 대로 입학금을 내준 뒤로는 등록금을 주지 않았다. 효은은 한 학기를 다니다가 방학 동안 등록금을 다 채우지 못하면 다음 학기는 휴학하기를 반복하고 있었다.

"무슨 아빠가 그래. 정말, 너무해. 학기 내내, 방학 내내 아무리 아르바이트를 해도, 등록금을 벌 수 없다는 거 알면서……"

효은이 분해하며 말을 잇지 못했다. 그녀의 말은 사실이었다. 학기 중에도, 방학에도 효은은 쉬지 않고 아르바이트를 했으나, 한 학기 등록금을 버는 데 역부족이었다.

"하늘에서 시키신 일이야. 아빠가 새벽에 기도하는 중에 계시가 있었다니까. 기억나지? 기도하는 중에 큰 돌기둥들이 와르르 무너지는 형상을 봤던 거? 효은이는 아직 어리니까, 한 학기 쉬면서 아르바이트도 하고, 재충전하는 기회로 삼으면, 좋을 거야. 아빠는 이번에 꼭 가야 해. 하나님이 그렇게 하라고 시키셨어."

"같이 입학한 친구들은 벌써 3학년이야, 아빠. 휴학을 벌써 두 번이나 했잖아. 다른 친구들 5학기가 지나는 동안 나는 2학기밖에 다니지 못한 거라구."

"그건, 이전에 아빠하고 약속했었잖아. 등록금은 스스로 벌어 다니는 조건으로 대학에 가겠다고, 말이야. 벌써 잊었어?"

"아니, 현실이 그렇지 못하잖아. 돈이 없는 것도 아니고. ……정말, 이상하잖아. 그렇지 않고서야, 어떻게 딸 등록금 내는 게 중요하지. 그분은 아빠보고 여행을 하라고 할 수 있어? 그냥, 아빠가 여행 가고 싶다고 해. 왜 그분을 팔아?"

동시에 효은의 고개가 돌아갔다. 그는 자신도 모르게 딸아이의 뺨을 때리고서는 움찔했다.

"위에서 다 보고 계셔. 말 함부로 하면 안 된다. ……여행가는 게 아니야. 선교하러 가는 거라니까."

5

메테오라의 새벽은 더디게 흘러갔다. 그는 멀뚱멀뚱 창밖을 보며 아침이 오기를 기다렸다. 사람들이 일어나면 또다시 한 소리할 게 분명했다. 굳이 깊은 산속의 로지에 숙소를 잡자고 우긴 것은 그였기 때문이었다.

"여기까지 눈을 보러 온 것이 아니잖아요. 언제 다시 올지도 모르는데."

운전대를 잡고 있는 김 목사가 망설였다. 많은 눈이 내린 것은 아니었지만 도로는 충분히 미끄러웠다. 거기에다 굴곡이 꽤 있는 산길이어서 그는 어떡해야 할지 잘 판단이 서지 않았다. 이경섭의 말대로 마음먹고 구경시켜줄 요량으로 반나절을 달려왔는데, 아쉬운 마음이 들었다. 그가 천천히 엑셀을 밟았다. 박 장로가 차가 움직이자 하려던 말을 참았다. 그러나 한 굽이를 넘고서는 차를 세울 수밖에 없었다.

"이 집사님, 아무래도 내일 다시 오든지 해야 할 것 같아요. 들어가는 거야 어떨지 모르겠는데, 나오는 게 쉽지 않겠어요. 저 고개를 넘으면 내리막길이 한참인데, 아무래도 돌아올 때 힘들 것 같아요."

"뭐, 이 정도 눈을 가지고 그러세요. 한국에서의 겨울을 생각해봐요. 눈이 20센티가 쌓여도 문제없잖아요."

"이 집사, 그만하고 돌아가서 숙소나 잡읍시다. 멀리서 눈 오는 풍광을 보는 것도 운치 있잖아요."

박 장로가 전에 없이 타이르는 말투로 그에게 말했다. 일행은 이경섭을 겨우 설득해서 산에서 내려왔다. 메테오라에서 수 킬로미터 떨어진 시내에 방을 구했다. 그러자 또 이경섭이 불평을 늘어놓기 시작했다.

"여기에서 자는 것은 아무런 의미가 없잖아요. 차라리 아테네 시내가 훨 낫구만. 이런 촌구석에 올 이유가 없다니까요. 차라리 지금이라도 아테네로 돌아갑시다."

일행 모두는 이경섭이 사사건건 억지를 부리는 통에 난감했다. 이번에도 그를 달래기 위해서 산속 깊은 곳에 있는 로지를 찾아가야만 했다. 로지까지 올라오는 길이 만만치 않아서 눈이 쌓이기라도 한다면 꼼짝 못하고 산에 갇힐 것이 뻔했지만,

일행 모두는 고집부리는 이경섭을 어떻게 해볼 도리가 없었다. 그나마 눈발이 가늘어졌고, 막상 올라와 보니 생각했던 것보다 훨씬 더 근사한 풍경이 자리하고 있어서 다행이었다. 아름다운 풍경 안에서 사람들은 모처럼 마음을 놓고 여유를 즐겼다. 이경섭은 이 모든 게 자기 덕이라며 우쭐해했다.

저녁을 먹으며 김 목사가 모두에게 와인을 권했다. 사람들은 서로의 눈치를 보면 술잔을 드는 것을 꺼렸다. 교회에 다니는 대부분은 술을 먹거나 담배를 피우는 것을 죄나 허물로 받아들이곤 했기 때문이었다. 수십 년간 독실한 신자였던 이경섭은 술이란 것을 마셔본 적도 없는 사람이었다. 술을 마시고 담배를 피운다는 것은 신앙이 없다는 것을 드러내는 거라고 믿었다. 그래서 와인을 권하는 김 목사가 정말 이상한 사람처럼 보였다.

"아니, 목사님이 술을 권하면 어쩌자는 겁니까."

김 목사는 박 장로의 잔에 와인을 따르고 있었다. 두 사람이 동시에 이경섭을 쳐다보았다

"아니, 목사가 이런 성스러운 곳에 와서 술판을 벌인다는 게 말이 되는 거요?"

"아이 참, 이 집사님 말이 너무 심하시네."

사람들이 흥분한 이경섭을 말렸다.

"허허허허, 술판도 하나님 보시기에 따라 흐뭇하게 바라보실 수도 있겠지요. 허허, 이건 예수님이 즐기시던 포도주예요.

성경에는 술에 취해 벌어지는 일에 대한 추태를 경고하고 있지, 술 자체에 대한 부정은 없어요. 오히려 미화하고 있지요."

"우리 담임목사님께서 금주와 금욕이 신앙생활의 가장 중요한 계명이라고 강조하는데요. 이 일은……"

일행 모두가 무안함을 줄이려고 받아든 와인을 단번에 마셨는데, 이경섭은 끝내 와인을 거부했다. 저녁 식사 분위기는 다시 어색해졌고, 예상보다는 빨리 모두 잠자리에 들었다. 그가 새벽에 일찍 깨어 아침을 기다리는 고통을 맛보는 이유였다.

상처로 얼룩진 기억은 불현듯 솟아났다. 그런 기억은 자신의 내면이 끊임없이 거부하기 때문에 뭔가 떠올랐다고 하더라도 그것이 자기에게 실재했었는지조차 기억하지 못하는 경우가 많았다. 그가 어린 시절부터 신에게 매달려 삶 전체를 내맡긴 데는 그럴 만한 이유가 있었을 것이다. 때로 그것을 운명이라고 믿기도 했을 것이다. 그러나 그는 그 처음이 기억나질 않았다.

어둠이 무서워, 아니 어둠 속 어딘가에 웅크리고 앉아 자기를 지켜보고 있을지 모를 영적인 존재가 무서워 그는 잠들지 못했다. 졸린 눈을 비비며 창밖을 바라보았다. 곰곰 생각에 잠겼다. 교회에 나가게 된 연유가 기억나지 않았다. 신과 대면하게 된 맨 처음이 떠오르지 않았다. 가족 모두를 잃고 번번이 고아라는 환경 때문에 좌절해야만 했던 순간들이 생각나지 않았다. 그가 겪었던 쓰리고 아픈 과거는 신에 대한 믿음 안에 모두 함몰되었다.

몇십 년 만에 처음 겪는 의심과 의문으로 점철된 최초의 새 벽이 아주 더디게 흘렀다. 그가 자리를 털고 일어났다. 신에 대한 의심은 자신의 존재 자체를 부정하는 것만큼 고통스러운 일이었다. 그는 어둠 속에 깃든 그 무엇을 물리치고 싶었다. 그는 자리를 털고 일어나 옷을 입었다. 여러 겹의 옷을 껴입었지만, 한기는 뼛속 깊숙이 자리를 잡은 것처럼 몸속에서부터 올라왔다. 그는 몸을 덜덜 떨며 아래층으로 내려갔다. 내려가 보니 벽난로 앞에 박 장로가 앉아 있었다. 그는 멈칫했다. 박 장로가 그를 돌아보더니 큼지막한 장작을 난로에 던져 넣었다. 타닥타닥 소리를 내며 불꽃이 일었다. 그는 박 장로의 눈치를 보며 난롯가에 자리를 잡고 앉았다.

"꽤 추웠지요?"

박 장로가 말을 건네자 그는 고개만 끄덕였다. 박 장로가 근심스러운 눈으로 창밖을 바라보았다. 이경섭은 손을 비비며 불을 쬐었다.

"눈이 제법 많이 내렸더라구요."

그는 빈정이 상하고 말았는데, 꼭 자기를 나무라는 것처럼 들렸기 때문이었다. 그는 이번에도 대답하지 않고 고개만 끄덕였다.

"더 주무시지 왜 이렇게 일찍 일어나셨어요."

타닥타닥 장작 타는 소리가 둘 사이를 갈랐다.

"하루 더 있어야 할 것 같아요. 장비도 없이 눈길을 내려갈 수 있을지 모르겠어요. 오히려 잘 됐다는 생각이 듭니다. 뭔가를 포기하면 항상 하나님이 채워주시는 게 있는 것 같아요. 운치 넘치고, 여유로움이 생기네요. 이런 경험을 언제 또 해보겠어요."

박 장로가 하는 말이 진심인 것 같아, 그의 마음이 좀 누그러졌지만, 말을 받지는 않았다. 한 달여 쌓인 앙금이 말 한마디에 누그러질 리가 없었다. 박 장로는 그보다 네댓 살 아래였는데, 삼대째 기독교 집안이라고 했다. 집안에 목사도 여러 명 있는 모양이었다. 그는 처음부터 그것이 좀 샘이 났다. 이경섭은 신앙에 맹목적이고 열성적이었지만 박 장로는 덤덤하고 평온했다. 이경섭의 눈에는 믿음이나 신앙이 있는 것인지 의심스러우리만치 그는 조용조용했다. 그는 또 그것이 마음에 들지 않았다.

불 앞에 있으니 금방 몸이 풀렸고, 졸음이 몰려왔다. 그는 양탄자 위에 비스듬히 누워 불꽃을 바라보다, 곧 잠에 떨어졌다.

아침이 되자 문제가 확연히 드러났다. 눈은 발목 높이까지 쌓여 있었다. 로지 숙소 주인이 제설차가 도로를 정비하려면 한나절은 걸린다고 말했다.

"하나님께서 우리보고 하루 더 있으라고 하는 모양입니다."

김 목사가 환하게 웃으며 말했고, 일행들도 싫지 않은 기색이었다. 이경섭만 조금 무안해서 멋쩍게 서 있었다.

"이 집사님 덕분에 너무 좋은 풍경을 보게 되어 기쁩니다."

일행들이 웃으며 그를 돌아보았지만, 그는 딴청이었다. 사람들이 다행히 싫지 않은 눈치여서 그는 조금 안도했다. 일행은 하루 종일 각자 알아서 빈둥거리기로 의견을 모았다.

아침을 먹은 후, 몇몇은 난롯가에 모여 차를 마시며 수다를 떨었다. 이경섭은 오전 내내 참을 수 없는 지루함을 느꼈다. 아무하고도 어울리지 않았기 때문이기도 했고, 지난 새벽 이후로 신에 대한 경이로움이 반감되었기 때문이기도 했다.

김 목사와 박 장로는 제설차를 부르러 아랫마을에 내려가고 없었다. 제설차가 오후에 도착한다는 로지 숙소 주인의 말을 듣고 사정이라도 해보려 마을로 내려간 것이었다. 하루를 더 묵기로 했지만, 김 목사는 속으로 걱정이 많았다. 이민자들을 위한 식사를 준비할 시간이 하루밖에 없었기 때문이었다. 어떻게든 아테네로 돌아가야만 했다. 백여 명의 식사를 준비하는 것도 큰일이지만, 음식을 준비하지 못해 그들을 굶긴다는 것은 건사할 수 없는 공포였다. 김 목사는 난민들에게 수요일과 일요일, 일주일에 두 번 하는 무료 급식을 단 한 번도 빼먹은 적이 없었다. 수요일 급식이 사정상 쉬게 된다면 난민 대부분은 다음 급식이 있는 일요일까지 굶을 것이었다. 그가 서두를 수밖에 없는 이유였다.

6

　길은 절벽 위에 있는 수도원으로 뻗어 있었다. 일행들의 만
류에도 이경섭이 로지를 나섰다. 신도 몇이 수도원으로 오르
는 길이 시작되는 곳까지 따라 나와 그를 붙잡았다.
　"아휴, 괜찮다니까. 보세요, 벌써, 수도사들이 눈을 치웠잖
아요."
　그의 말대로 수도원 가는 작은 오르막길은 누군가 눈을 치
운 흔적이 있었다.
　"그래도 곧 점심 먹고 이곳을 떠나야 할지도 모르는데, 이
집사, 그냥 좀 계시면 안 돼요?"
　"아니, 여기까지 와서 메테오라 수도원을 못 보고 가는 게
말이 안 되잖아요. 눈도 그쳤고, 눈도 치웠으니, 금방 다녀올
게요. 한두 시간이면 된다니까."
　"사람, 참. 한 달 동안이나 참았는데, 당신, 정말 해도 너무
하잖소."
　수원에서 정육점을 한다는 곽 집사가 버럭 소리를 질렀다.
이경섭은 이것은 또 무슨 봉변인가 싶어서 어이가 없었다.
　"그게 무슨 소리요? 내가 뭘 어쨌다고?"
　"아니, 사사건건 반대로만 말하고, 행동하고, 이상한 짓
도⋯⋯"

"이상한 짓?"

사람들이 멋쩍게 이경섭의 눈치를 보았다.

"지금…… 또 말뚝 박으러 가는 거잖아요. 아니, 그리스 정
교까지 이단으로 받아들인다는 것은 너무한 일 아니냐구요."

곽 집사가 이경섭이 메고 있는 가방에 불쑥 튀어나와 있는
쇠말뚝을 슬쩍 쳐다보았다.

"이건 내가 하는 일이 아니래두. 다, 그분이 시키신 일이니,
사람의 말로 나를 막지 마시오."

그가 말하더니 냉정하게 돌아서 성큼성큼 멀어져갔다. 곽
집사를 비롯한 신도들이 그의 뒷모습을 걱정스러운 눈빛으로
지켜보았다.

그가 조심조심 산에 올랐다. '메테오라'는 '공중에 떠 있다'
라는 뜻인데, 바위 기둥 꼭대기에 위태롭게 수도원이 자리 잡
고 있었다. 수직으로 우뚝 솟은 바위 기둥 꼭대기나 절벽 옆에
붙어 있는 수도원들은 경이로움 자체였다. 과거에는 사람이든
물건이든 밧줄과 도르래를 이용해야만 올라갈 수 있었던 곳인
데, 지금은 나선형 돌계단이 만들어져 있었다.

눈은 계단 밑까지만 치워져 있었다. 계단에는 밤새 내린 눈
이 그대로 쌓여 있었는데, 그는 계단 앞에 서서 잠시 망설였
다. 로지로 다시 돌아갈까 고민했지만, 버럭 화까지 내고 말리
는 손을 뿌리치고 나왔던 참이라 내키지 않았다. 그가 수도원
이 있는 돌기둥 끝을 올려다보았다. 5백여 미터는 족히 돼 보

이는 돌기둥이 수직으로 솟아 있어, 수도원은 바로 밑에서는 보이지 않았다. 그가 계단 앞에 서서 큰 소리로 기도를 하기 시작했다.

"아버지, 제가, 지금, 아버지가 이르신 일을 행하려 계단 앞에 섰습니다."

그가 거기까지 얘기하더니 잠시 숨을 골랐다. 지난 새벽, 가위에 눌려 귀신에게 목숨을 구걸했던 일이 떠올랐다. 죄스러운 마음이 들어, 그는 말을 잇기 힘들었다.

"어려움에 있으니, 신께서 저를 사랑하신다면…… 제가 하려는 일이 당신이 시키신 일이 맞다면…… 그날, 기도 중에 보았던 형상이……"

그가 잠시 위를 올려다보며 숨을 골랐다.

"……믿고 오르겠습니다."

그가 성큼성큼 눈 쌓인 돌계단을 오르기 시작했다. 바닥이 미끄럽긴 했지만, 생각했던 것보다 수월했다. 가파른 경사에는 손잡이와 밧줄이 놓여 있어서 그것을 의지해서 올랐다. 그는 쉬지 않았고, 뒤돌아보지 않았고 한 걸음 한 걸음 신중하게 발걸음을 옮겼다.

김 목사와 박 장로가 제설차를 타고 로지로 돌아왔다. 그러나 절벽 위 수도원에 이경섭이 올라갔다는 말을 듣고서는 망연자실했다. 김 목사가 불길한 듯 조용히 기도를 했다. 기다리는 수밖에 없었다.

"아무 일 없을 테니, 조용히 기도하며 기다려보지요."

김 목사가 차분하게 말했다. 위험해서 데리러 갈 수도 없는 노릇이었다. 그가 돌아오길 기다리는 것 말고는 할 수 있는 일이 없었다.

"그게 문제가 아니고 올라간다고 해도, 내려와야 할 일이 만만치 않을 텐데요. 그보다 그가 올라간 수도원은 이미 문을 닫은 곳이라 안에 들어갈 수 없는 곳이랍니다. 숙소 주인에게 물었더니 그곳에 왜 갔냐고 화까지 내더라구요."

"오르다 보면 생각이 달라질 거예요. 아무런 장비 없이 절벽을 오른다는 게 쉬운 일이 아니니까. 포기하고 돌아올 겁니다. 우리는 조용히 기도하면서 기다려봅시다."

그를 말리지 못해서 자책하는 신도들을 박 장로가 위로했다.

30여 년 전, 5월 어느 날, 집으로 돌아오는 길, 그는 뒤돌아보지 않고 뛰고 또 뛰었다. 그는 군인이 무서워서, 군인이 한 말이 무서워서 돌아볼 엄두가 나지 않았다.

여동생 손을 잡고 시내에 나온 것이 잘못이었다. 단지 탱크를 구경하러 간 것뿐이었다. 시내에 군인들이 탱크를 몰고 진입했다는 소문을 듣고 그와 여동생은 시내 구경을 나갔다. 탱크를 보기 위해서였다. 여동생에게 탱크를 구경시켜주기 위해서 시내로 향했다.

처음에는 그것이 총소리인지 알지 못했다. 타닥, 타다다닥.

콩 볶는 소리가 하늘 저편에서 들려올 때마다 그는 실감이 나지 않았다. 그가 열넷이었고, 여동생이 열둘이었다. 자꾸 뒤로 처지는 여동생이 악착같이 따라붙으며 그의 손을 붙잡고 늘어졌다.

"오빠, 무섭당께. 그냥, 돌아가는 거시, 나을까 싶당께. 탱크, 안 봐도 되어."

"그럼, 너 혼자, 가랑께로. 내 후다닥, 댕기 올팅게."

그가 여동생의 손을 뿌리치며 앞장서면, 여동생은 집으로 돌아가자며 그를 붙잡아 끌었다.

그가 여동생의 만류에도 굳이 도청에 가야 했던 이유는 친구와의 약속 때문이었다. 중학교에 입학해서 만난 단짝 효인이를 그곳에서 만나기로 했었다. 시민들이 연일 도청 앞 광장으로 모였는데, 큰 볼거리를 놓치지 않기 위해 어린 이경섭은 친구와 약속을 했다. 군인들이 물러가고 시민들이 도청을 점령했다는 소문이 돌았다. 도청 앞마당에서 큰 잔치를 연다는 말을 듣고 시내로 구경을 가는 중이었다. 해가 뉘엿뉘엿 넘어가며, 봄빛을 토해내고 있었다.

도청을 향해 가는 길, 어디선가 땅을 흔드는 굉음이 가까워졌다. 그는 걸음을 멈추고 한참 뒤처진 여동생을 기다렸다. 아주 작은 여동생 뒤로 거대한 괴물이 줄지어 몰려오고 있었다. 그는 오금이 저리고 다리가 후들거렸다. 여동생은 두 손으로 귀를 가리고 멈추어 섰다. 그게 마지막이었다. 순식간에 일어난 일이었다. 집채만 한 거대한 탱크가 여동생 뒤에 아가리를 벌리고 달려드는 것 같았다. 여동생은 눈 깜짝할 새 사라져버렸다. 그는 탱크가 자기 여동생을 집어삼키는 모습을 보았지만, 믿을 수 없었다. 사타구니에 뜨듯한 오줌이 번져 흘렀다. 그는 뛰기 시작했다. 멀리 돌아서 집으로 오는 길을, 그는 심장이 터질 것 같았지만 한 번도 멈추지 않았다.

"오째, 니 혼자 오간디."

"그게, 글씨, 광은이가, 도청에 갔는디, 없어져버렸당게요."

그는 자기가 본 것을 사실대로 말하지 않았다. 죽음을 죽음으로 받아들이기에 아직 어린 아이였다. 그는 혼날까 봐 두려웠고, 여동생이 죽은 게 사실일까 봐 두려워서 엄마에게 거짓말을 했다.

"뭔 소리여, 그게, 시방. 광은이 없어졌단 말여, 시방?"

"가지 말라고 말렸었능디, 뿌리치고, 땡크를 따라갔당게요."

"오메, 어쩔 거시여. 큰일 나부렀네. 갸가, 집 오는 길은 대충은 알 거시어도, 시내가 아수라장이란디, 오메, 오메."

엄마가 발을 동동 굴렸다. 그는 사실대로 말할 용기가 나지 않았다. 슬픔을 주체 못할 엄마가 두려웠다. 엄마의 통곡이 고통스러웠고, 아버지의 낮은 울음이 무서웠다. 그는 사실대로 말하지 못했다.

"자세히 좀 말해보랑께. 어디서, 손을 놔뿌렸냐잉?"

"긍게, 시내, 다 가서요. 거기 삼거리……"

"아니, 손모가지를 꽉 붙들고 있었어야지이!"

그는 대충 얼버무리며 수돗가에 앉아 울기 시작했다. 여동생이 죽은 것에 자책감이 들어서도 아니었고, 슬퍼서도 아니었다. 그런 슬픔을 느낄 겨를조차 없었다. 그는 여동생이 죽었다는 것을 사실대로 말해야 했으나, 용기가 없었다.

엄마와 아버지가 허겁지겁 나갈 채비를 하는 동안에도 그는 수돗가에 앉아 울기만 했다. 엄마와 아버지가 여동생을 찾으러 나가는 것을 보면서도 그는 사실을 말하지 못하고 가만히 있었다. 그게 마지막이었다. 엄마와 아빠는 그날 그렇게 죽은 여동생을 찾으러 나가서 돌아오지 않았다.

한 시간여 만에 그는 거의 수도원에 다다를 수 있었다. 난간을 부여잡고 가까스로 계단 끝까지 오를 수 있었다. 그는 숨을 고르며 자신이 돌아온 길을 내려다보았다. 수직으로 몇백 미터씩 솟아 있는 돌기둥과 기암절벽이 장관이었다. 계곡과 계곡 사이로 천천히 안개가 퍼졌다. 신이 사는 풍경을 보고 있는 듯 경이로웠다. 올라온 계단은 절벽에 기까웠다. 올라온 길을 내려다보니 어떻게 내려가야 할지 난감했다. 아니, 그것은 불가능한 일처럼 느껴졌다.

겁이 나기 시작했지만, 나중에 고민하기로 했다. 고지가 바로 눈앞이었다. 어떻게든 올라왔으니, 어떻게든 내려갈 수 있을 거라 믿었다. 여기까지 왔으니 수도원에 올라야 하는 게 당연한 것이었다. 그에겐 가장 든든한 백, 자신이 믿는 신이 있었다.

바로 머리 위에 수도원이 있었다. 계단은 끝이 나고 절벽에 완만한 경사의 오르막이 계속되었다. 그는 씩씩하게 발걸음을 떼었다. 난간이 없어서 미끄러지기라도 한다면 그대로 수백 미터 낭떠러지로 떨어질 것이 뻔했다. 등에서 식은땀이 흘러내렸다. 그는 조심조심 발에 힘을 주었다. 계단을 오를 때와는 달리 보지 않으려 해도 절벽 밑 어마어마한 풍광이 눈에 들어왔다. 이제 그는 자기가 왜 수도원에 오르려 했는지, 그래야만 했는지 알지 못했다. 그럴 겨를이 없었고, 그것은 중요한 것이 아니었다. 어떻게 돌아갈 것인지는 애초에 생각조차 해본 적이 없었다. 왔던 길로 되돌아가는 것, 그것이 전부였다. 하지만 내려오지 못할 산은 오르지 말아야 한다는 것을 그는 알지 못했다. 그것을 깨달았을 때에는 정말이지, 너무 늦은 후였다. 완만하게 계속되던 오르막이 평평해지며 폭이 좁아졌다. 절벽에 바짝 붙어야 겨우 한 사람이 지나갈 수 있을 정도였다. 절벽을 내려다보며 옆으로 걸었다. 그는 볼록 튀어나온 바위를 가까스로 넘어갔다. 그러나 다시 또 거대한 바위가 길을 가로막았다. 눈이 내리지 않았다면 간신히 바위를 딛고 건너갈 수 있는 정도였지만, 울퉁불퉁한 바위 때문에 아예 발 디딜 곳이 없었고, 바위 너머 상황이 어떤지 보이지도 않았다. 그는 그때서야 돌아가려고 벽을 등지고 돌아섰다. 천 길 낭떠러지가 눈에 들어왔다. 그 깊이가 눈에 들어오지도 않았다. 거대한 홀, 마치 시커먼 심연을 바라보고 선 것 같았다. 그가 슬금슬금 옆으로 걸음을 옮겨보았지만, 왔던 길도 상황은 마찬가지였다. 아니, 더 좋지 않았다. 바위가 그가 있는 쪽으로 치우쳐 있고 경사도 심해서 아예 넘어갈 수조차 없었다.

돌계단을 오른 지 두 시간여 그는 옴짝달싹 못하게 되었다. 그는 앞으로 나아가지도 돌아오지도 못한 채 절벽 위에 서 있었다. 바위와 바위 사이에 갇혀 오도 가도 못하는 신세였다. 그가 할 수 있는 일이라곤 구름을 몰고 오는 바람에게 살려달라 외치는 일뿐이었다.

"도대체, 저한테 왜, 이러시는 겁니까? ……왜? ……왜? 제가 무얼 잘못했다고 이러는 겁니까?"

그가 흐느끼며 외쳤다. 공허한 메아리조차 돌아오지 않았다. 뿌연 안개가 계곡에 삽시간에 퍼졌다. 저 멀리서 구름이 몰려오고 있었다. 곧, 다시 눈을 몰고 올 게 뻔했다.

"살려주세요. 제발, 살려주세요."

내상이 없있다. 그가 믿는 신에게 그러는 것인지, 같이 온 일행을 부르는 것인지, 몰려온 구름은 알 리 없었다.

'한 박자 쉬고', 그 시간의 대화

우찬제

1. 자기 세대를 위한 '구리거울' 닦기

다시, 백가흠 소설 앞에 선 당신은 자연스레 강렬했던 초기 백가흠 소설의 풍경을 떠올린다. 가령 『귀뚜라미가 온다』(2005), 『조대리의 트렁크』(2007) 시절, 그의 소설을 읽으며 당신은 늘 서늘하게 전율했다. 어쩌면 아무 일도 일어나지 않을 것 같은, 어제 같은 오늘, 오늘 같은 내일이 지루하게 반복되는 일상을 날카롭게 해부하여 거친 폭력성의 심연으로 데려가고, 거기서 인간 존재와 '문명의 환상통'을 이야기하는, 무슨 일이든 일어날 수 있겠다는 이 다부진 진실 탐문 작업을, 오로지 자신만의 스타일로 보여주었던 백가흠을 당신은 기억한다. 그의 소설을 읽는 것은 불편한 진실에 가닿는 고통스런

일이기도 했다. 가능하면 마주하고 싶지 않거나 외면하고 싶
은 모습들을 속절없이 경험해야 했기 때문이다. 저간의 사람
들이 문명이란 이름으로 짐짓 가려두고자 했던 폭력성이나 악
성의 풍경들을 날것으로 마주쳐야 했을 때 당신은 종종 손사
래를 치곤했다. 가령 가학적 도착 상태에서 늙은 노모를 사정
없이 구타하는 패악한 아들의 이야기(「귀뚜라미가 온다」), 아
이를 방치하여 죽게 하는 철부지 어미나 아이를 돈으로 사려
하는 한심한 여성의 이야기(「웰컴, 마미!」), 아무런 죄의식 없
이 아이를 낳아 유기하는 이야기(「웰컴, 베이비!」), 사업 실패
와 인생을 비관하여 아내를 살해하고 노모를 유기한 다음 자
살을 기도하는 사내 이야기(「조대리의 트렁크」), 자신을 진심
으로 도와주는 사람을 향해 가혹한 배신을 자행하는 인물들의
이야기(「광어」「매일 기다려」), 알몸 비디오 촬영 등으로 협박
하며 두 여자에게 동시에 가학적 폭력을 가하는 남자의 이야
기(「굿바이 투 로맨스」) 등 여러 이야기에서 불거지는 위악적
폭력성은 일상적으로 날카로운 발톱을 세우고 있는 형국이었
다. 많은 사람들이 아우슈비츠 대학살이나 베트남전쟁, 보스
니아 사태나 이라크전쟁 같은 극단적이고 집단적인 폭력에 관
심을 집중하는 동안에도 여전히 그 이면에서 자행되었던 크고
작은 일상의 폭력성이나 가학성에, 미시적인 눈길을 주었던
작가 백가흠의 시선을 당신은 인상적으로 응시하곤 했을 것이
다. 그러면서 그가 가까스로 열어 보인 진실 발견의 서사 행로

를 통해서 당신은, 한국 소설의 새로운 가능성을 확인하기도
했다.

거대서사에 값하는 폭력의 문제가 아니라 미시적 일상의 폭
력을, 백가흠이 응집적으로 문제 삼는 것은, 허울 좋은 하눌타
리 같은 현대 문명에 대한 불만과 불안 의식 때문이 아니었을
까, 당신은 짐작했다. 그의 여러 소설에서 유추해볼 때, 현대
물질문명은 근대적 이성의 과잉 거품에 의해 부황하게 포장되
었거나, 진실한 이성이 제대로 소통되지 않는 억압적인 상황
에서 속 빈 강정처럼 몸집만 불려온 형국이다. 참된 이성이 거
세된 사회의 상징적 표상으로서의 폭력이다. 그런데 이런 폭
력의 경우 국가나 계급에 의해 자행되는 큰 폭력도 문제지만
개인들에 의해 일상적으로 행해지는 작은 폭력들이 더 문제적
일 수 있다. 그것이 비록 작은 얼룩 같은 지점에서 시작된다
하더라도 그것을 숙주로 하여 폭력은 눈덩이처럼 불어나게 마
련이고, 소망스럽고 행복한 세상을 구성하는 데 '열린 적들'로
기능하기에 충분한 것이기 때문이다. 특히 지난 세기에는 민
중 이데올로기에 의해 가려질 수밖에 없었던 서민들의 폭력성
에 대한 백가흠의 특징적 탐문은, 남성 판타지에 텃밭을 둔 폭
력상의 조명과 더불어, 인간과 사회에 대한 정당한 문학적 질
문의 하나로 여겨진다.

그 시절 가학적 도착증을 보이는 백가흠 소설의 여러 인물
들은 대체로 자기가 하는 일을 알지 못하는 것처럼 보였다.

「귀뚜라미가 온다」에서 달구가 그렇고 또 다른 많은 인물들이 그랬다. 「웰컴 마미!」에서 순미는 어린 나이에 아이를 낳았는데 사내가 달아난 후 혼자 아이를 기르다가 이내 유기하여 치사케 한다. 「매일 기다려」에서 연주를 비롯한 아이들도 자신들이 노인에게 무슨 짓을 하는지 알지 못한 채 가학적 폭력을 서슴지 않는다. 그들은 자기가 하는 일을 알았더라면 결코 그렇게 행동하지 않았을 것이다. 그런 기미들이 이와 같은 위악의 현상학 가운데서도, 혹은 어둡고 참혹한 문명의 그늘 속에서도 희미한 빛을 발견하게 한다. 「매일 기다려」의 노인과 「조대리의 트렁크」의 조대리는 그러한 그늘의 빛과 같은 존재이다. 그들은 거짓과 사기와 폭력이 난무하는 가운데서, 진실은 어디에 있는가,라는 질문을 아이러니컬하게 제기하는 인물들로 겉보기에는 어리숙한 패배자들이지만, 적어도 자기가 하는 일을 알고 있다. 연민과 동정, 자기 분수를 지키려는 절제 등의 정서가 가치를 환기하는 그들과 더불어 폭력적 현실을 넘어설 수 있는 어떤 가능성을 발견하게 한다.

그러나 당신이 보기에 작가 백가흠은 거기에 큰 기대를 거는 것 같지 않았다. 해결의 가능성보다는 그와 같은 에이런을 통해 인간 안에서의 내부 고발 작업을 더욱 충실하게 수행해야 한다고 여기는 것처럼 보였다. 그런 면에서 당신은 「로망의 법칙」에 나오는 환상통 모티프에 오래 눈길을 주었다. 환상통은 흔히 팔다리를 절단한 사람들이 없는 팔다리가 아픈 통증에 시달리는 병증이다. 임상의학적으로는 분명한 병증일 터이지만, 그것은 곧 문학적 인식이 출발하는 지점이 아닐까. 눈에 보이는 것이 전부일 수 없다. 자기가 하는 일을 알지 못하는 자들은 눈에 보이는 것에 집착하기 쉽다. 그러나 정녕 자기가 하는 것을 아는 자들은 눈에 보이지 않는 것에서 새로운 삶과 진실의 가능성을 탐문하게 마련이다. 그러니까 그 시절 백가흠이 펼쳐보인 가학적 폭력이나 도착증 같은 증상들은, 환상통의 심연에서 성찰한 문명의 문제적 그늘이다. 백가흠은 그 그늘의 풍경을 점묘하면서, 그늘에 스치는 "가냘픈 바람 소리"까지도 섬세하게 조응하는 작가였다.*

백가흠이 사람살이의 그늘을 응시하는 동안 줄곧 가슴 저미는 고통의 소용돌이에 있었던 것처럼, 그 시절 당신도 그 비슷한 환상통에 시달려야 했다. 그런 점에서 당신과 백가흠의 소설은 제법 잘 통했다. '광어' 회 뜨기에서 비롯되는 백가흠의 생체정치의 상상력은 「그리고 소문은 단련된다」를 전후하여 소문의 심리정치로 진전된다. 환상통의 신체적 증상을 넘어서 사회심리적 차원에서 인간 문제를 넓고 깊게 재성찰한다. 그리고 「힌트는 도련님」「P」등을 거치면서 실존적 개인과 소설가로서의 존재 사이의 발본적 성찰을 비롯해 소설 쓰기의 진실과 삶의 진실이 겹쳐질 수 있는 미학적 실존적 공분모에 대

---

* "소리는 나지 않지만 내장 밖으로 바람이 새는 소리가 가냘프게 느껴진다." 「광어」, 『귀뚜라미가 온다』, 문학동네, 2005, p. 10.

해서도 번민한다. "나는 내 소설에게 진실했어. 자신에게조차, 과거에조차 진실하지 못한 사람이 소설에게는 진실했다구요? 소설의 이름으로 자신을 정당화시키지 마세요."*

이런 고민, 저런 번민이, '한 박자 쉬'게 한 것이 아닐까, 당신은 짐작한다. 그러니까 소설적 대상을 섬세하게 육박해 들어갔던 생체정치의 시절을 보내고, 그것을 사회심리적으로 심화했던 시절을 거치면서, '한 박자 쉬고' 자신을 돌아보는 존재론적 성찰의 미학으로 이행해온 게 아닐까. 그리하여 당신이 새롭게 마주한 소설집은 『四十四』다. 이 소설집의 여러 인물들이 그 나이 즈음이기도 하려니와, 작가의 연배 또한 그에 근접했다. 사십대의 이야기. 대체로 고등학생 때 88올림픽을 경험하고 1990년대 초반에 대학을 다니면서 이전 세대와는 달리 탈물질주의적 존재 가치를 추구했지만 머잖아 외환위기라는 난세를 견뎌야 했고, 이후 신자유주의 물결 속에서 물질주의로부터 자유로울 수 없었던 세대. 고작 실존적 울분을 월드컵 응원전에서나 집단적으로 풀어보려 했던 세대. 그러니까 지향하고픈 가치와 누추한 현실 사이에서 존재의 어설픈 운명을 온몸으로 감당하면서, '아프니까 청춘이다' 부류의 힐링 포즈에 나름대로 저항하는 세대. 그렇다고 해서 우리는 이런 세대다,라고 단호하게 자기 호명을 하기도 어렵고, 이전과 이후

---

* 「P」, 『힌트는 도련님』, 문학과지성사, 2011, p. 240.

세대와의 변별적 특징을 내세우기도 쉽지 않으며, 더욱이 동세대 안에서 응집성이 약해 개별적으로 파편화되기 쉬운 세대. 그런 세대의 '구리거울'을, 작가 백가흠이 정성스럽게 닦으며 보여주고 있는 것처럼 보인다.

2. '사사' 세대의 코호트와 정치적 무의식

잉글하트Inglehart를 비롯한 세대연구 사회학자들이 출생 코호트의 역사적 문화적 공유 경험을 통해 세대 간 가치 변화 이론을 탐색했던 것을 당신은 떠올린다. 코호트 효과cohort effect란 "비슷한 시기에 출생하여 역사적 사건들의 경험을 공유함으로써 유사한 가치관, 태도, 행위양식을 갖게 되는 효과"*를 말하는데, 청소년기에 형성된 가치관이나 사고 등이 어른이 된 이후에도 지속되는 것으로 가정한다. 『四十四』에 등장하는 사십대 인물들이 유형적인 특징을 보이는 것은 아니지만, 개별 인물들의 경험을 가로질러 줄거리를 만들어보면 작가 백가흠이 포착한 자기 세대의 문제적 지점을 헤아리는 데 도움이 된다.

이를테면 「메테오라에서 외치다」의 이경섭 집사는 중학생

---

* 박재흥·강수택, 「한국의 세대 변화와 탈물질주의: 코호트 분석」, 『한국사회학』 46집, 2012, p. 71.

때인 1980년, 광주에서 도청에 갔다가 목전에서 여동생을 잃은 트라우마에서 좀처럼 헤어나지 못한다. 그가 교조적 기독교인으로 전신한 것도 그 트라우마에서 기인한 방어기제의 일환으로 보인다. 「한 박자 쉬고」의 양재준은 고등학교 시절 학교폭력에서 자신을 지키기 위해 동급생인 정균수와 그 추종자들에게 비굴해야 했다. 그것은 결코 기억하고 싶지 않은 기억, 일종의 '개' 같은 삶이었다. 「더 송The Song」의 장문철은 가난한 처지로 애면글면 대학을 다녔으나 운동권 여학생 미현과의 불편한 관계로 인해 훗날 "분노나 화, 짜증, 신경질, 피해의식, 강박증 같은 것들"(p. 58)에 시달리며 정상적인 생활을 하지 못하다가 직장에서 쫓겨날 위기에 놓인다. 「흰 개와 함께하는 아침」의 주인공 역시 경제적 곤경 속에서 대학을 다녔다. "잠은 늘 부족했고, 학비와 생활비 모두를 벌어야" 했기에 고된 나날로 점철되었다. "스무 살, 그때도 세상에 쉬운 일은 하나도 없었다. 덕분에 그는 살기 위해 자기를 버리는 법을 일찍 체득했다. 자신을 잊어야만 생존할 수 있었다. 자기의 주장도 없어야 했고, 정치나 그 밖의 사회에 대한 인식 같은 것도 불필요했다. 그에겐 생존만이 필수적인 것이었고 나머지는 모두 쓸모없고 쓸데없는 일이었다."(pp. 95~96) 「아내의 시는 차차차」의 주인공은 은행에서 퇴직하고 치킨 가게를 열었지만 오래 버티지 못하고 현재는 아내의 수입에 기대어 문화센터 시 창작교실을 다니며 시를 생산(?)한다. 하지만 '시적 정의'와는 확연한 거리를 두고 있다. 「四十四」의 제민은 마흔네 살의 대학 교수이지만 공황장애를 겪으며 현실에서 사막의 존재처럼 지낸다. 「四十四」로부터 5년 후의 시점에서 이야기되는 「네 친구」의 제민, 혜진, 은수의 레퍼토리도 비슷하게 전개된다. 이런 소설 속의 인물들은 그래도 일정한 수입이 보장되는 처지지만, 「사라진 이웃」에서 경배는 그렇지 않다. 외환위기 때 실직한 충격과 울분으로 아내와 이혼하고 딸과 함께 살지만 삶은 매우 척박하기만 하다. 하루 벌어 하루 먹기도 어려운 상황에서 할 수 없이 잡은 일이 강제 철거 용역인데, 예전에 잠시나마 행복하게 살던 옛 동네의 이웃들에게 쇠파이프를 휘둘러야 하는 처지이기 때문이다. 이처럼 백가흠이 눈길을 준 자기 세대들의 풍경은 신산하기 짝이 없는데, 그 상징적 축도를 당신은 「흉몽」에서 인상적으로 확인한다. 한때 꿈 많은 문청이었지만 창작의 길을 뒤로 미룬 채 문학 편집자 생활을 하던 주인공은 어느 날 입술을 잃게 된다. 말을 할 수도 없고, 정상적인 소통과 사회생활이 불가능해진다. 하여 출판사에서 쫓기듯 밀려나고 홀로 강제 귀향하지만, 흉몽의 정도는 좀처럼 줄어들지 않는다. 말을 할 수 없게 입술을 잃었다는 것, 이 흉몽의 메타포는 가히 웅숭깊다. 여러 사정으로 인해 진실의 소통이 억압되는 쪽으로 역진행하는 세속의 풍향계를 반영함과 동시에 작가로서 문학의 말들에 대해서도 반성적 성찰의 기제로 활용한 것으로 보인다. 보통 사람들도 제대로 말할 수 없고, 작가

들도 진실한 말을 제대로 하지 못한다, 이것만큼 끔찍한 흉몽이 어디 있겠는가, 이런 성찰의 지평에서 백가흠은 오래 입술을 오물거린 것 같다.

그러니까, 백가흠의 신작 소설집 『四十四』를 읽으면서 작가가 고민한 자기 세대의 코호트를, 당신이 이런 식으로 정리해 본다 해도 그리 이상할 일은 아니다. 첫째, 백가흠의 세대들은 행복한 꿈을 기획할 수 있는 변변한 기회를 지니지 못했다. 오히려 트라우마 같은 악몽으로부터 자유롭지 못하다. 그러다보니 둘째, 개인의 밀실로 퇴행하는 경우가 많은데, 그것은 많은 경우 혼자인 삶으로 형상화된다. 가정을 지녀도 행복하지 못하지만, 그렇다고 독신주의 때문에 독신인 것도 아닌 경우, 매우 피폐하고 소모적인 삶으로 점철되기 일쑤이다. 셋째, 과거 기억과 현재 실존 사이의 불안한 길항으로 얼룩진 경우가 많고, 그 흉몽으로부터 혹은 모멸적인 삶으로부터 수직적 초월에의 기회는 좀처럼 주어지지 않는다. 그러므로 백가흠이 그린 '사사'들은 일정한 성취라든가, 안정이라든가, 지천명(知天命)을 예비하는 차분한 성찰이라든가, 하는 부류의 이미지와는 거리가 멀다. 그것이 정녕 문제인데, 그 문제를 풀어나갈 개인적 사회적 방정식이 아직 준비되지 않았기에, 그들은 질병보다 더 심한 절망을 앓고 있다.

3. 누추한 홀로인 삶을 애도하는 노래

　도대체 어쩌다 그리 되었을까. 왜 그들은 그럴 수밖에 없었을까. 하지만 누가 속 시원하게 대답을 해줄 수 있으랴. 차분히 그들의 동선을 따라가 보는 수밖에. 먼저 권력의 역학관계에서 상처받은 영혼의 풍경에 당신의 눈길이 머문다. 「한 박자 쉬고」의 양재준. 가련하면서도 한심한 영혼의 초상. 21년 만에 고등학교 동창생 정균수를 우연히 만나게 된 그는 결코 재회하고 싶지 않은 만남 때문에 다시 힘들어진다. 뿐더러 21년 전과 다르지 않게, "다시 그의 똘마니가 된 느낌"(p. 13) 때문에 화가 나고 분노를 이기기 어렵게 된다. 똘마니처럼 살 수밖에 없었던 그 시절, 그는 정균수의 의지에 속절없이 매어 있던 처지였다. 자기 생각이나 뜻대로 할 수 있는 것이 없었다. 생각하는 대로 살 수 없다 보니 사는 대로 생각하는 경우가 대부분이었다. 그러고 보니 자연스레 분노나 화를 꾹 참을 수밖에 없었던 것이다. 이후 나이가 들면서 그 시절을 보상이라도 받으려는 심산이었는지, 달라졌다. "한 살 한 살 나이를 먹으며 즉각적으로 분노를 표출하고 화를 내는 것에 익숙해져 있었다. 영화를 만들며 누구에게 싫은 소리를 듣고 견디는 일에 익숙하지 않게 되었다. 가진 것은 없었지만, 얻은 것은 있었다."(p. 20) "「세상에서 가장 아름다운 노래」"(p. 24)라는 영화를 만들었던 주인공과 "인생에서 단 한 번도 내 말을 들은 적이 없는 사람"(p. 25)인 정균수와의 재회는 참으로 고약했다. 물론 정균수는 실수를 하거나 화를 낼 만한 일을 하지 않았지만, 주인공의 내면에서는 분노의 포도송이들이 알알이 영글고 있었다. 현재의 정균수에게가 아니라 과거의 그에게, 아니 과거 속 관계 때문에 분노가 치밀어 올랐는데, 놀랍게도 다시 화를 즉각 낼 수 없는 자신을 발견하게 된다. "어떻게 된 일인지 그에게 화를 낼 수가 없었다. 아주 오래전처럼 나는 속마음과 다르게 행동하고 있었다."(p. 20)

그러니까 21년 전 자신의 처지에 대한 억압된 분노가 있었다. 일찍이 황석영의 「아우를 위하여」, 이문열의 「우리들의 일그러진 영웅」, 고원정의 「사랑하는 나의 연사들」, 이순원의 「강릉 가는 옛길」 등 여러 소설에서 다루었던 학교 내 폭력과 희생양의 문제 속에 처해 있었던 것이다. 그런데 이전의 소설들에서처럼 모종의 해결 방향은 탐색될 수 없었고 오로지 희생양에 머물면서 또 다른 희생양을 낳아야 했던 상황, 그럼에도 화를 내거나 분노를 표출할 수 없었던 처지에 대한 억울함과 반 아이들에 대한 원망감, 그것을 속수무책으로 당하기만 했던 스스로에 대한 자책, 게다가 그 기억 때문에 오랜 시간 줄곧 고통받아야 했던 심리 비용도 만만치 않았다. 어처구니없게도 정균수는 아무런 저어함 없이 주인공의 삶 안을 틈

입해 들어온다. 일방적으로 저녁 약속을 하고, 홀로인 양재준에 대한 배려 없이 아내를 부른다. 지난 시절의 일이 아주 사소한 것이었다는 듯이 이렇다 할 사과도 하지 않는다. 그의 자연스런 태도로 인해 "내가 왜곡된 기억을 가지고 있는 것인지, 과장해서 그를 기억하고 있는지, 미친 것인지, 정말이지 혼란"(p. 30)스럽게 된다. "두려움을 느꼈고 뭔가를 판단할 능력마저 사라진 것 같았"기에, "때론 실제로 그와 같이 있는 것을 즐기는 것처럼 느낄 때도 있었기 때문"에, "진짜로 개가 된 것 같았"(p. 26)기에 자해공갈단의 일원으로 행동했는가 하면, 교회 친구 희정에게 씻지 못할 상처를 남기기도 했던 기억을 풀어낸다. 떨치지 못한 기억 때문에 얼마나 고통받으며 살아왔는지, 털어내고 싶던 주인공이었다. 그러나 실제 그와의 대화는 사막이었다. 그러므로 나누지 못했고, 어쩌면 애당초 나눌 수 없는 것이었는지도 모른다. 다만 정균수와의 관계에서 지녔던 피해자로서의 의식이 희정의 사건에 이르러 가해 동조자 혹은 가해로서의 고해성사로 이어진다는 점은 무척 윤리적이다. 비록 희정을 직접 폭행한 것은 균수였지만, 그가 개(?)처럼 균수의 명령에 억압되지 않았더라면 그런 일이 발생하지 않을 수도 있었기에, 주인공의 고해는 진정한 반성의 지평을 안내한다. 그럼에도 문제는 주인공의 존재감이다. 21년 전이나 지금이나 왜 그토록 작은 인간, 왜소한 인간, 비루한 인간일 수밖에 없는가. 이런 질문 앞에서 주인공은 난감하기만 하다. 21년이라는 시간의 대화에서도 질적인 변화를 느낄 수 없다는 점이 큰 문제다. 여전히 "세상에서 가장 아름다운 노래"는 차연될 수밖에 없는 것일까.

인생이란 가도 가도 황량한 사막이기만 할 것 같은 막막함 앞에서 어쩔 줄 몰라 하는 「한 박자 쉬고」의 양재준의 처지를, 이어지는 다른 인물들과 비슷한 코호트로 맥락 지을 수 있다는 논의를 앞에서 한 바 있다. 양재준처럼 「더 송The Song」의 장문철도 홀로 사는 사십대 남성이다. 위선적이고 무책임한 그는 자기 필요에 따라 인간관계를 맺고 이해득실에 따라 움직인다. 일찍이 대학 시절부터 "개건 사람이건 혼자 살아야 한다는 건 자기 파괴의 시간"(p. 53)인 것 같다는 생각을 했던 인물이었다. 그것을 피하기 위해 결혼도 하고 아이도 낳았지만, 현재 아이들은 미국에 거주하고 있고 아내는 가출을 한 뒤라 홀로 사는 기러기 처지와 같다. 게다가 아내로부터 이혼소송을 당한 터라 속절없이 도로 혼자가 될 가능성이 농후하다. 설상가상으로 제자 성추행 사건으로 인해 학교에서 쫓겨날 위기에 놓였다. 그러니 다시 혼자 사는 연습을 할 수밖에. "혼자 사는 연습을 한다는 것은 자기 파멸이나 파괴 없이는 불가능한 일일지도 모른다. 부쩍 혼잣말이 많아졌다."(p. 57) 그토록 발버둥을 쳤음에도 불구하고 말짱 도루묵이었던 것일까. 제목 '더 송'에서 당신이 이처럼 비루한 존재들에게 바치는 비가(悲歌)를 떠올리는 것은 차라리 자연스럽다. 비루한 존재들을 애도하는 노래는 쉽게 멈출 수 없다. 「흰 개와 함께하는 아침」의 주인공도 대학교수지만 모욕에 가까운 삶을 견뎌왔던 인물이다. 10년 전 제자인 현수와 동거하던 중 그녀보다 후배인 수옥이 막무가내로 쳐들어와 현수를 쫓아내는 바람에 어쩌지 못한 채 수옥과 반강제로 기거하는 상황이다. 그러다가 술자리에서 평소 그를 못마땅해하는 후배 교수로부터 현수의 자살 소식과 함께 "개새끼" 취급에 가까운 혹독한 비아냥거림을 듣게 된다. "사는 게 힘들었나 봅니다. 힘들었겠지요. 못생겼으니 힘들었을 겁니다. 사랑도 못 받았을 테니 그랬을 겁니다. 오래전에 상처 입은 게 괴로웠을 겁니다. 그런데 대부분은 죽지 않고, 또 개새끼들은 잘 살지 않습니까."(pp. 110~11) 그럼에도 주인공은 "삶에 너무나 순응적인 사람"으로서, "사랑이 어딨나. 나는 아무것도 잘못한 것이 없다"(p. 116)고 생각하고, "현수에 대해 자세한 것은 기억이 나지 않"(p. 115)는다며 자기를 합리화하기에 급급하다. 이런 자기보신적인 인물의 심리적 기저에는 이런 시간 의식이 자리 잡고 있다. "그에겐 매일이 그저 그런 하루였다. 오늘도 마찬가지였다. 특별하게 좋은 일도 없었고 아주 나쁜 일도 없었다. 아무 일도 일어나지 않은 어제와 같고, 별일 없었던 그제와 같은 오늘이었다."(p. 115) 역사적 이성은 물론 시간의 질적 변화에 대한 믿음을 철회한 상태에 가깝다. 그럴 때 권태나 무의미, 무관심의 늪에 빠지기 쉽다. 그런 그에게 현수의 죽음 소식은 나름 각별하게 들리기도

했다. "집으로 돌아와 생각해보니 아무 일 없었던 어제나 별 일 없었던 그제와는 다른 오늘이었다."(p. 115) '같은'에서 '다른'으로의 변화, 이것은 모종의 가능성일까? 그런데 말이다, 이어지는 문장을 보면 그렇지도 않은 것 같다. "순간 불쑥 짜증이 일었다. 그게 다였다."(p. 115) 결코 간단치 않은 아이러니로 읽힌다. 질적 변화를 모색해야 하는데, 그러기 어려운 상황에 대한 아이러니컬한 형상화는 고작 "상황이 바뀌면 당연히 사랑도 바뀌어야" 한다며 "사랑이란 감정이 자연히 바뀌는 것이 아니라 의지로 감정을 바꾸는 것"(p. 116)이라는 믿음을 내비치며, 수옥이 애지중지하던 애완견 '김수영'을 제2자유로에서 차창밖으로 집어던져 유기하는 것으로 나타난다. 실제의 "개새끼"를 버렸다고 해서 자기 안의 "개새끼"를 버릴 수 있는 게 아니어서 모멸에 가까운 문제적 삶의 해결은 막막하게 미끄러지기만 한다.

이렇게 백가흠의 눈길에 초점화된 사십대들은 가정에서든 직장에서든 홀로인 삶으로 고립되기 일쑤다. 하물며 이웃과 더불어 살 수 있겠는가. 척박한 현실 논리에 의해 공동체적 교감은 추락하고 상생의 가능성은 아득해진다. 「사라진 이웃」의 경배는 철거 용역으로 일한다. 외환위기 때 실직하여 이혼하고 딸과 함께 지내지만 거의 혼자 사는 것이나 마찬가지다. 그는 '자본 평등, 인간 불평등'의 현실을 내세우며 한때 더불어 살았던 이웃에게 쇠파이프를 휘두르는 행동을 강요받는 처지기에 무척 고통스럽다. 개인의 실존을 위해 이웃의 실존을 파괴해야 하는 상황에서 그는 맥을 추지 못한 채 밀려나고 만다. 이 소설의 제목 '사라진 이웃'의 의미는 중층적이다. 일차적으로 이웃과의 단절을 의미하면서, 세대 간의 단절 및 세대 안에서의 단절 문제도 환기하기 때문이다. 경배는 집안에서 딸 희선에게 거의 이해받지 못한다. 사십대만 그런 게 아니다. 희선 세대인 이십대도 사정은 비슷하다. 희선과 승규의 만남은 매우 자기중심적인 관계에 불과하다. 그들에게 만남이란 타자에게로 열리는 게 아니라 자기에로 닫히는 경험이다. 그렇다는 것은 "사랑은 주는 거지, 받는 게 아니야"라는 사십대 경배의 말에 "아저씨 세대랑 다른 거죠. 사랑도 어쨌든 이익이 있어야죠. 주는 게 있으면 받는 게 있어야 하니까"(p. 283)라는 이십대 승규의 발화에서 극명하게 확인된다. 이 세대 단절의 심연을 좁힐 방도를 그 누구도 알지 못한다. 단절을 위한 세대 게임이라도 하는 형국처럼 보인다.

홀로인 삶은 때때로 공황장애를 일으키기도 한다. 「四十四」에서 제민은 남들보다 더 허하고 외로운 감정이 과장되기도 하고, 불안과 두려움이 많아지는 공황장애를 겪는다. 대학 교수로서 나름대로 그럴듯한 삶을 사는 듯 보이지만 안절부절못하는 경우가 많다. 백화점에서 명품 구두를 구매하고 교환하기를 반복하는가 하면, SNS상에서 알게 된 작가와 오프라인에서 만나 곤욕을 치루기도 한다. 홀로인 삶의 극한 풍경을 당신은 「흉몽」에서 목도한다. 이미 오래전에 가족도 사라졌고, 고지식한 처신으로 친구들도 멀어져갔다. 황당하게도 입술을 잃어버리자 다니던 출판사에서도 밀려난 주인공. 누군가에게 보복하고 싶지만 제대로 복수하지도 못한 채 고독의 나락으로 떨어진다. "나를 찾아온 사람은 아무도 없었다. 여름이 되어도 친구나 경찰로부터 아무런 연락이 없었다. 철저히 혼자였다."(p. 188) 제대로 먹기도 불편하고 말도 못 하는 상태, 그 입술 없는 고독한 주인공의 형상이야말로, 백가흠이 세심하게 관찰한 사십대의 문제적 표상이다. 제대로 말할 수 없는, 입술 없는 고독자가 의욕 과잉으로 말하려 할 때 탈이 날 수 있음을 「아내의 시는 차차차」의 에피소드가 입증한다. 실직과 사업 실패로 인한 '백수'의 처지로 시창작교실을 다니지만, 제대로 시를 쓸 수 없어 반 여성들에게 무시당하는 것 같은 스트레스에 시달리던 박대일은, 시를 쓴다는 것의 불가능성을 간파하고 "시를 만들어야겠다고 결심"(p. 146)한다. 국립도서관에서 오래전의 문학잡지에서 남들이 잘 알지 못할 것 같은 시를 오려내 "근사해 보이는 한 구절씩을 발췌해서 짜깁기"(p. 147)하여 시를 만든다. 훔친 시 열 편으로 자기 시 한 편을 만드는 방식이었다. 그렇게 발표한 시로 호평을 받게 되고, 그 박수 소리를 잊지 못하여 그는 점점 더 심한 시 도둑질을 한다. 시적 정의는 물론 문학적 위의로부터 너무 멀리 떨어진 이 삽화를 통해, 작가 백가흠이 현단계 우리 문학의 어떤 수준에 대한 반성적 성찰을 주문하고 있는 게 아닐까, 당신은 짐작한다. 이토록 누추하고 그토록 비루하기 짝이 없는, 입술 없는 삶의 비애를 애도하는 노래를 짓고자 다각적으로 공들였을 작가의 뒤안길을, 당신은 떠올린다.

4. 모멸의 수직적 초월 가능성?

안팎에서 모멸이 밀려든다. 혹은 짙은 안개처럼 모멸이 존재를 휘감는다. 하여 홀로인 존재는 더욱 고독한 단독자로 밀려난다. 스스로 소외시키고 소외되는 경우도 많다. 특히 기억의 주인이 되지 못할 때 자기 모멸감은 부풀어 오른다. 「한 박자 쉬고」에서 양재준도 21년 전의 기억이 혹 왜곡된 것이 아닐까, 떠올린 적이 있다. 이 소설집에서 많은 사십대들이 그런 기억 착란으로부터 자유롭지 못하다. 「네 친구」에서 혜진은 같은 교회의 봉사자 김 집사 때문에 난감하다. 자기를 정말 기억하지 못하느냐며, 기억을 종용하는데, 전혀 기억할 수 없기 때문이다. 물론 그녀는 짐짓 괜찮다고 말하지만 혜진으로서는 결코 괜찮지 않다. "괜찮아요. 저는 아무렇지도 않아요. 손 집사님, 벌써 다 용서했고, 지난 일이고, 예수 믿고 구원받았으니까. 같이 구원받고 천국 갈 거니까. 이젠 감정 없어요."(p. 236) 과거에 뭔가 용서받아야 할 정도로 그녀에게 잘못한 일이 있는 것 같은데, 좀처럼 떠오르지 않으니, 곤혹스럽기 짝이 없다.

　　시간은 지나가면 사라지는 것이 아니라 차곡차곡 쌓여 사람 마음속 깊숙한 곳을 향해 탑을 쌓는다. 기억 속에 가라앉은 시간의 끝은 뾰족한 바늘처럼 생겨서 복원해내면 따끔하게 마음의 가장자리를 찌르곤 한다. 그래서 사람들은 날카로운 시간의 기억을 다시 찾지 않을 만큼 깊숙한 곳에 숨겨놓는다. 그리곤 어디에 그 시간을 두었는지 잊어버리고선 우왕좌왕한다. 서로 사랑할수록, 함께한 시간이 많이 쌓일수록 그 끝은 버려진 바늘과 같아진다. 그 끝을 기억하지 못해서 서로가 서로에게 왜 상처받고 상처 주는지 모른 채 시간은 계속하여 흘러만 간다. (「네 친구」, pp. 244~45)

　　육체적으로든 정신적으로든 인간은 살아남으려는 본능적 움직임을 보이기 마련이다. 뾰족한 시간의 바늘에 가닿지 않으려는 반동 기제 또한 그 일환일 터이다. 그 바늘 끝을 기억하지 못해, 서로가 서로에게 상처 주고 받았는지도 모르는 채 시간만 지나간다고 서술자를 말했다. 혜진이 기억하지 못하는 그녀와의 과거 바늘 끝은 무엇이었을까? 혜진도 끝내 풀지 못했지만, 당신도 역시 헤아릴 수 없었다. 다만 소설 결미에서 혜진, 제민, 은수, 이렇게 셋이 대학 시절 캠퍼스에서 노닥거리던 풍경이 제시되는데, 혹시 그 풍경에 김 집사가 들어 있었던 것은 아닐까. 그랬다가 그 어떤 계기로 김 집사만 홀로 떨어지게 되고 상처받게 된 게 아닐까. 그래서 제목이 '네 친구'인 게 아닐까. 셰프 남자를 네 친구의 범주에 포함시키는 것은 아무래도 무리일 테니 말이다. 그러나 그런 추정의 근거는 매우 모호하기만 하다. 그것이 「네 친구」의 숨은 의도이자 매력이기도 할 텐데, 어쨌든 괄호쳐진 기억의 심연 속에서 탐색은 더 계속되어야 할 듯하다.

　모멸감에 가까운 상처와 기억의 문제는 「메테오라에서 외치다」에서도 인상적으로 환기된다. 이 텍스트에서 이경섭 집사는 1980년 광주에서 가족을 잃은 트라우마를 지닌 인물이다. 그리스에서 비슷한 상황을 접하면서 그 트라우마는 반복적으로 귀환한다. 극도의 불안과 공포에 빠진다. 분명히 기억나지 않지만 그 공포로부터 벗어나기 위해 그는 믿음의 세계에 의지하게 된다. 그럼에도 그는 종종 악몽처럼 그가 섬기는 "신을 제외한 다른 영적인 존재가 실재하는 것 같"(p. 316)은 환각에 시달린다. "무엇인지 모르는 정체불명의 그 무엇, 뒤에서 자기의 몸을 조르고 있던 그 무엇에게 살려달라고 애원하며, 풀어주기만 하면 무슨 일이든지 하겠다고 말한 것이 생경하게 떠올랐다. 떠오른 생생한 기억은 보이지 않는 존재가 보내는 메시지 같았다. 기억을 지배하는 어떤 존재가 있다고 생각하니 두려웠다."(p. 316) 예의 기억을 지배하는 어떤 존재와 대결하거나 공조하면서 자신의 과거를 기억해내려 애쓰지만 쉽지 않다. "상처로 얼룩진 기억은 불현듯 솟아났다. 그런 기억은 자신의 내면이 끊임없이 거부하기 때문에 뭔가 떠올랐다고 하더라도 그것이 자기에게 실재했었는지조차 기억하지 못하는 경우가 많았다. 그가 어린 시절부터 신에게 매달려 삶 전체를 내맡긴 데는 그럴 만한 이유가 있었을 것이다. 때로 그것을 운명이라고 믿기도 했을 것이다. 그러나 그는 그 처음이 기억나질 않았다. 〔……〕 가족 모두를 잃고 번번이 고아라는 환경 때문에 좌절해야만 했던 순간들이 생각나지 않았다. 그가 겪었던 쓰리고 아픈 과거는 신에 대한 믿음 안에 모두 함몰되었다."(pp. 322~23) 떠오르지 않는 기억 때문에, 혹은 그렇다는 불안과 공포 때문이 그는 더더욱 자기 신앙에 몰입한다. 그럴수록 아이러니컬하게도 고립된다. 함께 나누는 김 목사나 박 장로를 비롯한 봉사자들과 소통하지 못한다. 일행의 만류에도 불구하고 폭설이 내린 겨울 절벽 위의 메테오라 수도원을 향해 홀로 오르는 것도 그 고립과 불통의 증거가 된다. 결국 그는 악천후로 인해 끝까지 오르지 못한다. 돌아서 내려가는 길도 불가능한 것처럼 보였다. 백가흠이 성찰한 자기 세대의 비극적 단면을 유추케 하는 풍경이다.

천 길 낭떠러지가 눈에 들어왔다. 그 깊이가 눈에 들어오지도 않았다. 거대한 홀, 마치 시커먼 심연을 바라보고 선 것 같았다.

그가 슬금슬금 옆으로 걸음을 옮겨보았지만, 왔던 길도 상황은 마찬가지였다. 아니, 더 좋지 않았다. 바위가 그가 있는 쪽으로 치우쳐 있고 경사도 심해서 아예 넘어갈 수조차 없었다.

돌계단을 오른 지 두 시간여 그는 옴짝달싹 못하게 되었다. 그는 앞으로 나아가지도 돌아오지도 못한 채 절벽 위에 서 있었다. 바위와 바위 사이에 갇혀 오도 가도 못하는 신세였다. 그가 할 수 있는 일이라곤 구름을 몰고 오는 바람에게 살려달라 외치는 일뿐이었다. (「메테오라에서 외치다」, pp. 333~34)

입술을 잃은 「흉몽」의 메타포와 메테오라 수도원 절벽의 블랙홀 메타포를 겹쳐놓으면서 당신은, 작가의 상황 인식이 얼마나 도저한가를 가늠해본다. 자기 세대가 얼마나 고통스러운지, 그리고 어쩌다 길을 잃게 되었는지도 알지 못하는 가운데 길에서 밀려난 모멸감이 얼마나 자심한지, 앞으로 나갈 수도 뒤로 물러날 수도 없는 '시커먼 심연'에 갇힌 세대의 불안과 공포가 얼마나 큰지, 반성적으로 성찰하고 싶었던 것이 아닐까 짐작한다. 소설의 끝에서 이경섭은 결국 "살려주세요. 제발, 살려주세요"(p. 334) 외친다. 물론 동세대의 간절한 염원을 담은 절박한 기도이리라. 그러나 이 간구를 통해 모멸의 수직적 초월이 가능할 것이라고 생각하지는 않았을 터이다. 다만 '한 박자 쉬고' 살피면서 구리거울을 닦는 성찰의 시간, 삶과 문학의 진정한 방향을 모색하고 실천할 수 있는 예지의 시

간이 필요하다고 생각한 것이 아닐까, 당신은 추론한다. 바로
이 순간이 소중하다. 고통의 극한, 기억의 경계, 모멸과 상처
의 끝자리, 거기서 새로운 상상이 실천되고 삶의 실질적 지혜
도 마련될 수 있겠기 때문이다. 작가 백가흠이 거기까지 밀고
나갈 수 있었다는 점, 그 위태로운 지점에서 '한 박자 쉬'면서,
시적 정의와 미적 감흥을 동시에 추구할 수 있는 새로운 상상
력의 공간을 마련하려 했다는 점이 인상적이다. 비록 실존의
수직적 초월은 불가능하더라도, 전위적 미학의 수직적 초월은
그렇게 가능지평을 예비하는 법이다. 작가 백가흠이 자기만의
스타일로 간단없이 이야기의 구리거울을 닦는 이유도 바로 그
때문이 아닐까?

　오랜 시간 동안 사방이 막힌, 창도 없는 골방에서 벽을 보고 앉아 있었다. 내게 벽은 창이고 생명이고 기억이었다. 내가 주로 마주한 것은 기억이었고 시간의 창이었고 사그라지는 희미한 불꽃의 생명력이었다. 그러나 결국 내가 본 것은 벽이었다. 내가 본 것은 망각이었고 희뿌옇고 불투명한 창이었고 암흑의 시간이었다. 사방의 벽이 나를 지켜보았다. 그것은 매일 아주, 아주 조금씩 나를 향해 다가왔다. 골방이 점점 좁아졌다. 문이 없는 방에 나는 오랫동안 갇혀 있었다. 나는 이상한 세계에 외떨어져 사는 이상한 사람인지 모르겠다. 나는 이제 와서야 내가 누구인지 정말 모르겠다.

　네번째 소설집이다. 이렇게 오랫동안 소설을 쓰고 살 줄 몰랐다. 『힌트는 도련님』 이후 세 권의 장편을 썼다. 장편소설에

지칠 때면 단편소설을 틈틈이 썼다. 쓰면서 이상하게도 미안한 생각이 들곤 했는데 뚜렷한 대상은 없었다. 그래서인지 책을 탈고하는 지금은 너무 기쁘다. 다시 또 소설을 열심히 쓸 수도 있겠다는 뜬금없는 자신감도 생긴다.

한 학기 수업의 마지막 시간에 작별하는 학생들에게 말했다. "결국 문학은 끝나지 않고 결과도 없는, 과정만 있는 길이니 그냥 걸어라. 조급해하지도 말고 실망도 하지 마라. 그러니 지치지 마라." 그것은 자주 쓰는 말이기도 하고 실은 내게 하는 말이기도 했다. 실제로 그랬다. 아니 거짓말이다. 나는 지쳤다. 여전히 어떤 것에 조급한데, 고백하건대 그런 것은 문학과는 상관없는 일이었다. 그럼에도 문학과 상관없는 일이란 내겐 없다. 그럼에도 이런 게 나이를 먹어가는 건가. 긴장감이 줄고 마음이 편안하다.

해설을 맡아준 우찬제 선생과 표지 그림을 그려준 변웅필 형, 책을 만들어준 이정미 에디터. 이 책이 좀 근사하다고 생각되는 부분이 있다면 오로지 그들 덕분이다. 감사함이 크다. 미천한 글을 계속 책으로 묶어주는 문학과지성사에 미안함이 크다. 고마운 마음이야 한없고.

2015년 8월 일산에서
백가흠